Bleus sont les étés

suivi de

Le cœur va où vont les rivières

Christian Signol

Bleus sont les étés

ROMAN

suivi de

Le cœur va où vont les rivières

Albin Michel

Préface

Les étés de ma jeunesse ont toujours été bleus. D'un bleu magnifique, celui des vacances et du bonheur de vivre, celui d'une liberté retrouvée après le pensionnat du lycée ou les obligations de l'étudiant que j'étais alors – un bonheur qui m'accompagnait chaque jour du début de juillet jusqu'au mois d'octobre au sein des deux univers qui étaient les miens. D'abord le causse de Martel où, étudiant, je louais un pigeonnier pour profiter de la prodigieuse lumière du soleil sur la roche calcaire – une lumière extraordinaire, à nulle autre pareille, et qui n'existe qu'en ces lieux bénis des dieux.

Il est vrai que là-haut, on touchait le ciel et que nul écran ne pouvait la tamiser. J'y lisais Giono, Camus, Julien Gracq dont je ne cessais de me répéter cette phrase édifiante : « Là où la pensée se couche au profit d'une lumière meilleure », et je savais que là, précisément, la beauté du monde m'était offerte pour de longs jours. Ce pigeonnier ne se situait pas très loin de la maisonnette de mon vieil oncle solitaire qui, en réalité, s'appelait Julien et m'a inspiré le personnage d'Aurélien dans *Bleus sont les étés*. Il ne s'était jamais marié, il avait vécu seul avec sa mère, morte à plus de cent ans, il n'avait donc jamais eu d'enfants et il pleurait quand il en rencontrait. De chagrin ? De joie ? De regret, sans doute. C'est à lui que je dois ce roman, à sa maisonnette bâtie à même la roche, une maisonnette que j'ai gardée, à sa mort, que je possède toujours et d'où j'aperçois, devant moi, cent cinquante kilomètres de ciel bleu jusqu'aux sommets de l'Auvergne.

J'ai beaucoup aimé cet homme-là, au point de l'aider jusqu'au bout de son existence. Il personnifiait la rudesse et la tendresse, vivait de peu : quelques chèvres dont il vendait les fromages, descendant dans les foires sur son antique bicyclette, cultivant un jardin famélique et une vigne dont il buvait le vin âpre, qui laissait dans la bouche un goût de pierre chaude, violent et délicieux à la fois. Je l'ai accompagné jusque dans la maison de retraite de Martel – on ne disait pas Ehpad à l'époque – et je l'ai aidé de mon mieux à supporter les derniers jours d'une existence rude comme ce causse qui était le sien.

À la fin, quand il souffrait, il exprimait cette souffrance avec des mots à lui, des mots anciens et bouleversants dans leur simplicité douloureuse. « La nuit dernière, j'ai bien pâti », me disait-il. Il l'acceptait avec la patience émouvante des bêtes dont il connaissait les secrets. À cet univers lumineux du causse, il ajoutait une présence magnifique qui l'augmentait, le rendait à la fois plus tragique et plus merveilleux. Grâce à lui, je ne viens jamais là-haut sans me répéter que cet homme-là représentait « ce que l'humanité a fait éclore de meilleur », et si longtemps après, j'y suis heureux comme je l'étais à l'époque, quand « une lumière meilleure » éclairait les yeux de cet homme qui cassait la glace en hiver pour que les oiseaux puissent boire.

Ce n'était pourtant pas le seul univers où régnait cette fabuleuse lumière : au pied de ce causse resplendissait l'eau de la majestueuse Dordogne, à six kilomètres seulement du village où je suis né. Dès mon adolescence, séduit par son éclat et sa beauté, je suis naturellement allé vers elle et j'ai très tôt senti battre son cœur en bas, dans les grands fonds, comme « l'Antonio » de Giono dans *Le Chant du monde*. C'est là, en effet, que bat le cœur des rivières, dans une eau vive, vigoureuse, et qui vibre, palpite, comme un muscle.

Du cœur au corps, il n'y a qu'un pas, ou plutôt qu'une brasse coulée. J'ai découvert ses jambes souples, ses cheveux d'algues douces, ses yeux verts et ses bras de velours. Et puis j'ai émergé dans le soleil, sous un ciel qui ruisselait sur moi en vagues bleues, avec le souvenir d'une peau, la sensation d'une caresse, et tout de suite je l'ai aimée avec passion, en un éclair, comme celui qui a brûlé Henry Miller à Domme et qui lui a suggéré des pages inoubliables : « Rien que le coup d'œil sur la rivière mystérieuse, du haut de la magnifique falaise debout à l'orée de Domme, suffit pour vous remplir d'un sentiment de gratitude impérissable. » Ou encore : « Cette visite à la Dordogne fut pour moi, je le répète, d'une importance capitale : il m'en reste un espoir pour l'avenir de l'espèce et même de notre planète. »

Qui dira mieux que lui ce que l'on ressent sur ses rives, face à son miroir qui répercute le brasillement des étés de feu ? J'ai essayé en écrivant *La Rivière Espérance*, une trilogie qui a rencontré un succès mondial grâce à une adaptation télévisée de neuf épisodes, un succès pour moi inimaginable à l'époque. Mais déjà je savais que j'avais accès aux trésors des premiers jours du monde : l'eau, la verdure, le ciel, les poissons et les oiseaux qui hantaient ces lieux non encore souillés par la présence de l'homme. Ce genre de lieu, sauvage et pourtant familier, que mon ami Pierre Bergounioux appelle « les biens sans maître ». Oui, sans maître, nous l'étions nous aussi, sur notre barque que nous faisions accoster dans des îles de sable fin qu'aucun pas humain, si ce n'étaient les nôtres, ne profanait.

Pêche, baignades, je sortais ivre d'une eau dont la délicieuse caresse savait me consoler de tout, et d'abord d'imaginer qu'un jour il faudrait m'en aller. J'étais riche et je le savais : riche de cette lumière, de ce soleil, de cette eau cristalline, de cette opulente verdure et de cette rivière majestueuse dont je rêvais d'habiter définitivement les rives.

Pour ne pas la perdre, l'emporter avec moi quand la vie m'a entraîné ailleurs, j'ai alors écrit quelques pages à son sujet publiées dans un « beau-livre », chez Robert Laffont, il y a trente ans. On me les a souvent demandées en regrettant que cet ouvrage soit épuisé. J'y tiens beaucoup. Les voilà, donc, retravaillées, amendées, augmentées, mais non dépourvues du sens que j'avais voulu leur donner à l'époque : une rivière est un être vivant, elle a un corps, une âme, un territoire, des rires, des colères, des souvenirs, une histoire, et surtout comme nous, hommes et femmes, une enfance, une jeunesse, des enfants, une maturité et une fin dans un océan mystérieux.

CHRISTIAN SIGNOL

Bleus sont les étés

À Nicolas

« N’étais-je pas le rêve aux prunelles absentes
Qui prend et ne prend pas, et ne veut retenir
De ta couleur d’été qu’un bleu d’une autre pierre
Pour un été plus grand, où rien ne va finir ? »

Yves BONNEFOY

1

DERRIÈRE la fenêtre mi-close, l'herbe neuve tremblait dans la main fraîche du vent de nuit. C'était un vent harnaché des haillons de l'hiver, qui cabriolait sur les hautes collines, ivre des promesses d'un printemps qui tardait à venir. Le jour n'était pas loin : là-bas, de l'autre côté de la vallée, sous le fourmillement des étoiles lointaines, une blessure secrète commençait à s'ouvrir.

En l'apercevant depuis sa chambre, le vieil Aurélien consulta la montre qu'il avait posée sur sa table de nuit avant de se coucher. Comme elle en avait compté d'heures, cette montre qui battait d'ordinaire sur sa poitrine au rythme de son cœur ! « Encore un jour », songea-t-il en posant ses pieds nus sur les dalles froides, polies par les ans. Un jour de plus. Un jour qui s'ajoute à tous ceux d'une vie qui compte près de quatre-vingts années, et qui s'éteint elle aussi, comme cette nuit d'avril bruissante du grand froissement des étoiles dans le ciel épanoui. Une vie bien ronde, sans autre richesse que celle du cœur et, peut-être, de la simplicité à vivre, à aimer le monde, les hommes et les bêtes, sans faire le mal pour le mal, sans jamais montrer plus d'orgueil qu'il n'en faut pour traverser les jours, les mois, les années.

Ce qu'il regrettait seulement, Aurélien, c'était ce fils qu'il n'avait jamais eu, et dont il avait rêvé longtemps, très longtemps. Chaque matin, depuis qu'il se levait avec le soleil, qu'il s'asseyait dans sa cuisine dans l'odeur du café frais moulu, il pensait à ce fils, il lui parlait, il le cajolait, il l'aimait même sans le connaître.

Il le fallait bien, puisqu'il ne viendrait jamais. C'était trop tard. La vie ne l'avait pas voulu. Et elle allait finir bientôt, sa vie. Il la sentait couler lentement au-dehors de lui, heure après heure, jour après jour, en même temps que le tic-tac de l'horloge qui étirait sa vie vers un monde dont il n'avait pas peur. De qui aurait-il dû avoir peur ? De quel châtiment ? Il avait suivi son chemin sans nuire à qui que ce soit et sans envier personne. Il avait fait ce qu'il avait pu, sans crainte et sans colère, comme les vrais grands hommes de ce monde, qui savent que leur vie compte peu à l'échelle des siècles.

De l'autre côté de la cloison, les brebis s'ébrouèrent dans cette odeur de suint qui avait fini par gagner la maison. Oh ! il n'en restait pas beaucoup, de brebis :

dix, seulement, et pas très jeunes. Dieu sait pourtant qu'il en avait mené des troupeaux dans sa vie, Aurélien ! Plus de cent têtes ! Avec des béliers qui ne refusaient jamais la lutte, des brebis mères capables de défendre leurs agneaux contre les chiens les plus fous, des agnelages trop précoces ou trop tardifs, des nuits entières à se lever pour faire téter, pour panser, pour les aimer, ces bêtes, puisqu'il faut bien aimer quelqu'un, ou quelque chose, si l'on veut que la vie donne de temps en temps un peu de contentement.

Le café chauffait sur le trépied et, dans la cendre, chantait un petit pot de lait bleu. Le feu voletait doucement, léchant la suie épaisse de la plaque de fonte qui avait défié les années. Aurélien sortit dans la nuit fraîche qui pétillait comme une eau de printemps et, comme chaque matin, s'approcha de l'à-pic qui dominait la vallée luisante de rosée, puis il s'accouda à la citerne.

Il était proche, le nouveau jour, et il lui paraissait déjà plus beau que les autres, parce qu'il serait différent, celui-là. Il en était sûr : aujourd'hui, en effet, arrivaient les vacanciers, ceux qui avaient restauré à grands frais la dernière maison encore debout, alors que tant d'autres étaient déjà retournées à la terre. Autrefois, il y avait dix feux dans le hameau. Dix foyers bien vivants dont les fumées montaient au-dessus des collines, comme pour témoigner de présences demeurées inconnues aux hommes de la plaine. Il n'en restait plus que deux, aujourd'hui : celui d'Aurélien et celui d'un jeune couple dont l'homme vendait des fromages dans les foires de la vallée, tandis que sa femme, si jeune, si belle, gardait le troupeau.

Une fois les parents morts, quand les enfants avaient commencé à partir, il y avait déjà très longtemps, Aurélien s'était battu pour les en empêcher. Maintenant, il n'en avait plus la force. C'était fini. C'était trop tard. Les vieilles maisons en pierres blondes du causse s'écroulaient avant d'être ensevelies sous les ronces et sous les orties. Personne n'en voulait plus. Tout le monde était parti.

Mais ce qu'il ne comprenait pas, Aurélien, c'était que des enfants aient pu quitter la maison où ils avaient grandi et oublier ceux qui savaient si bien réveiller un feu, cuire une pomme de terre dans la cendre, faire sécher dans les clayettes paillées le fromage de chèvre, s'occuper des troupeaux et vivre la vie qui, depuis toujours, avait été celle des campagnes. S'il avait eu un fils, lui ! Oh ! s'il avait eu un fils, comme il était sûr qu'il serait là, aujourd'hui, près de lui, pour l'accompagner dans sa vieillesse et lui donner le bras quand la jambe fléchit, soudainement, sans raison, et que se réveille l'angoisse de la mort inconnue qui attend, qui attend…

Il ne le voyait jamais grand, son fils. Il était toujours resté enfant. Forcément, puisqu'il n'avait jamais existé. Il ne risquait pas de grandir, encore moins de mourir. La vérité, c'est qu'il en avait changé souvent. Si la photographie d'un enfant lui plaisait dans les journaux, il la découpait et la gardait un an, deux ans, et puis il en changeait, parce qu'il s'y attachait trop. Car il ne comprenait pas pourquoi l'enfant ne lui répondait pas, avec tous ces mots qu'il inventait pour lui, ces caresses qu'il esquissait dans l'ombre – mais la main demeurait suspendue, inutile et tremblante –, ces repas qu'il lui préparait avec patience, avec espoir, tout ce silence en réponse à tout cet amour. De dépit, il lui arrivait de déchirer l'image, et de s'injurier ensuite, de s'en prendre au vent, aux bêtes, au bon Dieu, à cette vie qu'il avait consacrée à sa vieille mère morte à quatre-vingt-dix ans et qui, aujourd'hui, déclinait comme une chandelle trop usée.

Certes, il avait bien failli se marier à trente ans, mais la mère avait décidé que « deux femmes dans une maison, c'est toujours une de trop ». Alors il avait accepté de laisser partir Louise. Aujourd'hui, elle se trouvait peut-être à Toulouse, à Bordeaux, et qui sait, à Paris ou dans les Amériques. Et elle ne lui avait pas donné d'enfant, Louise. Et ce grand vide qu'il sentait en lui, parfois, le rendait comme fou, surtout le matin, au lever du jour, quand il aurait voulu l'offrir à quelqu'un, ce jour, puisqu'il ne lui servait à rien, sinon à crier sur le plateau, dans le vent bleu, des choses qui sortaient toutes seules, terribles, et qui se terminaient quelquefois par ces mots murmurés en une vaine prière : « Viens ! Viens ! »

Non ! Il ne viendrait plus. Personne ne viendrait plus se chauffer aux flammes de son âtre, manger sa soupe de pain, regarder ce jour qui se levait en saignant loin là-bas, comme s'il souffrait lui aussi de naître, comme s'il fallait souffrir pour vivre alors que la vie pourrait être si belle. Et pourtant il savait, Aurélien, qu'il y avait dans cette odeur d'herbe humide montée de la vallée, dans le frémissement des premières feuilles à peine écloses des duvets, dans cette étoile qui clignotait une dernière fois avant de s'éteindre, plus de richesse qu'aucun homme n'en accumulerait jamais. Mais il savait aussi que le bonheur n'existe que s'il est partagé. Il soupira. Derrière lui, les brebis bêlaient de plus en plus. Il rentra à petits pas, après avoir jeté un regard vers la plaine qui s'ouvrait en frissonnant à la lumière.

2

COMME chaque matin de sa vie, il émietta du pain dans son bol de faïence bleu, puis il versa le café et un trait de lait bien crémeux. Son regard tomba alors sur ses vieilles mains tellement usées par les outils, le travail quotidien, les caresses à ses bêtes. En un geste machinal, comptant peut-être les secondes qu'il ne pouvait retenir, il tapota la toile cirée du bout des doigts, et il se décida à manger, lentement, comme il avait toujours mangé, à la manière de ceux qui ont peu.

Mais il lui fallait si peu, à Aurélien : pain, lait, fromage, œufs, quelquefois du gibier lui suffisaient amplement. Il lui était même arrivé de rester deux ou trois jours sans se nourrir, sans bien savoir pourquoi. Puis, un matin, la machine s'était remise en route. Il avait suffi d'un rayon de soleil sous la porte, d'un appel de grive dans la garenne, d'un parfum de treille ou de lilas éclos dans le vent, d'un éclair de lumière dans les peupliers de la vallée, ou seulement de l'une de ces sensations qui vous renvoient violemment vers votre enfance et suggèrent que peut-être tout n'est pas perdu.

Son enfance à lui ? Oh ! c'était du ciel, beaucoup de ciel, des bêtes chaudes dans ses bras, du vent, de l'eau, la tiédeur des pierres et celle, plus rare mais si précieuse, de la main de son père. C'étaient d'interminables journées entre les buis et les genévriers, de magnifiques silences pleins de soupirs, des nuits sous les étoiles, serré contre le corps de celui qu'il n'avait jamais pu oublier malgré les années : un grand corps, vraiment, une présence qu'il lui semblait encore sentir près de lui, la nuit, et il étend la main, et le temps a passé.

Il y avait quelque chose de terrible qui l'attachait à son père, comme si le cordon les avait liés un moment, plutôt qu'avec sa mère. Mais c'était un cordon de soleil et de vent, de miel et de lumière. C'était une manière d'être au monde et de l'aimer, de parler aux bêtes, de ne jamais les frapper, de les aimer plus que soi-même. Son père était l'un de ces rares hommes qui cassent la glace en hiver pour que les oiseaux puissent boire. Un homme qui lui avait appris le langage du vent, le goût de l'eau, le rire du soleil et aussi celui de la pluie. Il aimait tout du monde, son père, mais un peu moins les hommes.

Ah ! ces nuits de pleine lune quand ils menaient le grand troupeau vers la rivière de la vallée ! Ah ! ces affûts dans la neige vierge à l'endroit où les Terres hautes caressent le ciel ! Ah ! ce vent ! ce vent qui dégageait le front large, creusait les traits d'un buis très sombre, les pommettes saillantes, les yeux noirs et profonds de la grande bonté ! Ah ! cette enfance inoubliable près de cet homme magnifique d'une dureté de granit mais d'une douceur de laine, ce roc fissuré, sans qu'il y prenne garde, par le temps qui passait.

Aurélien se souvenait du grand corps dans le lit de noyer et d'un immense vide dans le vent. Comment ce père avait-il pu mourir et pourquoi ? Il n'avait même pas eu le temps d'y réfléchir. C'est que le troupeau ne pouvait pas attendre, lui. Et Aurélien était reparti sur le plateau dès la sortie du cimetière. Mais, depuis ce jour, il se demandait pourquoi il ne pourrait pas donner autant à un fils, lui aussi, et cela chaque matin, en portant la cuillère à sa bouche, et il ne comprenait pas pourquoi son corps si usé, si fatigué, tremblait à cette idée comme une jeune feuille dans une bourrasque d'avril.

Il était temps, maintenant, de penser aux bêtes. Il sortit lentement, mesurant ses pas, comme s'il connaissait le nombre de ceux qui lui restaient avant de partir. Il jeta le grain à ses poules, les compta du regard, dix, douze, car il savait que le busard tourne là-haut tout le jour, endormi sur les ailes du vent.

Deux ou trois disparaissaient chaque année, les plus faibles, les plus vieilles, sans qu'il n'y pût rien. C'était la loi : les bêtes comme les hommes. Il entra dans la bergerie. Un peu de fourrage aux brebis, juste de quoi les faire patienter jusqu'à ce que le soleil soit un peu plus haut : alors il les sortirait. Elles venaient de faire leurs agneaux. L'un d'eux ne parvenait pas à trouver les tétines. Aurélien se baissa, l'aida à happer le lait chaud qui le sauverait. L'agneau se mit à pousser à coups de tête vaillants.

– Profite ! profite ! dit Aurélien.

Et, à la brebis qui l'observait de ses grands yeux morts :

– Toi, aussi, si tu t'en occupais mieux !

Ce n'était pas facile de se relever. C'était même de plus en plus difficile, mais il lui semblait que ses bêtes le regardaient et, s'appuyant au mur, il se redressa enfin, vaille que vaille. Puis il resta à écouter follement battre son cœur dans l'odeur du suint et des litières, à se nourrir de cette odeur qui était aussi indispensable à sa vie que l'air qu'il respirait.

Quand il sortit de nouveau, le soleil avait sauté pardessus les collines et il grimpait dans le ciel blanc, aidé par le vent. Le matin sentait la paille et le bois de chêne. En bas, dans la vallée, des coqs s'enrouaient, lézardant le silence comme la glace d'un étang. Quelques flocons de bruit vinrent mourir sur le causse qui craquait de ses vieux os de pierre. C'était le grand réveil de la terre après un long hiver, les premières foucades tièdes du vent, les premiers pétillements de lumière, les premières sorties du troupeau le long des chemins bordés de lauzes. C'était la vie qui recommençait, inlassablement, comme chaque printemps.

Il pensa à Juliette, la jeune femme qui était venue habiter le hameau avec Marc, son mari. Avant, ils vivaient en ville mais ils n'avaient pas de travail. Alors ils étaient montés sur le causse, ils élevaient des chèvres et Marc vendait les fromages dans les bourgs de la vallée. « Et si la vie recommençait ici ? se demanda Aurélien, pourquoi ils n'auraient pas d'enfant, eux ? » Pourquoi n'y aurait-il que le renoncement, pour lui, pour les autres, pour tout le monde sur ces terres abandonnées ? La jeunesse, c'est sûr, on l'a dans la tête, pas dans les jambes ou dans les bras. La jeunesse, il la sentait parfois couler près de lui, pareille à une source pure à laquelle il ne pouvait plus boire. Elle n'était pas loin, cependant : il se rappelait qu'elle était douce comme du duvet de pigeon et il lui semblait que hier encore il pouvait la caresser, mais tant de jours avaient passé qu'il ne caressait plus que le bois poli de sa table ou la laine fragile de ses agneaux.

Il fallait maintenant s'occuper de la soupe avant d'emmener les bêtes sur le plateau. Il coupa de larges tranches de la tourte brune qui lui durait huit jours.

Une tranche de jambon cru. Deux tomates. Un fromage. Ce serait son déjeuner, passé midi, quand il rentrerait d'au-delà du hameau, de ces terres hautes où même le vent se faisait peur à courir – et courir où, d'ailleurs, et pourquoi, puisqu'il n'y avait là-haut que du ciel, du ciel, un grand vide ouvert sur ses prairies bleues et quelques nuages ?

Tout en préparant ses tomates, il pensa à Flavie, morte pendant l'hiver dernier, et dont le fils avait vendu la maison aux Parisiens. Il l'aimait bien, Flavie : ils s'étaient aidés de leur mieux à aller jusqu'au bout du chemin. Mais voilà ! Elle était partie, elle aussi ! Envolée ! Il continuait de lui parler comme il s'était habitué à parler aux absents, jour après jour, parce que tout vaut mieux que le silence, et que dans la solitude on finit par se demander qui on est et pourquoi on est là.

– Pauvre Flavie ! dit-il à haute voix, les enfants, de nos jours, ils ne pensent qu'aux sous ! C'est à cause de la ville, tu comprends ? Tout ce bruit, toutes ces voitures, tous ces gens, ça leur tourne la tête et ils deviennent fous.

Il se versa un demi-verre de vin, regarda autour de lui, écouta comme si une voix allait lui répondre, soupira :

– Et moi aussi, tu vois, je deviens fou.

3

LES vieilles pierres se chauffaient au soleil, entre les orties et les tuiles rousses tombées des toits. Aurélien, qui poussait son petit troupeau devant lui, se demanda vaguement si elles avaient gardé la mémoire de ce qu'elles avaient vu. Parce que lui, Aurélien, il avait gardé la mémoire de tout. Comment aurait-il pu en être autrement, alors qu'il avait le loisir de revivre chaque seconde de sa vie, que le temps lui durait, que le moindre objet, la moindre image le renvoyait vers le passé dès lors qu'il n'y avait pas d'avenir ? Il y avait eu des regards, des mots – ah ! ces mots qui étaient aussi rares que précieux, surtout ceux du père : « Assieds-toi à l'abri du vent, viens ici que je soigne ton pied, vérifie bien les assaliers » –, plus rarement des gestes, mais aussi des odeurs, des nuages égarés dans le grand ciel ouvert, des amitiés de bêtes, des menus trésors accumulés qui avaient bâti, au bout du compte, une grande richesse. Pas de colère, ou si peu, pas de mauvaise volonté, aucune jalousie. En somme, il aurait été comblé, Aurélien, s'il avait eu un fils.

Plus le temps passait, et plus il y pensait, à cet enfant : sa peau avait la couleur des abricots, il était grand, fin comme de l'ambre, avec des yeux dorés. Oh oui ! Ç'aurait été une vie bien pleine, parce que le monde vaut mieux que les hommes, et le monde il l'avait eu à loisir sous ses pieds, dans ses mains, dans ses yeux. Mais cet enfant ? Qui le lui avait refusé ? Et pourquoi, maintenant que la fin était proche, le regret le tenaillait-il, obscurcissait-il le monde, même lorsqu'il était plein de lumière, comme ce matin, de cette lumière venue du fond des temps pour éclairer cruellement la brève vie des hommes, tandis que le ciel se penchait sur les collines pour veiller sur elles, comme toujours, depuis que le soleil s'était levé pour la première fois ?

Pourquoi ? Autant chercher à comprendre pourquoi le printemps revient, chaque année, et pourquoi les nuages s'en vont, pourquoi il faut vieillir quand on aime la vie comme il l'avait aimée, lui, et comme il l'aimait encore après toutes ces années accumulées, si longues, si belles, malgré ce temps qui avait passé en se cachant comme la sauvagine dans la nuit. S'il n'y avait eu ce corps fourbu, ces os qui craquaient comme des pierres, ces douleurs qui le réveillaient la nuit pour penser à l'enfant, il ne se serait pas senti vieux. La main de son père, c'était hier, exactement. En serrant les doigts, il la sentait, chaude, forte, elle était là, et le temps n'avait jamais existé. Mais lui, il n'avait jamais serré la main d'un enfant dans la sienne. Et il aurait fallu partir sans avoir connu ça ?

Il arriva sur la placette sur laquelle veillait une croix de fer plantée dans un socle de pierre. Les quatre maisons étaient closes, mais celle de Flavie semblait toujours vivante. Ce soir ou cet après-midi, d'ailleurs, les volets allaient s'ouvrir. D'autres vies viendraient là, s'épanouir entre la fontaine et les pierres blondes, et peut-être il y aurait des enfants. C'était cette idée qui l'avait tenu éveillé depuis qu'il savait que des Parisiens allaient venir pour les vacances de Pâques. C'est cela qu'il était venu guetter, car il était tôt encore pour sortir les brebis, et les agneaux, trop jeunes, étaient obligés de rester à l'étable.

Ce matin, le monde paraissait plein d'espoir. Il y avait au fond de l'air cette odeur d'herbe verte que le vent avait levée tout en bas, dans les prairies de la vallée, et qu'il lâchait par brassées sur les Terres hautes noyées par le ciel. Il y avait, au fond de l'air, une tendresse nouvelle, une promesse. Si le printemps revient, c'est qu'il a ses raisons. Pourquoi cela durerait-il depuis si longtemps, depuis des milliers d'années, depuis... depuis que pour la première fois un enfant a glissé sa main dans celle de son père ?

Aurélien hocha la tête, agacé par cette image qui ne le quittait plus. Il tourna à droite, dépassa le socle en pierre de la croix sur lequel était gravée l'inscription « Mission de 1895 », puis il monta le sentier qui grimpait en pente douce vers le plateau. La maison de Marc et de Juliette n'était pas loin. Juste là, à la sortie, derrière deux figuiers. Ils l'avaient eue pour une bouchée de pain. Ils avaient aussi obtenu les aides du gouvernement. Ils étaient jeunes et surtout ils n'étaient plus chômeurs. Ah ! Les yeux de Marc quand il était arrivé ! Quelle blessure y était ouverte ! Les hommes ne l'avaient pas voulu. Il n'y avait pas de place pour lui, là-bas. Aujourd'hui, malgré ces lunes mortes qui encombraient son regard, il allait un peu mieux, mais il demeurait farouche et méfiant, et parfois sa voix se remettait à trembler.

Juliette, elle, c'était à la fois la jeunesse et la gaieté. Du feu dans les cheveux, grande et mince comme de l'osier, mais tout le bouillonnement de la vie dans ses yeux clairs, couleur de genièvre. Et son rire, son rire qui coulait, semblable à une fontaine, débordait, consolait, parlait de confiance et même d'espérance, surtout le matin. Parce que le soir, ma foi, le soir à l'heure où la nuit tombe, il n'y a dans le monde, n'est-ce pas, que de la mélancolie et beaucoup trop d'ombre, souvent, sur ce seuil inconnu.

Juliette s'occupait des jardinières alignées sous les volets bleus. C'est elle-même qui les avait repeints. D'ailleurs elle faisait tout elle-même, avec goût, avec fantaisie, et Aurélien se disait que si elle avait voulu, elle aurait fait lever le soleil. Elle s'approcha en l'apercevant sur le chemin. Un long chandail de laine lui descendait aux genoux. Elle rit, s'avança jusqu'au portail en faisant jouer ses cheveux dans un rayon couleur de miel.

Il s'était arrêté, car cela faisait partie de ses petits bonheurs que de bavarder un peu avec elle, avant d'entrer dans les grandes landes du plateau où la solitude était vaste comme l'univers.

– Bonjour, petite ! dit-il.

Elle lui rendit son « bonjour » puis, aussitôt, s'exclama :

– Alors, ils arrivent aujourd'hui, les Parisiens !

Et, comme il ne répondait pas tout de suite :

– Tant mieux ! Ça va nous faire un peu de compagnie.

Il s'inquiéta, tout à coup, de ce besoin qui trahissait peut-être un manque et la rendait secrètement malheureuse :

– Je ne pensais pas que tu t'ennuyais ici, fit-il sans

pouvoir dissimuler la crainte que les mots de la jeune femme avaient fait naître en lui.

Le sourire de Juliette s'éteignit, tandis qu'une ombre passait dans ses yeux clairs.

– Vous savez, dit-elle, quand Marc part au marché, les journées me paraissent longues, parfois.

Aurélien vérifia que son troupeau s'était arrêté à proximité, ouvrit le portail, prit le bras de Juliette, murmura comme en confidence :

– Si tu avais des petits, tu t'ennuierais moins.

La réponse, très vive, le surprit :

– Les enfants, avant de les faire, il faut être capable de les nourrir. Vous pouvez pas le savoir, vous, vous n'en avez jamais eu.

Elle se rendit compte qu'elle l'avait blessé, mais trop tard. Il s'était reculé d'un pas. Sa voix n'était plus la même quand il répondit :

– Non ! Tu as raison, j'en ai jamais eu, c'est pour ça que j'ai été obligé de m'en inventer.

Elle aurait voulu s'excuser, ne savait comment s'y prendre. Aussi demanda-t-elle simplement :

– De vous en inventer ?

– Oui ! Pendant longtemps j'ai découpé des photographies dans les journaux. Après, je les collais sur les murs et je faisais comme s'ils étaient à moi.

Émue par cet aveu, elle demanda :

– Vous faisiez ça, vous ?

Et lui, gravement :

– Oui, j'ai fait ça, parce que tu comprends, petite, si j'avais eu un fils, moi, je lui aurais donné mon cœur à manger.

Cette expression qu'elle ne connaissait pas mais dans laquelle elle le reconnut bien lui fit retrouver son sourire.

– C'est joli ce que vous dites, mais de cœur, on n'en a qu'un.

– Ça ne fait rien, je lui aurais donné quand même.

Ils demeurèrent un instant silencieux face à face, puis, aussi gênés l'un que l'autre, ils se détournèrent en même temps. Elle dit alors dans un sourire :

– Les chèvres m'appellent.

– Va ! ma belle ! ne les fais pas attendre.

Déjà elle s'éloignait et il ne restait plus devant lui que ce parfum de violette qui, chaque fois, le ramenait vers le revers des fossés ombreux de son enfance. Il le respira un instant, les yeux mi-clos, puis il se retourna et rejoignit son troupeau. Ah ! cette Juliette ! Si seulement il avait pu garder une femme comme celle-là près de lui ! Mais près de lui, aujourd'hui, il n'y avait que ses bêtes et le vent qui glissait sur la rocaille avec des soupirs à vous décrocher le cœur.

Plus il montait et moins il y avait d'arbres. Quelques genévriers, seulement, quelques buis, et le ciel là-dessus qui flamboyait dans des éclats de foudre bleue.

Aurélien n'entrait jamais dans cette lande nue sans avoir l'impression de pénétrer dans la lumière d'un autre monde. Il se disait que la terre est un fruit dont le ciel est la peau, qu'il n'y a rien entre elle et lui, sinon les hommes qui ne savent même pas pourquoi ils sont là. Mais lui, il savait. Il savait des tas de choses comme celles-là : que la vérité se trouve dans les fragiles tiges d'avril, dans ce recommencement et dans cette espérance, que le reste, ma foi, c'est beaucoup de bruit pour pas grand-chose. Il savait aussi que la terre ne sert qu'à hisser les vivants jusqu'au ciel, à condition qu'ils trouvent la route. Et la route, lui, aujourd'hui, après tant d'années, il la connaissait.

Tête baissée, il chercha les traces de son père effacées par des milliers de jours. Oui, ils étaient passés là. Oui, ils s'étaient arrêtés sur cette large dalle blanche. Là, son père avait parlé. Qu'avait-il dit ? Il lui avait dit de regarder là-bas, à cet endroit où la pierraille lèche le ciel : « Vois ! Ce sont les lèvres du monde ! Si tu sais les écouter, elles te diront le grand secret. » Il lui avait dit tant de choses qu'il avait du mal à se souvenir de tout, Aurélien, à cause du temps qui avait passé.

Là-haut, sur les terres les plus hautes, il y avait la bergerie. On y montait à l'estive, l'été, on y couchait, serrés dans la chaleur des bêtes, dans cette odeur irremplaçable de laine et de paille mêlées. Aujourd'hui elle était close. Seule une croûte de paille séchée témoignait encore de ce temps disparu. À sa gauche, se trouvait un creux à l'abri du vent. C'est là qu'il aimait à s'asseoir, Aurélien, à écouter le vent qui courait, jouait à rattraper les nuages et parfois lui faisait des confidences sur ce qu'il avait vu, ou entendu, là-bas, ailleurs, dans les vallées lointaines.

Il s'assit sur son banc de pierres sèches, regarda le ciel et pensa à sa vie dont il ne lui restait que le suc, maintenant, rien que des petites choses, mais de celles, il en était sûr, qu'il emporterait de l'autre côté : le goût de la première figue violette qu'il avait mangée à quatre ans, le parfum des draps de chanvre de sa mère, la douceur d'une pièce de lin au fond de l'armoire, l'odeur du chapeau de feutre de son père, la saveur des raisins dorés de sa treille, et quoi encore ? Rien, non, rien, vraiment, mais la moelle de la vie, tout un ruisseau de souvenances qui pétillait joyeusement, comme une eau vive, dans le soleil du printemps.

4

D'HABITUDE, à la belle saison, il restait là-haut tout le jour, à s'étourdir de vent et de lumière, pour oublier que sa vie s'achevait dans la solitude. Mais aujourd'hui, quelque chose l'avait rappelé en bas. Tout en s'occupant des agneaux dans l'étable, il guettait les bruits de la route qui conduit au hameau. Elle est bien étroite, cette route, car Montagnac se trouve loin de tout, et nul ne va plus sur ces collines, sinon les chasseurs des villes d'alentour. Il n'entendait que le vent, mais le vent l'avait toujours intéressé car il annonçait chaque fois quelque chose : un orage, une embellie, ou bien les violents changements de saison aux équinoxes de printemps et d'automne : tout un remue-ménage qui ébranle les Terres hautes pendant plus de huit jours. À la fin de ces grandes lessives du ciel, un matin, l'air paraît casser entre les doigts. Il a la pureté des sources en hiver. Les hommes, les oiseaux, les bêtes marchent avec précaution, comme sur du cristal.

Aujourd'hui, non, le vent était bien là. Il venait du nord-ouest, comme souvent aux lunes jeunes d'avril, et, quand il sortait les brebis, Aurélien devait laisser les agneaux seuls à l'étable, à cause du froid. Pas trop longtemps, car ils étaient fragiles encore, et ils avaient besoin de leur mère. Il les examina un par un, leur parla, les rassura, prit les brebis à témoin :

– Ils sont beaux, vos petits ! Vous en avez de la chance ! Moi, j'en ai jamais eu.

Il relâcha l'agneau dont il s'était saisi, s'approcha d'une mère, la caressa :

– Tu sais, le tien, il est pas bien costaud. Ça te fait du souci ? Je te comprends. Moi, si j'en avais eu un, de petit, je me serais inquiété pour lui toute ma vie.

Devant les yeux noirs qui semblaient l'interroger, il soupira, s'éloigna et continua de parler comme pour lui-même :

– Aujourd'hui, il serait là près de moi, lui. Il serait resté... Oh, oui ! Sûr qu'il serait resté, et je ne serais pas seul, comme ça, à courir après quoi ?

Il s'arrêta brusquement car il venait d'entendre une voiture et c'était le bruit d'un moteur inconnu. Son cœur s'affola dans sa poitrine. Il sortit, referma prestement la porte derrière lui, traversa la cour, se lança sur le chemin, trébucha sur les pierres, s'arrêta, puis repartit, plus lentement.

Le voilà derrière le mur d'une maisonnette écroulée, à reprendre son souffle. De l'autre côté de la placette, un homme brun, une grande femme blonde, une jeune fille également blonde commencent à décharger un break bleu, immatriculé à Paris. Une fenêtre claque. La tête d'un garçon apparaît un instant, puis disparaît aussitôt. À peine Aurélien a-t-il le temps de s'essuyer les yeux que l'enfant surgit sur le seuil. Il est brun, droit et fin comme un cyprès, il doit avoir dix ou onze ans. Aurélien ne voit que lui. Le gosse vient aider ses parents et porte une valise à l'intérieur. Aurélien voudrait s'élancer pour aider lui aussi mais il ne bouge pas. Il regarde ces gens, cet enfant venus de si loin pour partager, croit-il, un peu de sa vie. À la fin, ils disparaissent tous dans la maison, et la porte se referme.

Aurélien patienta encore un moment, puis il remonta chez lui pour se désaltérer. Il n'y resta pas longtemps, cependant, car il avait hâte de repartir. Il descendit de nouveau le chemin, poussant son petit troupeau devant lui. Il s'attarda sur la placette, bien en vue, cette fois. Les brebis s'arrêtèrent pour brouter le revers du talus et il les laissa faire. Il attendait sans savoir exactement quoi, mais il ne pouvait se résoudre à s'éloigner, plein d'un espoir insensé, tourné vers la maison de Flavie dont la porte finit par s'ouvrir, poussée par un homme de corpulence moyenne, tête nue, de fines lunettes à monture dorée et avec, sur les lèvres, un sourire engageant. Il salua de la tête Aurélien qui répondit de la même manière et se décida à repartir : ce ne serait pas honnête de rester là à espionner le monde. Il jeta malgré tout un dernier regard vers la fenêtre ouverte, mais l'enfant n'apparut pas. Pourtant Aurélien entendit une voix et il fut certain que c'était la sienne. Il se remit en marche lentement, le plus lentement possible, se retourna une dernière fois, arriva devant la maison de Juliette et de Marc. Elle était fermée. Un peu déçu, il s'engagea sur le chemin avec en lui l'impression d'abandonner quelqu'un. C'était trop bête. La lande du plateau s'ouvrait devant lui, et il ne la reconnaissait pas.

Il resta là-haut jusqu'à plus de sept heures. Il ouvrit les portes de la bergerie et s'y reposa un moment sans bien savoir pourquoi. Besoin de quatre murs, sans doute, besoin de toucher le chapeau de son père qu'il avait accroché là depuis plus de trente ans. Pour la première fois depuis longtemps, il ne pensa guère à sa vie passée : il pensa à des lendemains, à des orages, à des arcs-en-ciel, à la rivière, à des routes, à tout ce monde, en bas, dans la vallée, à une grande ville lointaine, et il en demeura tout étourdi. Heureusement, sur le chemin du retour, il rencontra Marc, qui achevait de décharger sa camionnette.

– Venez boire un coup, Aurélien, on l'a bien mérité.

Aurélien laissa ses brebis entrer dans la cour, demanda :

– Et ta Juliette, elle n'est pas revenue ?

– Elle ne va pas tarder.

Ils s'assirent dans la cuisine dallée où trônait l'antique cheminée sous les poutres couleur brou de noix. On y devinait la présence de Juliette dans chaque recoin, sur chaque meuble patiné par les ans, dans la souillarde encombrée d'assiettes et de casseroles. Marc prit deux verres dans l'évier de pierre, les essuya avec un torchon, versa un peu de vin, s'assit face à Aurélien qui, aussitôt, demanda :

– T'as jamais eu envie d'avoir un fils, toi ?

– Pour qu'il soit chômeur, comme moi ?

La voix le toucha autant que celle de Juliette ce matin. Décidément, avec ces jeunes, la dent n'était jamais loin. Aurélien répondit calmement :

– Tu n'es pas chômeur puisque tu vends des fromages.

– Je l'ai été assez longtemps.

Et Aurélien :

– Tout s'est arrangé, maintenant.

– Oui, si on peut dire.

La voix avait tremblé. La blessure n'était pas guérie. Mais Aurélien était entré pour parler, et, après ce long après-midi passé sur les Terres hautes à espérer il ne savait quoi, rien n'aurait pu l'en empêcher :

– Moi, j'y pense souvent, à ce fils que j'ai jamais eu.

Marc observait Aurélien avec un début d'agacement, mais le vieux ne s'en rendit pas compte et poursuivit :

– Et ce qui est drôle, c'est que je le vois toujours enfant, comme s'il ne devait jamais grandir.

Marc hocha la tête, de plus en plus agacé.

– C'est drôle et dans un sens c'est normal, reprit Aurélien : il n'a pas pu vieillir puisque je me le suis inventé.

Marc se leva brusquement, s'en alla regarder à la fenêtre, tandis qu'Aurélien poursuivait son rêve éveillé.

– Je vais partir à sa rencontre, dit Marc. En cette saison, on n'est pas maître des chèvres.

Et Aurélien, toujours à son idée :

– Ce n'est pas une fille que je voulais, c'est un fils, bien grand, bien brun, avec la peau dorée comme un abricot, un fils qui m'aurait accompagné comme j'ai accompagné mon père, moi, jusqu'au dernier jour.

– La voilà ! dit Marc, ouvrant la porte vivement.

Aurélien demeura immobile, seul, sans entendre les

cris dans la cour. Il ne s'était même pas aperçu que Marc était sorti pour aider Juliette. Un rayon de soleil dorait sa main qui tapotait la table dans ce geste machinal dont l'habitude lui était sans doute venue pour combler le silence de sa solitude. Quelle vie il avait eue, tout de même ! Et toutes ces saisons qu'il avait acceptées, tous ces jours, toutes ces nuits sans jamais une plainte, toujours content, à savourer le fruit, à oublier le reste ! D'où lui venaient cette envie, ce besoin, aujourd'hui ? Étaient-ils le signe qu'il n'avait pas su comprendre de la vie ce qu'il aurait dû ? Et s'il s'était trompé ? Si le monde, la terre, les arbres, les bêtes, l'eau, le ciel lui avaient caché tout le reste ?

Il se leva brusquement, croisa sur le seuil Juliette qui demanda :

– Vous avez vu les Parisiens ? Ils ont une fille et un garçon.

– Oui, oui, je les ai vus, fit-il sans se retourner.

Il rassembla son petit troupeau, s'éloigna vers la placette, laissant Marc et Juliette interdits. Dès qu'il arriva en bas, en relevant la tête, il découvrit le garçon brun qu'il avait aperçu à la fenêtre. L'enfant portait des cheveux mi-longs, une parka bleue, un « jean » et des grosses baskets à la mode. Le troupeau passa devant lui, puis ce fut le tour d'Aurélien qui se dit que le gosse ne le saluerait pas.

– Bonjour, monsieur ! lança pourtant une voix claire et enjouée.

– Bonsoir, petit ! répondit Aurélien qui fit mine d'être pressé.

Pourquoi ? Il aurait été bien en peine de le dire. Peut-être parce que c'était trop, tout à coup, à force d'avoir attendu, d'avoir guetté les bruits, les lacets de la route, d'avoir tant espéré une présence, même fugitive, un mot, une parole, un regard, oui, un simple regard posé sur lui. Et là, en un instant, il avait tout eu. Il se hâta de regagner sa maison, ferma ses bêtes dans l'étable et entra dans sa maison, laissant la porte ouverte derrière lui.

Alors, assis devant sa cheminée, il écouta battre son cœur en regardant la grande horloge qui avait compté les heures et les années, le portrait de son père et de sa mère, les landiers de fonte, le calendrier des postes, l'antique machine à tricoter de la mère, le *buffadou* que les mains aimées avaient manié si souvent, l'attrape-mouches gluant qui était vieux comme le monde. Elles avaient passé si vite, ces années ! Et plus elles passaient et plus elles coulaient vite, comme les eaux d'une rivière qui va s'élargissant.

Il y avait eu un temps dans sa vie où les jours pesaient davantage. Et puis, l'âge venant, ils avaient pris l'épaisseur d'une plume ou d'un souffle de vent. Il y avait eu des années et des années qui n'avaient pas compté : celles qui avaient suivi la mort du père, par exemple. Les autres avaient compté davantage, mais celles dont il se souvenait le mieux étaient celles de son enfance. L'espace d'un instant, il se demanda vaguement si c'était d'un enfant qu'il avait besoin, ou seulement de retrouver l'enfant qu'il avait été. Non ! l'enfant qu'il avait été sommeillait en lui, bien vivant. Celui-là lui appartenait. Il savait tout de ses rires, de ses peurs, de ses petits bonheurs. C'était de bien autre chose qu'il avait besoin aujourd'hui : c'était de se voir aimé, lui, le vieux, l'inutile, dans les yeux d'un enfant. Il devina que la rencontre du chemin l'avait brûlé jusqu'aux os. Il savait déjà, en entrant dans sa cuisine, qu'il ne l'oublierait jamais. Il savait, ce soir-là, en se couchant sous l'édredon de plume, que quelque chose de neuf, de chaud et de terrible, était entré dans sa vie.

5

DANS ses rêves, toute la nuit il poussa son troupeau devant lui, en direction de la placette. Toute la nuit une voix murmura près de son oreille : « Bonjour, monsieur » et des yeux vifs ne cessèrent de le dévisager. Il se réveilla vers quatre heures, écouta battre le cœur d'une présence nouvelle dans le vent du printemps. Là-bas, sur les landes du causse, les tiges vertes pliaient sous le vent mais grandissaient un peu plus chaque jour. Là-bas, sous les étoiles, de grandes vagues bleues laissaient tomber sur les pierres des parfums de granges et de prairies, d'eaux vives et de feuilles vernies.

Il n'était pas encore cinq heures quand Aurélien sortit sur sa terrasse où coulait un ruisselet de lune. Il se sentait bien, ce matin, mieux que d'habitude. Il savait ce qu'il devait aux matins, Aurélien, quand il était debout très tôt pour écouter ces voix qui s'éteignaient avec le jour et qui parlaient des autres mondes.

C'est de ces heures d'avant le jour qu'il avait le plus appris. C'étaient elles qui lui avaient dit pour l'enfant, pour toutes ces choses qui ne viennent pas de la parole des hommes. Elles lui avaient dit qu'au-delà des étoiles, au-delà de la vie, les cœurs qui recommencent à battre sont ceux qui ont battu le plus fort sur la terre. Elles lui avaient dit que ses mains avaient serré trop de manches d'outil et pas assez de mains. Elles lui avaient dit des tas de choses encore, plus belles et plus secrètes que tous les rêves d'une vie. Que ne lui avaient-elles pas dit, ces aubes pures qu'il avait accompagnées de sa présence fidèle, perdu sur les collines du causse, à regarder s'éteindre les étoiles ? Il en serait même devenu étranger à la lumière du jour s'il n'y avait eu les nuages, les bêtes et le vent qui parlent aussi bien à qui sait les entendre.

Le jour était là, justement, pareil à une goutte de rosée posée sur le rond pétale du monde. Aurélien entra dans sa maison. Le café, le lait, le pain. Il se mit à manger, les yeux grands ouverts sur le poste de télévision qui ne marchait plus depuis longtemps. Il ne comprenait pas, Aurélien, ce qu'on y disait. Ou pas très bien. Il se sentait à côté des choses, ou plutôt au-delà. Il n'était jamais question de ce qu'il connaissait, lui, de ce qu'il côtoyait. Certes, il y avait découvert des pays, des gens, des fleuves et des montagnes, mais quelque chose lui soufflait à l'oreille que la vie est la même partout. Et que la pensée voyage tellement mieux si les yeux ne voient pas. Enfin, lui, c'est comme ça qu'il sent les choses. L'attente et l'espérance l'ont rendu peu exigeant. Il a appris à faire profit d'une feuille de laurier, d'un morceau de pain dur, d'un milan endormi dans le ciel, d'une aile de nuage. Et voilà. Le besoin d'autre chose n'est venu que très tard. Trop tard, sans doute, mais peut-on savoir vraiment ce que porte le vent du matin, surtout quand le soleil l'éclaire, comme aujourd'hui, et que les feuilles tremblent à la manière d'un agneau qui vient au monde ?

Car ce matin, l'espoir vivait en lui, persuadé qu'il était de revoir l'enfant du chemin. Il lui suffisait d'aller garder le troupeau et la journée, il en était sûr, ne le priverait pas de cette joie. Même si le gosse ne lui parlait pas, ça ne serait pas grave. Alors, c'est lui, Aurélien, qui parlerait. Il avait tout le temps de trouver quelque chose à dire, pour ne pas l'effrayer, ne pas le brusquer. Et c'est à cela qu'il réfléchit pendant la matinée, là-haut, dans son trou à l'abri du vent, près de la bergerie. Peine perdue. Quand il rentra, à midi, la voiture n'était pas là.

Il ne l'aperçut pas non plus quand il remonta, vers deux heures, lentement, lentement. Et tout l'après-midi, il chercha des mots en regardant les nuages ou les grives qui volaient de genévrier en genévrier, mais il ne trouva rien. Il n'avait pas l'habitude, lui, le vieux habitué au silence des pierres, de prononcer des paroles susceptibles d'intéresser un enfant, de surcroît venu de la ville. Comment faire ? Que lui dire ? Et le soir qui arrivait ! Déjà, il fallait rentrer car l'air fraîchit vite en avril, et les bêtes lorgnent vers l'étable dès cinq heures.

Il descendit doucement, son troupeau devant lui, songeant à la placette, à celui qui, peut-être, l'attendait là-bas. Il s'engagea dans le tournant dessiné par le sentier, entre deux murs de lauzes. Les brebis s'arrêtèrent. Il leva la tête. Le gosse était devant lui, souriant, et demandait, un éclat de soleil dans les yeux :

– Moi, c'est Benjamin, et toi ?

Le tutoiement surprit tellement Aurélien qu'il s'affola et ne songea même pas à répondre.

– Moi, c'est Benjamin, et toi ? reprit l'enfant, plus fort, pensant que le vieux ne l'avait pas entendu.

– Aurélien ! répondit-il enfin, pas tout à fait certain que le gosse s'était adressé à lui.

– Tu habites ici ?

Aurélien ignorait la vivacité de la jeunesse d'aujourd'hui. Il avait du mal à remettre ses idées en place. Tout allait trop vite.

– Tu habites ici ? répéta le gosse.

– Oui.

– T'as du bol !

Pourquoi disait-il ça, ce petit de la ville ? Est-ce que par hasard il se moquait de lui ? Mais le gosse était déjà plus loin, comme une grive qui s'envole à mesure qu'on approche.

– Ça mord, les moutons ? demanda-t-il en se retournant brusquement.

– Ce sont des brebis, dit Aurélien, rassuré de trouver un terrain familier.

– Je peux en attraper une ?

Tiens ! Voilà qu'il aimait les bêtes, cet enfant ! Il n'était décidément pas ordinaire. C'est avec un peu de regret qu'Aurélien répondit :

– Il ne faut pas les bousculer parce qu'elles n'ont pas beaucoup de lait.

– Elles ont fait des petits ?

La vive lueur d'intérêt qui s'était allumée dans les yeux du gamin étonna davantage le vieux.

– Des agneaux, oui.

– Et tu les as vendus ?

– Non ! Pas encore. Ils sont à l'étable. Il ne fait pas encore assez chaud pour les sortir.

Et l'enfant, enthousiaste :

– Tu me les montreras ?

Aurélien ne répondit pas. Que se passait-il aujourd'hui, sur ce chemin ? Voilà que maintenant ce gosse s'intéressait aux agneaux. Aurélien, décontenancé, rappela son troupeau qui s'éloignait, fit quelques pas derrière lui.

– Je peux te suivre ? Ça ne te dérange pas ?

– Fais comme tu veux, dit Aurélien, presque surpris, l'instant d'après, de sentir une présence à ses côtés.

– Mon père s'appelle Alain et ma mère Élise. Et puis j'ai aussi une sœur qui s'appelle Joëlle. Et toi ?

– Moi, j'ai personne.

– Tu ne t'es jamais marié ?

– Non, jamais.

– Pourquoi ?

Le vieux n'avait pas l'habitude de parler en marchant et il s'essoufflait vite. Il s'arrêta, s'appuya sur son bâton de buis, trouva le regard qu'il espérait. C'était bien le même que la veille : il n'y avait pas d'ironie, mais une grande sincérité et toujours la même lueur chaude et vive, celle d'une jeunesse insouciante et gaie, dont il devinait qu'elle dévastait tout sur son passage.

– Parce que ça s'est pas trouvé, dit-il.

– Je comprends, fit l'enfant gravement.

Que pouvait comprendre ce gosse à une vie de solitude et de silence ? Aurélien se remit en marche, essayant de rassembler ses idées, se demandant s'il n'avait pas rêvé les mots qu'il venait d'entendre. Et il s'inquiéta soudain de ce silence, craignant de l'avoir effarouché, peut-être même de l'avoir déçu. Il s'inquiéta surtout d'avoir à ouvrir sa maison, d'offrir à ce gosse le spectacle du plafond noir de suie, des murs galeux où le plâtre s'effondrait par plaques, des mulots sur le plancher crevé, de cette pauvreté à laquelle il tenait pourtant, mais qui lui paraissait lourde, aujourd'hui, et vaguement honteuse.

Il haussa les épaules, précéda le gamin à hauteur du portail, s'approcha de l'étable, se retourna.

– T'en fais pas, dit l'enfant, j'ai l'habitude des animaux.

Dans la bergerie, l'odeur du suint sembla ce soir très forte à Aurélien. Il fit tomber du fenil un peu de fourrage, jeta dans les mangeoires quelques poignées d'avoine, puis il ouvrit la barrière et, se saisissant d'un agneau, l'entraîna vers la porte.

– Tiens ! Prends-le si tu veux ! dit-il à l'enfant.

Celui-ci s'agenouilla, enserra l'agneau dans ses bras, frotta sa joue contre la toison, ferma les yeux. Aurélien l'observait, incrédule.

– Quel âge ont-ils ? demanda le gosse.

– Pas tout à fait un mois.

– Tu les gardes longtemps ?

Aurélien pressentit des questions embarrassantes, mais répondit néanmoins :

– Jusqu'à la fin de l'été.

– Et après ? Tu les vends ?

Pourquoi, ce soir, fallait-il qu'il se sentît coupable de tout ce qu'il avait fait dans sa vie ?

– Je suis bien obligé, répondit-il à regret. Je ne pourrais pas les nourrir pendant l'hiver.

Les yeux de l'enfant cherchèrent une faille dans ceux d'Aurélien qui détourna la tête.

– C'est chaque année pareil ?

Aurélien se hâta de saisir une branche plus solide :

– Quelquefois je garde une femelle pour remplacer une brebis trop vieille.

Il devina que l'enfant le jugeait, se sentit transpercé par son regard.

– S'ils étaient à moi, je ne les vendrais pas.

Aurélien, pour se justifier, avança :

– Si je les avais tous gardés, j'en aurais autant qu'il y a de pierres sur le causse.

Le visage du gosse s'illumina :

– Oh ! oui ! Ce serait génial !

Il y avait un tel éclat dans ses yeux qu'Aurélien, une nouvelle fois, se sentit coupable.

– Allez ! dit-il, il faut le laisser maintenant. Il n'a pas l'habitude.

Il ramena l'agneau près de sa mère qui bêlait d'inquiétude, puis, avant de sortir, il laissa passer l'enfant devant lui.

– Merci, dit celui-ci. Salut. À demain.

Aurélien n'eut même pas le temps de répondre que

déjà le gosse s'élançait vers le portail. Décontenancé par cette désinvolture, il rentra, attisa le feu, fit réchauffer sa soupe, s'assit et commença à manger, cherchant à remettre ses idées en ordre.

La nuit vint. Il était seul de nouveau, comme il avait toujours été. Il pensa tout à coup aux longues nuits d'hiver et il lui sembla que désormais, parce qu'il y aurait seulement eu ça : cette rencontre, cette fugitive compagnie, il ne supporterait plus la solitude. Il se dit qu'il n'était pas raisonnable, que, quoi qu'il arrive, il se retrouverait seul un jour, et qu'il n'accepterait plus le silence, les longues heures d'attente du sommeil, qu'il perdrait le goût des choses simples et de la vie. Il devait se défendre, refuser cette présence qu'il avait tant espérée, il devait renoncer à faire des quelques mois qui lui restaient la fête dont il avait rêvé.

Il débarrassa la table, s'assit près de la cheminée, ses doigts tapotant son genou. « Je comprends », dit une voix, et aussi : « Ce serait génial ! » Aurélien revit les troupeaux de son enfance, les béliers qu'il apprivoisait avec un croûton de pain, il entendit les sonnailles, il aperçut son père, là-haut, qui menait les bêtes, enveloppé dans sa grande limousine. Il ferma les yeux. Partout sur ces Terres hautes aujourd'hui désertées retentissaient les clochettes, les clarines et les bêlements âpres des brebis. Partout le vent, la lumière, l'odeur suffocante des étés de feu, mais maintenant c'est lui-même, Aurélien, qui conduit le troupeau. Et quand il se retourne, il aperçoit, loin derrière, en serre-file, la silhouette d'un gamin noir qui ressemble au gosse du chemin.

6

PENDANT la nuit, le vent fit la chasse aux nuages surgis à la chute du jour. Il ne cessa de souffler qu'à l'aube, ce vent plein d'espérances, de rires et de soupirs, un peu avant qu'Aurélien ne sorte. Il y avait ce matin dans l'air une sorte de jeunesse qui lui rappela la musique des bals sur la place, le goût du vin clairet que l'on buvait sur des tables branlantes, dans la lueur rouge des lampions. Il faisait plus frais. Même la lumière, d'ailleurs, paraissait plus fraîche. Elle scintillait comme une rivière gelée, et elle obligea Aurélien à rentrer plus tôt pour déjeuner. Le bol de faïence bleu, le lait et le café : ils étaient la preuve que la vie continuait, que la mort n'aimait pas les matins. Il mangea lentement, comme à son habitude, regarda le portrait du père et de la mère sur le buffet, mais il ne les vit pas.

Ce qu'il vit, c'est ce qu'il avait vu toute la nuit : un gamin près de lui, agenouillé, attentif à l'agneau. Il pensait qu'à la ville les gosses étaient différents, seulement préoccupés de cinéma, de voitures, de ces musiques folles entendues dans le bourg de la vallée, parfois. Celui-là cachait peut-être quelque chose. Il fallait donc ne pas oublier sa résolution de la veille : surtout ne pas se laisser attendrir, car dès l'automne il serait seul.

Quand il ouvrit la porte pour s'occuper des bêtes, il manqua tomber de surprise : le gosse, assis sur le seuil, se dressa devant lui. Aurélien, stupéfait, demanda :

– Qu'est-ce que tu fais là, toi ?

– Ben, je suis venu te voir ! répondit Benjamin, comme si la chose allait de soi.

Et lui, songeant à l'heure matinale :

– Tu l'as dit à tes parents ?

– Ben oui ! Pourquoi ?

Aurélien ne répondit pas. Il dévisagea l'enfant un moment, trouva dans le regard la même franchise, la même confiance que la veille. Il se souvint de sa résolution, mais il dit malgré tout, emporté par un de ces élans du cœur qu'il n'avait pas appris à dissimuler :

– Rentre, puisque tu es là.

Il avait oublié qu'il avait redouté hier la réaction du gosse devant ces murs sales où couraient les faucheux. Tout était si noir, dans la maison, tout parlait d'un passé dont nul, à part lui, ne se souvenait, d'un monde à jamais disparu. Mais il était trop tard : déjà le gosse s'était levé, était entré, et demeurait immobile devant la table sans paraître rien remarquer de cette pièce d'un autre âge. Il sourit seulement, regarda le bol et le pot de lait d'un air d'envie.

– Tu as déjeuné ? demanda Aurélien, surprenant son regard.

– Oui. Je suis levé depuis longtemps.

– C'est bien sûr ?

Benjamin hocha la tête, continua de sourire.

– Assieds-toi, si tu veux, j'en ai pas pour longtemps.

– Et après, on s'occupera des agneaux ?

Aurélien, qui s'était approché de l'évier, sentit son cœur fatigué se mettre à battre sourdement. En même temps, cependant, une voix lui soufflait près de son oreille de se méfier, de ne pas s'engager sur un chemin qui ne le mènerait qu'à la blanche et désolante solitude des interminables hivers.

– Tu ne veux pas de moi ? reprit le gosse avec un ton de déception dans la voix.

Aurélien se retourna, reconnut la limpidité du regard qui l'avait tellement frappé la veille, demanda :

– Et tes parents ? Qu'est-ce qu'ils vont dire ?

– Je leur ai dit de passer, comme ça tu les connaîtras.

Il y avait là une frontière à ne pas franchir. À part

Juliette et Marc, personne n'était entré dans sa maison depuis très longtemps. Il n'avait jamais aimé que des mots ou des gestes étrangers à son univers menacent l'équilibre sur lequel il avait patiemment construit sa vie. Il s'était toujours méfié des images nouvelles qui ouvrent des horizons inconnus. Au-delà des siens propres, commençait le danger de la comparaison. Or sa vie était enclose dans un cercle de certitudes indispensables à ses petits bonheurs et il s'était toujours évertué à les protéger.

– Je n'aime pas beaucoup les visites, moi, bougonna-t-il, retrouvant subitement sa méfiance instinctive.

– T'inquiète pas ! répondit l'enfant en riant, ils ne resteront pas longtemps ; ils nous laisseront tranquilles.

Ces mots, ce rire si naturels, de nouveau, le désarçonnèrent.

– Ah bon ! dit-il.

Puis, gêné de se sentir observé, il repartit à son ouvrage devant l'évier. L'enfant, dans son dos, ne parlait plus. Aurélien se demanda ce qu'il pouvait bien faire. Il se hâta d'en terminer, préférant entraîner le gosse dehors plutôt que de le laisser attendre dans cette masure.

Une fois dans la cour, ils s'occupèrent de la volaille. Sans soleil, le matin d'avril semblait tout piqueté des pointes de l'hiver. On sentait le froid tapi dans chaque recoin d'ombre, contre les murs, les revers exposés au nord, les langues de grèze nue. Aurélien se demanda s'il pourrait sortir les brebis. Pourtant le soleil n'était pas loin. Il cherchait à percer les nuages qui couraient toujours là-haut contre le ciel et, parfois, se déchiraient comme des grands draps de lin.

L'enfant et le vieux se retournèrent en entendant des pas sur le chemin. Un homme et une femme apparurent, firent un signe de la main.

– Ce sont eux, dit Benjamin, allant à leur rencontre.

Aurélien, lui, ne bougea pas. Il avait compris d'instinct que ces gens ne se conduiraient pas comme lui, ni comme leur fils. Leurs vêtements aux couleurs vives trahissaient des goûts, des habitudes bien étrangers aux siens. Il devinait même comme une menace qu'il ne pouvait pas analyser. Il aurait voulu fuir, mais Benjamin le rejoignit et dit à l'adresse de ses parents :

– Je vous présente Aurélien.

L'homme, détendu, tête nue, tendit une main qu'Aurélien serra sans chaleur.

– Bonjour, monsieur !

– Bonjour.

Puis ce fut le tour de la femme, blonde, fine, les cheveux courts, les yeux clairs, qui se mouvait avec légèreté et dit, tendant la main elle aussi :

– J'espère, monsieur Aurélien, que notre fils ne vous importune pas trop.

Que répondre à cela ? Tant d'aisance, de naturelle confiance en soi, le paralysèrent. Embarrassé de tout son corps inutile, de ses mains qui ne savaient que saisir les outils ou caresser les toisons, il répondit, fidèle à son image :

– Il aime beaucoup les bêtes.

Les visiteurs sourirent. Aurélien aurait voulu s'en aller, retrouver ses habitudes, et regrettait maintenant d'avoir laissé entrer l'enfant étranger dans son domaine.

– Nous aussi, nous aimons beaucoup les bêtes, reprit la femme ; sûrement autant que la nature. D'ailleurs, si nous avons acheté ici, c'est pour y trouver tout ce qui nous fait tant défaut à Paris.

Elle avait parlé d'un trait, d'une voix à la fois douce et enjouée. Aurélien, qui hochait la tête, ne comprenait pas très bien ce qu'elle avait voulu dire. Il se balança d'un pied sur l'autre tandis que l'homme s'approchait de la terrasse d'où l'on apercevait la vallée.

– Quel magnifique point de vue, dit-il, on croirait du Cézanne.

Aurélien hocha de nouveau la tête, ne sachant pas davantage de qui parlait son visiteur. Il se demandait comment il se faisait que Benjamin ressemblait si peu à ses parents ; son regard courait de l'un à l'autre, mais il ne voyait aucune explication. Il chercha en vain les mots que semblaient attendre les visiteurs, mais ce fut le père qui ajouta, montrant la maison :

– C'est donc là votre demeure.

Surtout, ne pas leur ouvrir la porte. Aurélien se plaça devant, pour en interdire l'accès.

– Une maison typique de ces collines, reprit la mère enthousiaste. Tout ici respire la sobriété et la mesure. Quelle chance nous avons d'habiter un village qui a réussi à échapper aux excès de notre époque !

Alors, Aurélien, ne masquant pas un début d'hostilité :

– Je ne vous fais pas rentrer, c'est un peu en désordre.

La mère, magnanime, concéda :

– Et puis nous avons tous notre jardin secret, n'est-ce pas ?

Le père parut deviner que son fils était gêné par leur présence, qu'il était temps de partir. Il retourna vers le portail et dit :

– Eh bien, nous sommes ravis d'avoir fait votre connaissance, monsieur Aurélien !

La mère, elle, paraissait moins pressée. Elle s'attardait, semblait espérer un mot, un geste qui l'inviterait à rester.

– Nous allons dire bonjour à ce jeune couple qui

a eu le bon goût de venir s'installer sur ces collines. Vous les connaissez ?

– Pardi, si je les connais ! répondit Aurélien ; il n'y a qu'eux et moi, ici, alors vous pensez !

– En tout cas merci de votre accueil, et ne vous inquiétez pas : nous troublerons le moins possible votre tranquillité.

C'était plus qu'il n'en espérait. Il raccompagna les parents jusqu'au portail sous l'œil un peu inquiet de Benjamin qui avait l'impression d'avoir fait une bêtise. Celui-ci demanda néanmoins, dès que son père et sa mère eurent disparu au bout du chemin :

– Qu'est-ce qu'on va faire, ce matin ?

– Tu vas rentrer chez toi, parce que moi j'ai du travail, fit le vieux sans pouvoir dissimuler tout à fait sa contrariété.

Et, sans rien ajouter, il marcha vers l'étable où il entra sans se préoccuper de savoir ce qui se passait derrière lui. Immobile au milieu de la cour, Benjamin hésitait. Il fit un pas vers la bergerie, s'arrêta, retourna vers le portail et s'en alla. Il n'avait pas compris qu'en réalité Aurélien n'en voulait qu'à lui-même. Et si le vieux bougonnait en répandant l'avoine dans les mangeoires, c'est parce qu'il aurait dû se souvenir que chaque fois qu'il était sorti du chemin de sa solitude, il s'était brûlé. Il n'y avait que les pierres millénaires, le vent obstiné, les bêtes silencieuses, les landes désolées qu'il pouvait vraiment comprendre et aimer. Ceux-là ne le décevraient jamais. Ils ne lui parleraient pas mais ils ne l'abandonneraient pas. Ils seraient là chaque jour pour l'accompagner, même au plus froid de l'hiver, quand on n'entend plus battre son cœur, que la neige renvoie les Terres hautes à leur froide immobilité des origines.

Cependant, au fur et à mesure qu'il travaillait dans son étable à changer les litières, sa colère reflua. Il savait bien que, quoi qu'il fît maintenant, l'idée d'avoir blessé l'enfant ne le quitterait plus. Il lutta encore un moment contre elle, essayant de penser à autre chose, mais on ne passe pas sa vie à refuser le mal sans en souffrir lorsqu'on l'approche. Il lâcha soudainement la fourche et sortit. Comme la cour était déserte, il alla au chemin, se retint à peine d'appeler. N'apercevant personne, il revint à son ouvrage en maugréant et, quand il eut fini, il hésita à sortir les brebis. Finalement il rentra chez lui, ne se trouvant bon à rien, pas même à deviner le temps d'une matinée de printemps.

Il demeura assis une bonne heure à réfléchir, puis il vaqua à ses menues occupations, guettant les bruits dans la cour, les glissades du vent sur le chemin. C'est pendant qu'il mangeait qu'il lui vint l'idée d'aller chez les jeunes – en lui-même, il appelait ainsi Marc et Juliette parce qu'il y trouvait chaque fois du plaisir.

Quand il s'engagea sur le chemin, les nuages étaient partis. Un beau soleil d'avril galopait sur le causse, fouetté par le vent. L'air, qui s'était réchauffé, sentait la fumée de bois, et cette odeur, précieuse à Aurélien, le réconforta. Quand il arriva, Juliette était en train de faire sa cuisine. Marc n'était pas encore rentré du marché.

– Un peu de café. Aurélien ? proposa-t-elle.

– Je veux bien.

Il s'assit à sa place habituelle et s'accouda sur la table. Juliette comprit qu'il avait quelque chose à lui dire, mais elle attendait, surveillant sa casserole. Quand ce fut fini, elle versa lentement le café dans un verre, tandis qu'il demandait enfin :

– Tu l'as vu, le petit ?

– Bien sûr que je l'ai vu. Ce matin, il m'a suivie jusqu'à la vieille grèze.

Et elle ajouta, malicieuse, tandis qu'un spasme de jalousie arrachait une grimace à Aurélien :

– Il est vraiment gentil, ce gosse.

– Tu crois ? dit-il, secrètement satisfait de ne pas être seul de cet avis.

– En tout cas, fit Juliette, il ne ressemble pas à ses parents : il ne fait pas de manières, lui.

– Non. Ce serait même plutôt le contraire.

– Qu'est-ce qui vous fait dire ça ?

Il n'osa pas lui dire, lui qui vouvoyait ses parents,

qu'il ne s'habituait pas au tutoiement adopté d'emblée par l'enfant.

– Oh ! rien… rien.

Juliette s'assit, murmura comme en confidence :

– Il m'a parlé de vous.

– Ah ? fit-il, intrigué. Et qu'est-ce qu'il t'a dit ?

Juliette ne répondit pas tout de suite. Elle s'amusa à faire attendre Aurélien qui achevait de boire son café. Il reposa son verre, l'interrogea d'un signe de tête.

– Je sais pas si je peux vous le dire.

– C'est si grave que ça ?

Et, comme elle ne répondait pas davantage :

– Si tu veux rien me dire, alors je m'en vais, fit-il, définitivement contrarié.

Elle le retint par le bras au moment où il se levait, et il se rendit compte qu'elle se moquait de lui. Il haussa les épaules, murmura :

– Toi, alors !

– Il m'a dit que vous l'aviez chassé et il avait l'air très malheureux.

Aurélien, qui se sentit aussi coupable que dans l'étable, crut indispensable de se justifier :

– J'ai autre chose à faire que de m'en occuper toute la journée.

Le sourire malicieux de Juliette s'éteignit.

– Vous ne savez pas ce que vous voulez, dit-elle d'un ton qui le toucha et le fit se braquer :

– Comment ça, je ne sais pas ce que je veux ?

– Il vous a adopté tout de suite, lui, il ne s'est pas posé de questions.

Aurélien ne trouva rien à répondre. Il savait que ce que disait Juliette était vrai, mais c'était comme s'il ne pouvait pas se l'avouer à lui-même.

– À mon idée, reprit Juliette, si on lui laissait le choix, à ce gosse, il pourrait très bien vivre ici.

– Tu crois ?

– Il aime les bêtes comme vous pouvez pas vous l'imaginer et il connaît déjà tout du causse. Il ne doit pas être heureux en ville, c'est sûr.

Aurélien demeura un moment sans parler, le temps que les mots de Juliette fassent leur chemin en lui. Elle l'observa et, de nouveau, sourit. Il se leva brusquement en disant :

– Tu as peut-être raison.

Et, avant de franchir la porte :

– Merci pour le café.

Une fois sur le chemin, il se sentit satisfait d'avoir trouvé une alliée dans le combat qu'il menait contre lui-même. Au diable l'hiver et les longues heures de solitude ! Le soleil et le vent avaient complètement chassé les nuages. Des perdrix s'appelaient dans les genévriers des Terres hautes. Il ne fallut que quelques minutes à Aurélien pour regagner sa maison et ouvrir la porte de la bergerie. Il lança l'appel modulé que lui avait enseigné son père dès qu'il avait été en âge de garder le troupeau, et, sitôt que les sonnailles retentirent, il sentit couler en lui une lave chaude qu'il connaissait bien. Il laissa les brebis s'engager sur le chemin, puis il se mit à marcher derrière elles, aveuglé par l'éclat de l'air fragile comme du verre.

Sur la place, il ne vit personne. Il en fut un peu déçu mais il ne s'attarda guère. Il monta vers le plateau avec quelque chose de plus dans sa tête. Qu'était-ce donc ? Il se rendit compte que le vent avait tourné au sud en fin de matinée et qu'il avait rallumé sur le causse des foyers que, pendant l'hiver, on croyait éteints à jamais. Le petit troupeau coula entre les murs de lauzes, et l'odeur de la laine épaisse des brebis, celles des roches chaudes, des herbes folles du sentier, s'unirent dans sa mémoire pour libérer la source d'un bonheur ancien.

Plus il montait et plus le soleil d'avril faisait cliqueter ses médailles d'argent, aveuglant les brebis qui hésitaient, éblouies par tant de lumière, après une matinée passée dans la pénombre à ruminer des rêves d'herbe tendre et de grand vent. Mais ce n'était pas la lumière qui les avait arrêtées, contrairement à ce que crut Aurélien. C'était l'enfant, qui était assis au bord du chemin, et qu'elles ne connaissaient pas encore assez pour forcer le passage.

– Qu'est-ce que tu fais là, toi ? demanda Aurélien qui dissimula son émotion en forçant sa voix. T'as bien une sœur, non ?

– Ma sœur, c'est une malade, répondit le gosse, elle veut déjà rentrer à Paris.

Il s'était levé, espérant apprivoiser le vieux, qui demanda, la voix toujours aussi bourrue :

– Et toi ? Il ne te tarde pas ?

– Moi, si je pouvais, je ne repartirais jamais.

La flèche toucha Aurélien en plein cœur. Même si quelquefois le sens des mots employés par le gosse lui échappait, il en comprenait l'essentiel. Il pensa que c'était aujourd'hui le premier jour de vrai soleil. L'hiver était loin, la neige aussi. Qui savait, d'ailleurs, s'il atteindrait l'hiver ? Renonçant à ses résolutions de la veille, il lança :

– Allez ! Viens !

Le gosse vint se ranger à côté de lui et ils ne tardèrent pas à déboucher sur les Terres hautes où crissaient les insectes comme au beau de l'été. Le pas qu'Aurélien avait fait dans la direction de l'enfant, il l'avait voulu, il l'avait mesuré, et il devinait déjà, confusément, que ce serait l'un de ceux qui compteraient le plus dans sa vie.

7

L'HIVER s'en alla définitivement, traînant ses guenilles noires le long des chemins. Le vieux causse se mit à crépiter de toutes parts, tandis que les cigales et les grillons reprenaient leur chanson de lumière. Sur les sentiers criblés de sauterelles résonna bientôt le « tire-lire » des alouettes. Depuis que le vieil Aurélien avait emmené Benjamin pour la première fois sur les Terres hautes, ils ne se quittaient plus, si ce n'était à la nuit ou à l'heure des repas. Mais Aurélien, une fois seul, ne pensait plus à l'hiver. Il lui semblait qu'une rivière en crue l'emportait, et c'était bon de se laisser aller, de se nourrir de cette présence dont il avait tant rêvé.

Le gosse lui parlait de sa vie à Paris, de tout ce monde qu'Aurélien avait entrevu à la télévision du temps où son poste marchait encore, et le vieux, lui aussi, se racontait chaque jour davantage : son père, les grands troupeaux, le vent et les nuages, l'épaule ronde de la colline, la joue du ciel au plus chaud des étés, les étoiles qui, la nuit, pleuvent sur la terre sans qu'on y prenne garde… À la fin, quand il se rendait compte que c'était bien lui que l'enfant brun écoutait, là, assis sur les pierres, il se sentait jeune, en âge de le protéger, de lui montrer les lèvres du monde, lui expliquer vers où courent les nuages et pourquoi.

Il était presque sept heures, ce soir-là, et ils ne se décidaient pas à redescendre. Le ciel avait des reflets de duvet de pigeon. Le vent apportait depuis la vallée le murmure paisible des peupleraies qui cernent la rivière. Les brebis levaient la tête, se demandant avec envie d'où venait ce bruit de feuille tendre, puis elles se courbaient de nouveau sur l'herbe rase et l'oubliaient. Il n'y avait que les alouettes pour prendre leur envol et basculer vers la grande plaine qui ondulait comme une couleuvre dans les premières brumes de chaleur.

– T'es jamais parti de chez toi, alors ? demanda Benjamin qui ne parvenait pas à comprendre comment on pouvait passer sa vie à un seul endroit, sans connaître d'autres lieux, d'autres gens.

– Si. Pour mon service militaire à Montauban.

– Et depuis ? Rien ?

– Non. Où veux-tu que j'aille ? Je suis bien ici : c'est chez moi.

L'enfant, stupéfait, examina le vieux avec incrédulité.

– Tu aurais pu voyager quand même, fit-il avec une nuance de reproche dans la voix.

– Pourquoi faire ?

– Ben, pour voyager, quoi !

– Ici, il y a tout ce qu'il me faut, dit Aurélien, d'un ton qui était censé décourager le moindre avis contraire.

– Oui, mais tu es tout seul, reprit Benjamin du bout des lèvres, après un instant de réflexion.

– Oui ! je suis tout seul, répondit le vieux, de la même voix égale, s'efforçant de deviner ce qui, là-bas, remuait au coin d'un genévrier.

Il retint son souffle, murmura :

– Regarde la perdrix, là-bas devant.

– Où ça ?

Trop tard ! L'oiseau les avait vus. Il piétait déjà sur la grèze et disparaissait dans un éclair fauve entre deux buis. Benjamin, qui s'était levé, s'assit de nouveau et parut réfléchir.

– Tu n'es pas malheureux, tout seul ? demanda-t-il.

– Non. Enfin… je ne crois pas.

– Même en hiver ?

Que savait-il de l'hiver sur le causse, ce gosse ? Il sembla brusquement à Aurélien que Benjamin devinait tout, même ce qu'il n'avait jamais vécu et qu'il ne connaîtrait jamais. Et voilà que la grande solitude blanche s'étendait maintenant devant lui, et les longues heures, les cruelles questions de la vie qui s'en va ! Il eut un mouvement d'humeur qui lui fit demander avec une pointe d'agacement :

– Pourquoi en hiver ?

Et l'enfant, désarmant de simplicité :

– Ben, parce que ça doit être difficile, ici, l'hiver.

– J'y suis habitué.

Benjamin comprit qu'il y avait là un chemin dans lequel il ne devait plus s'aventurer. Le silence les sépara un instant : même les sonnailles s'étaient tues. Puis elles reprirent, toutes proches, maintenant, comme si les brebis avaient écouté elles aussi.

– Pourquoi tu ne t'es jamais marié ? demanda de nouveau Benjamin qui, confusément, cherchait la justification d'une vie dont le sens lui échappait.

– Je me suis occupé de ma pauvre mère, répondit Aurélien qui s'étonnait de sa propre patience.

– Elle est morte depuis longtemps ?

– Ça va faire vingt-cinq ans.

Et le gosse, incrédule :

– Depuis vingt-cinq ans tu es tout seul ?

– Oui ! Je suis tout seul.

L'incrédulité fit place à de l'effarement. Benjamin réfléchit, imaginant sans doute ce que représentaient des heures, des jours et des années de solitude. Puis, tout à coup, son visage s'éclaira. Il se tourna alors vers Aurélien et murmura :

– Plus maintenant.

Et, comme le vieux le considérait sans comprendre :

– Plus maintenant, puisque je suis là.

C'est à peine si Aurélien eut le temps de détourner la tête pour cacher l'onde brûlante qui avait débordé de ses paupières. Il se leva, fit quelques pas en direction d'un genévrier comme s'il cherchait quelque chose, puis, sans se tourner vers l'enfant qui n'avait pas compris ce qui se passait, s'approcha de ses brebis et se mit à leur parler. Enfin il lança, poussant ses bêtes du bâton :

– Tu viens ?

Et Benjamin le rejoignit dans le soir qui tombait en étirant derrière lui de grandes herbes de soie noire.

Ils descendirent le sentier côte à côte sans parler, entre les petits chênes et les genévriers qui frissonnaient sur leur passage. Au loin, face à eux, de l'autre côté de la vallée, des lumières clignotaient déjà, et il y avait dans l'air comme une promesse d'été. Les sabots des brebis cognaient les pierres avec un bruit de maillet sur des noix. Le ciel était devenu étrange, d'un bleu de myosotis veiné de rose.

En bas, les parents de Benjamin, qui avaient entendu les sonnailles, attendaient sur la placette.

Toujours aussi aimables, ils marchèrent à la rencontre d'Aurélien et lui tendirent la main.

– Bonsoir ! dit Aurélien, contrarié.

La mère était bien incapable de s'en apercevoir. Comment aurait-elle imaginé que ce vieil homme appréciait la compagnie de son fils mais pas la sienne ? Au contraire, elle fut persuadée de lui être agréable en disant :

– Vous êtes très aimable d'avoir invité notre fils à déjeuner demain, mais il va de soi que vous serez notre invité après-demain.

– Je vous remercie, répondit-il, mais j'ai mes habitudes, et à mon âge je me méfie des changements.

– Dites-moi ce que vous aimez manger, je ferai ce que vous voudrez.

Elle sourit, insista, prit son fils à témoin :

– N'est-ce pas, Benjamin ?

L'enfant hocha la tête mais il ne répondit pas. Il s'éloigna de quelques pas, souhaitant mettre fin à la conversation.

– Ne vous dérangez pas, allez ! dit Aurélien.

– Mais cela ne nous dérange pas ; au contraire, ce sera avec plaisir. N'est-ce pas, Alain ?

– Bien sûr ! dit le père.

Tous deux dévisageaient Aurélien qui ne savait que répondre.

– Écoutez, dit-il enfin, en ce moment, avec les

agneaux, j'ai pas bien le temps ; on verra un peu plus tard.

– Alors c'est non ! fit la mère, qui parut sincèrement navrée.

– On en reparlera, dit Aurélien.

– Mais oui, approuva le père, nous en reparlerons.

– C'est promis ? dit la mère, ne se résignant pas à laisser partir Aurélien.

– Oui, oui, nous verrons.

– Alors bonne nuit et à demain ! reprit le père en lui serrant la main.

– C'est ça, à demain, bonne nuit ! fit hâtivement Aurélien.

Il jeta un regard de reproche à l'enfant en passant devant lui, et Benjamin, comme pour s'excuser, lui fit un signe de la main. Le vieux put enfin s'éloigner, soulagé, et se hâta de rentrer chez lui.

Une fois les bêtes à l'abri, il se dépêcha de dîner d'une soupe de pain et d'un fromage, puis il ressortit : cette soirée d'avril qui sentait l'été le poussait à repartir sur les chemins, comme il lui arrivait souvent de le faire, surtout en juillet ou en août, quand la chaleur l'empêchait de trouver le sommeil, que les étoiles filantes traçaient des routes mystérieuses dans le ciel. Le parfum de l'herbe chaude, des pierres et des genévriers ouvrait dans sa mémoire des brèches qui lui restituaient des pans entiers de sa vie, alors qu'il croyait les avoir oubliés. C'est qu'il n'avait pas trop de force pour la retenir, cette vie qui s'en allait ! Mais quel pèlerinage chaque fois, dans l'ombre secrète de la nuit !

Ce soir, non, ce n'était pas encore l'été. Que cherchait-il, en remontant vers les Terres hautes sur lesquelles veillait une lune d'opaline ? Il ne cherchait rien ; il parlait, seulement, comme lui parlait son père en montant vers la bergerie d'estive. Il tentait de rattraper ce temps qui ne se rattrape jamais, celui qu'il avait perdu sans s'en rendre compte, il se refaisait une vie, guidant les pas d'un enfant près de lui. De grandes ombres erraient sur les collines. Le vent gesticulait dans les genévriers. Les lourdes musettes de provisions pesaient à son épaule.

– Attention, là, dit-il, il y a un trou juste sur ta gauche.

Il tendit la main, le vent la prit. Aurélien était en plein ciel, à toucher les étoiles.

– Demain il fera beau, dit-il.

Et plus loin, à l'approche de la bergerie dont l'ombre semblait rebelle à la lumière de la lune :

– Ce matin, j'ai changé la paille, tu vas voir comme tu seras bien.

Il leva la tête, s'arrêta, ferma les yeux. Quel âge avait-il ? Il ne savait plus. Il ne savait plus, d'ailleurs, ce qu'il faisait, pourquoi il était monté là, dans cette nuit tiède d'avril, il ne savait même plus qui il était. Il entra dans la bergerie dont il n'avait rien voulu modifier, depuis tant d'années. Il décrocha le grand feutre de son père, se laissa glisser sur la paille, s'assit, posa le chapeau sur ses genoux, le respira, dévasté par ce brusque saut dans le temps, et il regarda, longtemps, longtemps, droit devant lui, palpiter les ombres fragiles de la nuit.

8

ILS en firent, des promenades, dans cet avril fiévreux qui ensoleillait le vieux causse ! Et tant de discussions, de confidences, là-haut, à garder le troupeau, dans la maison d'Aurélien, aussi, où Benjamin, maintenant, était chez lui. Une semaine passa à se connaître, à se comprendre, à faire téter l'agneau malade, à chercher les œufs dans les broussailles, à découvrir la vie de l'autre, à éviter de penser qu'un jour il faudrait se quitter. Aurélien livra presque tous ses secrets, même les coins où poussent les morilles : ils en ramassèrent un plein panier et s'apprêtèrent à les manger dans la grande cuisine où ils avaient maintenant leurs habitudes.

– Pourquoi tu n'allumes jamais la télévision ? demanda Benjamin en regardant le vieux poste à l'abandon sur le buffet.

– Elle ne marche plus depuis deux ans, dit Aurélien, avec un geste vague de la main.

– Il faut la faire réparer.

– Oh ! Pour ce qu'on nous fait voir !

Il se tut, persuadé d'avoir tout dit en la matière. Il porta la marmite sur la table où le couvert était déjà mis. Il servit l'enfant au moyen d'une louche : la sauce noire, truffée de morilles, coula dans l'assiette avec un délicieux parfum de sous-bois et de gibier.

– Il faudra que tu viennes chez moi, dit Benjamin, sinon, je ne pourrai plus manger avec toi.

Aurélien ne répondit pas tout de suite. Il se servit, s'assit, coinça sa serviette dans sa chemise entrouverte.

– Je t'ai déjà dit que je n'aimais pas les invitations.

– Peut-être, mais eux, ils aiment beaucoup recevoir. À Paris, c'est presque tous les jours.

Et lui, après avoir savouré une première bouchée :

– Ah bon !

– Oui, reprit Benjamin, des professeurs, des musiciens, même des gens qui écrivent des livres.

– Moi, tu sais, ces gens-là...

Aurélien trempa du pain dans la sauce noire, l'avala avec gourmandise. Ce n'était pas tous les jours qu'il mangeait du civet. Aujourd'hui, tout en s'octroyant un de ces menus plaisirs qui comptaient dans sa vie, il avait voulu gâter Benjamin, lui faire honneur comme à un invité de marque.

– Ce que j'aime à Paris, reprit le gosse, c'est aller à Beaubourg, au Centre Pompidou. C'est un quartier génial : il y a des cracheurs de feu, des jongleurs, des équilibristes. Si je pouvais, j'y passerais toutes mes journées.

Il soupira, ajouta :

– Seulement, il faut aller à l'école, et l'école, ça craint.

Aurélien se méprit :

– Tu as peur de l'école ?

– Non. Je ne m'y plais pas, c'est tout.

– Et tu travailles bien ?

– Pas mal.

– Qu'est-ce que tu veux faire quand tu seras grand ?

Les questions d'Aurélien étaient rares, car Benjamin parlait facilement. L'enfant, au contraire, l'interrogeait souvent, devait insister, même, pour décider le vieux qui n'était pas habitué à tant parler et qui cherchait souvent ses mots.

– J'hésite encore entre garde forestier ou vétérinaire pour soigner les animaux.

– Tu en as, des animaux ?

– J'ai un chien, un chat et une tortue.

– Qui les garde en ce moment ?

– Un ami de mon père qui a une grande maison, en banlieue, dans un parc. Mes parents n'ont pas voulu qu'on les amène ici. Ils ont dit que là-bas ils ne risquaient rien et qu'ils seraient bien soignés.

Il parlait, il parlait, cet enfant de la ville, et Aurélien s'étonnait à chaque instant de le voir devant lui. À chaque seconde, aussi, il se demandait pourquoi ce gosse qui ne lui était rien s'était apprivoisé à lui, pourquoi il le découvrait assis chaque matin devant sa porte, pourquoi il ne le quittait pas. Comme il ne trouvait pas de réponse, il s'inquiétait, réfléchissait pendant la nuit, n'en dormait plus. Le matin, il se regardait dans le miroir vieux de vingt ans et apercevait ses yeux noyés sous des sourcils trop broussailleux, ses lèvres épaisses et crevassées, son nez camus, ses cheveux blancs aplatis par le port du chapeau, son front haut strié de rides profondes comme des sillons d'automne, cet air sévère que lui avaient forgé le silence, les questions demeurées si souvent sans réponse.

Aujourd'hui, une voix lui répondait. Et elle était jeune, cette voix, elle avait confiance, elle lui parlait comme on ne lui avait jamais parlé depuis son père et il ne comprenait pas pourquoi. Un jour, il eut envie de le demander à Benjamin, mais il n'osa pas. Alors il s'imagina une secrète parenté, s'inventa une femme qui l'avait quitté, oubliant son âge et les années. Il chercha dans sa mémoire si ses yeux noirs n'en auraient pas séduit d'autres que la Louise. Il haussa les épaules, ne songea pas un seul instant que l'enfant l'aimait pour ce qu'il était : un homme solitaire qui donnait tout ce qu'il possédait, qui expliquait le monde en lisant dans le ciel, et dont les yeux étaient ceux de la grande bonté. Quiconque voyait Aurélien comprenait cela. Et un enfant mieux que personne. Mais lui ne le savait pas. Il cherchait, donc, inlassablement ; et il en perdait le sommeil.

Quelquefois, tout en mangeant, ils gardaient le silence. Mais leurs regards ne se croisaient pas. Ils n'osaient pas. Surtout le vieux. Ils écoutaient au-dehors les premières abeilles bourdonner sur la treille, bêler une brebis, s'éveiller les mésanges à tête noire. Et puis le tic-tac de l'horloge les ramenait au présent : alors ils songeaient que le départ n'était pas loin et ils se disaient qu'ils n'oublieraient jamais ces moments.

– C'était drôlement bon ! dit Benjamin.

– Tu en veux d'autre ?

– Oh ! non ! je serais malade.

Ils débarrassèrent la table, firent un peu de vaisselle. Le coucou, dans les chênes nains du coteau, les appela. Ils partirent, et, comme il faisait assez chaud, emmenèrent les agneaux, même celui qui tremblait sur ses jambes. Ils prirent d'autres chemins que celui de la bergerie d'estive, à travers les buissons épineux, les sureaux, les cerisiers sauvages, les prunelliers qui reverdissaient. Aurélien eut l'impression de reconquérir un territoire abandonné. Au bout se trouvait la même lande mouchetée de grandes pierres plates d'où, par endroits, on apercevait la vallée. Aurélien, dont la vue, malgré son âge, était intacte, montra les villages de son bâton de buis : là-bas, près du moulin, c'était le pont de la Chèvre ; à droite, entre les peupliers, c'était Recoudiers ; au-dessus, à mi-chemin entre les labours qui boursouflaient la terre et cette butte plantée de chênes, c'était Mazeilles ; enfin, dessous, entre les saules, ces éclairs étaient ceux de la rivière. On apercevait même les galets quand le vent retroussait les feuilles.

– Regarde !

– Je vois, dit Benjamin.

La vallée dormait dans une buée bleue mais le murmure de sa vie montait jusqu'aux collines. C'était celui des tracteurs, des voitures sur la route grise, du bourdonnement des villages et des hameaux blottis dans la verdure, près de l'eau vive des ruisseaux.

– D'en bas, dit Aurélien, on ne voit pas Montagnac : on aperçoit seulement le grand rocher sous les chênes du coteau.

Ils repartirent, s'attardèrent sur les landes désolées, visitèrent les bergeries et les cabanes en ruine, s'assirent au creux d'une doline, bien à l'abri du vent. Aurélien n'y venait plus depuis longtemps, à cause de ses vieilles jambes. Mais il se faisait un devoir de montrer ses richesses à l'enfant, de même que celui-ci lui racontait la grande ville : le quartier

Latin, Notre-Dame, la place du Tertre, et Aurélien, enfin, voyageait, découvrait ce monde dont il soupçonnait l'existence et qu'il redoutait tant.

– Demain, je ne pourrai pas venir, dit l'enfant, on doit visiter un château dont je ne me rappelle plus le nom.

Le vieux soupira, ne répondit pas.

– Je m'en vais après-demain, tu sais, reprit le gosse à mi-voix.

– Ah ! bon !

Il le savait, mais que pouvait-il dire de plus, le vieil Aurelien ? Il entendait à peine maintenant la voix devenue si familière qui parlait de Paris, de Londres où le gosse était allé une fois, et de quoi d'autre encore ? Il espérait que l'été le lui ramènerait, n'osait rien demander. Oh, oui ! heureusement qu'il y avait l'été. Après, ma foi, il aurait bien le temps de se préparer aux longs mois de l'hiver, à la colère du vent du nord qui s'acharne contre les murs de pierres blondes, au gel rose des matins, aux bourrasques de neige qui effacent le ciel.

Ils étaient loin du hameau. L'après-midi s'achevait en murmures lointains et en tièdes langueurs. Il fallait rentrer. Ils empruntèrent le sentier qui serpente au ras du coteau avant de remonter vers le sommet du vieux causse. Ils ne parlaient plus. Les sonnailles habillaient le silence d'une sorte d'éternité dont ils ressentaient la furtive caresse mais sans pouvoir l'identifier. Ils s'arrêtaient de temps en temps, quand les museaux roses des agneaux se levaient vers eux et demandaient de l'aide. Puis ils repartaient, lentement, vers l'horizon grand ouvert devant eux.

– Regarde ! dit Aurelien.

Il montra un rapace qui battait des ailes, presque immobile, au-dessus d'un rocher.

– Il fait le Saint-Esprit, tu vois ?

Aurelien expliqua l'image pieuse de son missel quand il suivait, enfant, sa mère à l'église de Recoudiers. L'oiseau aux ailes déployées veillait sur la tête d'un saint : pour lui, c'était ça, le Saint-Esprit. Il y avait si longtemps de cela : une heure pour descendre, et trois pour remonter. Il raconta comment il s'accrochait à la robe noire dans le pas de la Croix, la meringue achetée à la boulangerie, les encouragements de sa mère essoufflée, les reproches du père à l'arrivée – « Que tant d'affats pour toun Boun Dïou [1] ! ». Il avait presque oublié ce temps-là. Il avait fallu cet oiseau pour que le sucre de la meringue éclate dans sa bouche, un oiseau qui, là-bas était tombé comme une pierre.

– Vois ! Vois !

Le rapace remonta en criant, une couleuvre entre ses serres. Le vent l'emporta.

1. Que tant d'affaires pour ton bon Dieu ! » (*N.d.A.*)

– Il mange les serpents ? demanda l'enfant.

– Faut croire.

Ils repartirent. Le ciel était maintenant d'un bleu de porcelaine. Sur leur gauche, la vallée somnolait sous un mince drap de brume que trouait l'aiguille verte des fins peupliers. Ils abordèrent le hameau par le sentier qui passait devant la maison d'Aurélien, entre les orties et les clématites. Ils n'étaient pas fâchés de n'avoir pas à traverser la place. Très vite, dans l'étable, les sonnailles se turent.

– Tu ne vas pas partir comme ça, dit Aurélien, tandis qu'ils se retrouvaient face à face dans la cour.

– Je te promets que je viendrai te dire au revoir demain soir.

– Entre une minute, va.

L'enfant hésita à peine, le suivit. Une fois dans la cuisine, Aurélien versa un peu d'eau de noix dans deux verres. C'est ainsi qu'il fêtait les retrouvailles ou les adieux. On entendit galoper des mulots dans le grenier, puis des appels retentirent en bas du chemin.

– J'y vais, dit Benjamin en sautant de sa chaise. À demain.

– Alors, à demain.

Il était seul, à présent, Aurélien. Seul après une journée passée dans la compagnie du gosse et des brebis. Il ne ferait pas de soupe, ce soir. Il mangerait ce quignon de pain et cet oignon que son goût, son habitude des choses simples transformeraient en festin. Ce fut alors comme s'il récapitulait ses richesses à l'heure de la solitude : du pain, un oignon, des fromages. Tout en mangeant, il se rassura d'un regard vers l'horloge, le buffet, la casserole sur le trépied de la cheminée. Non. Il ne s'était rien passé. Dehors, la chouette qui nichait dans le hangar à bois lui rappelait sa présence. Mais ce n'était pas elle qu'il entendait : c'était la voix d'un enfant qui, demain, allait le quitter.

9

Le lendemain matin, le soleil demeura caché derrière les collines. En cette saison, le temps n'était pas stable encore, et il suffisait d'un changement de lune pour le dérégler. De longs et fins nuages surgirent de l'ouest dès le lever du jour, puis le vent les abandonna et ils s'accumulèrent jusqu'à boucher l'horizon tout entier. Il y eut de grands froissements d'air dans le ciel, puis une petite pluie fine se mit à tomber, empêchant Aurélien de sortir les brebis.

Pourtant, il ne put rester à l'intérieur à attendre que le soir arrive : il partit sur le coteau pour profiter de cette pluie tiède dont il connaissait les bienfaits. Il redoutait en effet assez la sécheresse pour se réjouir d'un peu d'eau, surtout en cette saison. Il savait que c'était à ce moment-là que la terre et les plantes en avaient le plus besoin, que sans eau le sol se craquellerait dès la fin du mois de mai, que les fleurs dépériraient sans pouvoir accéder à leur gloire naturelle.

Le parfum de l'herbe et des feuilles mouillées était l'un de ceux qui, toujours, l'émouvaient. Il l'assaillit quand il souleva de son bâton les branches basses des chênes, des acacias, les feuilles des millepertuis, des buis, des cerisiers sauvages et des églantiers qui colonisaient le coteau. Pour vivre si près de la terre et de ses plantes, il savait qu'elles étaient heureuses de cette eau de printemps et il était simplement venu partager cette joie. Rien de ce qui était vivant ne lui était étranger. Il souffrait quand la terre souffrait au plus chaud de l'été, il était content quand elle murmurait de plaisir en buvant l'eau du ciel.

Tout cela faisait partie de ses petites joies. C'était aussi sa manière de s'intégrer au monde, de se fondre dans cet ordre cosmique qui ne connaît ni la pauvreté ni la richesse, de partager un destin plus vaste que sa propre vie. Bien sûr, tout ça n'était pas clair dans sa tête, mais deviner la présence de quelque chose qui était plus grand que lui le délivrait de la pesanteur des jours, parfois aussi de la vieillesse. Marcher dans cette friche peuplée de hautes graminées lui faisait oublier que dès demain sa vie redeviendrait la même, que l'enfant partirait.

Il marcha toute la matinée, respira à satiété le parfum des herbes et des pierres humides. Qu'est-ce qui le pressait ? Ses bêtes avaient eu leur ration du matin. Juliette était descendue faire les courses à Recoudiers, mais elle ne rentrerait pas avant midi. Il s'assit sous un buis, laissa l'odeur d'église entrer en lui, ferma les yeux. Il revit le jouet travaillé par son père, l'ambre du buis dans ses mains d'enfant éperdu de tendresse pour cet homme éternel. C'était quoi, au juste, ce jouet ? Un soldat ? Une horloge ? Une charrette ? Il ne savait plus. Il sortit sans y penser son couteau de sa poche, tailla une branche épaisse. Voilà ce qu'il fallait faire : façonner un objet, un souvenir, pour que le gosse l'emporte.

Il s'occupa ainsi jusqu'à presque midi. Il sculpta un berger qui tient un bâton, à sa ressemblance. Il ne se rendit même pas compte que la pluie avait cessé. Les chênes qui égouttaient leurs feuilles vernies l'accompagnèrent dans sa montée lente vers le hameau. Il était content de lui. Tout en faisant sécher ses pantalons mouillés devant le feu, il se dit que le petit serait heureux. Il ne savait rien des jouets d'aujourd'hui, et qu'importe d'ailleurs ? Pendant qu'il mangeait sa soupe de pain de seigle, il posa la statuette de buis bien en évidence devant lui, puis il la fit disparaître sous la table à l'instant où l'on frappa à la porte.

– Entre ! dit-il, avec en lui l'impression d'une culpabilité que Juliette allait sûrement deviner.

La porte s'ouvrit, laissant apparaître la jeune femme chargée de poches de plastique qu'elle tenta de poser sur la table.

– Voilà ! dit-elle avec son sourire habituel ; j'espère que je n'ai rien oublié.

– Merci ! répondit-il en faisant de la place sur la table encombrée.

Elle se délesta de ses provisions, ajouta :

– Il a encore fallu que je coure pour votre savon à barbe. Vous ne pouvez pas vous servir de mousse à raser comme tout le monde ?

Il haussa les épaules, murmura :

– Tu sais bien que je ne fais rien comme tout le monde.

Puis il ajouta, souriant pour qu'elle ne s'y trompe pas :

– Merci, petite. Combien je te dois ?

– Cent vingt francs.

Il quitta la table, s'approcha du buffet, prit son vieux porte-monnaie de cuir brun, paya Juliette qui glissa l'argent dans sa poche et s'apprêta à sortir. Au dernier moment, pourtant, alors qu'il la raccompagnait à la porte, elle murmura :

– Alors, maintenant, on vous verra un peu plus, puisqu'ils repartent demain.

– Oui ! sans doute.

Elle hésita, puis demanda :

– Il va vous manquer, ce gosse, pas vrai ?

Il aurait voulu ne pas montrer son désarroi à cette

idée, mais sa voix le trahit quand il répondit un peu trop vivement :

– J'ai vécu seul avant lui, je vivrai bien seul après lui.

Elle hocha la tête, ne sut que dire et sortit avec un petit geste de la main. Tandis qu'elle s'éloignait vers le portail, faisant jouer ses cheveux de feu, il se demanda confusément ce qu'il deviendrait sans elle et comment il ferait ses courses. Avant, il y avait le boulanger et l'épicier qui passaient en tournée une fois par semaine et cornaient sur la place à en effrayer les brebis, mais c'était fini, aujourd'hui, car ils avaient fermé boutique et Aurélien était devenu dépendant des deux jeunes. Comment survivrait-il sans eux, à présent ? Il préféra ne pas approfondir la question, rentra chez lui et prit son repas, le regard perdu dans les chantournements du bois verni de l'horloge dont il n'entendait même pas le tic-tac familier.

Dehors, il pleuvait toujours, mais il était persuadé que cela ne durerait pas longtemps. Là-bas, de l'autre côté des collines, le voile des nuages s'était déchiré. Cette faille, par laquelle jaillissaient quelques rayons de soleil, décida Aurélien. Il pouvait « sortir » les brebis ; d'ailleurs il n'envisageait pas de rester dans sa cuisine à attendre Dieu sait quoi. Il aurait bien le temps d'attendre, dès demain. Soudain pressé, il eut tôt fait de revêtir sa vieille limousine dont les intempéries successives n'avaient pu venir à bout, de mettre la clef dans sa poche et d'aller ouvrir la porte de la bergerie. Les bêtes, dès la sortie, humèrent l'air, hésitèrent un instant, mais celles qui étaient derrière poussaient, attirées par le parfum de l'herbe attendrie par la pluie.

Où aller, aujourd'hui ? Il entraîna machinalement son troupeau vers la placette, puis il monta vers la bergerie d'estive qui était le point culminant des collines. S'il préférait cet endroit, c'était bien sûr en souvenir de son père, mais aussi parce que là il était plus près du ciel et des nuages. Et là, aussi, après des heures de solitude, il lui venait parfois l'impression d'être le premier homme au monde, de vivre dans une paix que nul encore n'avait menacée. Les villes lointaines n'existaient pas, ni les avions, ni les voitures, c'est lui qui avait raison puisqu'il était seul et que le monde entier lui appartenait. Mais il suffisait d'un « bang » dans le ciel pour faire s'écrouler l'édifice paisible qu'il mettait parfois des heures à construire, et il se moquait alors de son orgueil, de ses chimères. Cela ne l'empêchait pas de recommencer, puisqu'il faut bien rêver quand le quotidien montre son immuabilité de pierre et que le bon Dieu ne se lasse pas d'infliger aux hommes son impitoyable silence.

Alors il rêvait, comme aujourd'hui, dans cette odeur d'herbe humide qui le transportait vers les images d'un passé qui lui revenaient dans de brefs éclairs de mémoire. Ce jour-là, elles se levèrent derrière les pieds de sa mère, sur ce sentier où, peut-être pour la première fois, la douceur du monde l'avait envoûté. C'était après une averse, comme aujourd'hui. Ils étaient partis à la recherche des escargots gris du causse et traversaient une friche. L'herbe épaisse, fleurie d'ombellifères et de graminées, dégageait un parfum lourd qui l'étourdissait. Devant, la robe noire et les sabots dansaient. Où était-ce ? Dans quel lointain printemps ? Et quel âge avait-il ? Il ne savait plus. Il rêvait et le temps passait. Seul le bêlement enfantin des agneaux repoussés par leur mère avait le pouvoir de le ramener au présent. Il pensa à Benjamin qui allait venir ce soir pour la dernière fois, et il lui tarda de redescendre.

Il s'y décida plus tôt, ce soir-là : il avait peur de « manquer » le gosse. Il soupa très vite, se rendit compte qu'il n'avait toujours pas entendu la voiture. Il s'en désola, en voulut aux parents, les accabla de tous les défauts de la terre. Et la nuit tomba. Il était très tard quand il entendit enfin le bruit d'un moteur. Lui donneraient-ils la permission de sortir ? Peut-être allaient-ils venir avec lui. Aurélien se désespéra à cette idée, sortit sur le pas de la porte, entendit des bruits de pas sur le chemin. On courait. « S'il court, c'est qu'il est seul », songea-t-il. En effet, Benjamin fut là, très vite, à bout de souffle, devant Aurélien qui s'effaça pour le laisser entrer. Ils restèrent face à face, dans la chiche lueur de la lampe, tandis que l'enfant murmurait :

– Ils m'ont dit : « Juste une minute. »

Aurélien hocha la tête, sourit, ne sachant que répondre.

– Si je t'écris, demanda l'enfant, tu me répondras ?

– Tu sais, il y a longtemps que je n'ai pas tenu un porte-plume.

– Ça n'existe plus les porte-plumes, dit Benjamin avec un sourire indulgent.

– Moi, j'ai jamais pu m'habituer au stylo-bille, répondit Aurélien, fataliste.

– Tu m'écriras quand même ?

– J'essaierai.

Le silence retomba sur eux, les isolant du monde, puis on entendit appeler sur la placette.

– C'était super, tu sais, dit l'enfant.

Et Aurélien, oubliant de donner la statuette qu'il avait sculptée :

– On sera vite en juillet, va !

Ils se serrèrent la main gravement, puis Benjamin fit brusquement demi-tour et s'enfonça dans la nuit. Aurélien s'avança jusqu'au portail, resta un moment immobile au milieu du chemin. Ensuite, après un soupir, il rentra lentement et s'assit devant l'âtre où les braises s'éteignaient doucement.

Il demeura là jusqu'à plus de onze heures, puis il ressortit, descendit le chemin, s'arrêta sur la placette, face à la maison des Parisiens. Il regarda un long moment les volets de la chambre, espérant les voir s'ouvrir, mais en vain. La nuit, toute d'humidité, l'enveloppa dans son grand drap de velours. Il fallait rentrer. Mais comment faire quand l'essentiel vous retient au-dehors ? Aurélien s'assit sur un mur à moitié écroulé, attendant un signe, un geste, il ne savait quoi exactement. Ce qu'il savait seulement, c'est que si quelque chose devait arriver, ce serait là.

Il entendit, près de lui, s'agiter la sauvagine de la nuit et cette présence invisible, en quelque sorte, le rassura. Quand la lune émergea des nuages, il leva la tête vers elle, tenta de déchiffrer dans sa lumière une promesse, un visage peut-être ? Autour de lui, le causse dormait, les hommes dormaient. Il était seul, peut-être pour toujours. Allons ! Il fallait rentrer.

Il remonta le chemin, sans doute plus lentement qu'il ne l'avait jamais monté. Au milieu de la lande, là-haut, un renard glapissait sur la piste du grand lièvre roux qui vivait seul, lui aussi, et qu'Aurélien surprenait parfois à écouter le vent, à se vautrer dans l'herbe rase du printemps, à sauter sur place pour le plaisir, comme s'il était ivre de ciel, d'espace, de nuages, comme s'il était fou, lui aussi. Aurélien se souvint d'avoir beaucoup chassé, après la mort de son père, sans doute par désespoir. Il ne chassait plus depuis le jour où il avait entendu pleurer un levraut sous les crocs de son chien. Le lendemain, il avait accroché le fusil dans la grange et ne l'avait plus touché. Pourquoi fallait-il que ce soir, tandis qu'il s'était accoudé sur sa table au lieu de se coucher, il pensât à ce levraut et que, dans son demi-sommeil, le visage de Benjamin se confondît avec celui de l'animal blessé ? Était-ce parce que l'enfant repartait vers le danger ? Était-ce parce que Aurélien croyait avoir deviné en lui-la même fragilité ? Il ne savait pas. Il s'assoupit. Les heures passèrent. Il dormait maintenant, la tête appuyée contre ses bras, poursuivant des rêves de grandes failles dans le ciel, de nuages qui noient les collines, d'agneaux aux bêlements enfantins.

Le premier coq qui chanta le réveilla brusquement. Il tira sa montre de sa poche : quatre heures. Il sortit précipitamment, s'approcha de la terrasse, s'assit sur le petit banc de bois d'où il avait l'habitude de guetter la route de la vallée. Devant lui, les étoiles bleuissaient dans la nuit de velours. Il s'endormit de nouveau, la tête contre la citerne qui le protégeait du vent.

Quand il rouvrit les yeux, beaucoup plus tard, la flaque pâle du jour commençait à déborder l'horizon. Il se leva, s'appuya contre la barrière, entendit le bruit d'un moteur. Il se souvint alors brusquement du berger qu'il avait sculpté dans le buis. Vite, il se précipita à l'intérieur, ramassa la statuette qui était tombée sous la table à l'instant où, la veille, Juliette était entrée, ressortit rapidement et se mit à courir vers la placette. La voiture éclaira la route, tourna à droite en direction du premier lacet, et Aurélien tenta vainement d'appeler. La lueur des phares balaya les arbres du coteau, bascula vers la vallée. Toujours courant, il la suivit longtemps du regard, la main tendue, jusqu'à ce qu'elle disparaisse, loin devant, entre les peupliers. Un long frisson secoua Aurélien qui, enfin, s'arrêta et murmura :

– Fait pas chaud.

Après un bref regard vers son cadeau inutile, il rentra lentement, et referma sa porte derrière lui.

10

IL fallut bien se réhabituer à la solitude, mais ce ne fut pas facile. Il se rendit compte qu'il parlait seul beaucoup plus qu'avant, non pas vraiment dans sa maison, mais sur les chemins, le plateau, les endroits où il se rendait avec le gosse, les sentiers, les gariotes où ils se reposaient, à l'abri de la pluie ou du soleil. Marc et Juliette, heureusement, se rapprochèrent de lui. Ils savaient ce qu'il endurait, le vieil Aurélien, car ils l'entendaient parler à voix haute, parfois, le voyaient faire de grands gestes avec les bras, comme s'il s'adressait à quelqu'un. Ils ne laissaient pas passer une journée sans lui rendre visite, savaient trouver des prétextes pour ne pas le vexer.

Ce matin-là, Marc vint chercher les clayettes qu'Aurélien fabriquait en hiver pour les fromages. Il les vendait aux deux jeunes, mais à un prix dérisoire, pour que tout le monde y trouve son compte. Le ciel hésitait entre le beau et les nuages, et il avait la couleur d'un duvet de grive.

– Pourquoi vous ne me suivriez pas un jour à la foire ? demanda Marc en refermant le coffre de sa voiture. Ça vous ferait du bien, de voir un peu de monde.

– Pourquoi ?

– Je sais pas, moi, ça fait longtemps que vous n'êtes pas descendu.

– Et alors ?

– Alors, comme vous vous étiez habitué à un peu de compagnie, je pensais que...

Le regard que lui adressa Aurélien l'arrêta. S'il y avait quelque chose au monde qu'il ne supportait pas, c'était la commisération des autres. Il avait fait sa vie comme il l'entendait. Nul n'avait le droit de s'en mêler.

– À bientôt, dit Marc, en se jurant bien de ne plus jamais s'aventurer sur ce terrain.

– C'est ça. À bientôt.

Marc entra dans sa voiture sans se retenir de faire claquer la porte, puis il s'éloigna rapidement, laissant Aurélien seul et vaguement désemparé au milieu de sa cour. Il s'en voulait déjà de s'être montré désagréable envers un homme dont il était dépendant et qu'il appréciait d'avoir eu le courage de recommencer sa vie à Montagnac. Il s'injuria à mi-voix, tandis qu'il vaquait à ses affaires, se hâtant de préparer sa soupe de midi, afin de partir plus vite sur le causse avec ses brebis.

Il s'en alla tôt, demeura là-haut jusqu'à plus de midi, ruminant ses regrets, préparant des excuses qu'il ne ferait jamais, puis, oubliant enfin Marc, entretenant avec un interlocuteur invisible une discussion mystérieuse. Quelque chose l'inquiétait, maintenant qu'il avait le recul nécessaire pour juger de ce qu'il avait vécu pendant les vacances de Pâques : comment se faisait-il qu'un enfant de la ville ait pu si rapidement s'acclimater au causse, à cette immobilité mortelle, à ce silence, à ce vieil ours qu'il était devenu, lui, Aurélien, qui ressemblait si peu aux hommes de la ville ? Une idée lui vint, l'ensoleilla : et si c'était simplement à cause de cette différence ? Il se sentit rassuré tout à coup, et, presque joyeux, se leva, appela ses bêtes, et redescendit vers le hameau.

Juliette le guettait. Elle surgit de sa maison à l'instant où il passait et, souriante, lui dit :

– J'ai une lettre pour vous. Le facteur me l'a donnée à Recoudiers, ça lui a évité de monter.

Elle s'approcha, faisant jouer ses cheveux sur ses épaules et sa robe légère autour de ses hanches. Elle lui tendit une enveloppe qu'il examina longuement, comme s'il n'y croyait pas.

– Ça vient de Paris, dit Juliette.

– Ah ! bon !

– Oui ! regardez, là, le cachet ! C'est le petit qui vous a écrit.

Il n'osait pas y croire, encore, tellement la surprise était grande, malgré la promesse du dernier jour, à l'heure du départ. Il regarda Juliette, puis la lettre, puis Juliette de nouveau, glissa l'enveloppe dans sa poche.

– Vous ne la lisez pas ? demanda-t-elle, sans pouvoir dissimuler un brin de curiosité.

– Je la lirai chez moi.

Et, comprenant qu'elle aurait bien voulu avoir elle aussi des nouvelles :

– Je te la montrerai après.

– Merci, Aurélien ; c'est que je l'aime bien moi aussi, ce petit.

– À tout à l'heure, alors.

– Entendu.

Il s'éloigna, d'abord lentement, puis de plus en plus vite – du moins aussi vite que le lui permettaient ses vieilles jambes et son cœur fatigué. Une fois dans sa cour, il ferma rapidement ses brebis, entra chez lui, poussa la porte et vint s'asseoir près de la cheminée après s'être muni d'un couteau. Il ouvrit l'enveloppe avec précaution car il ne voulait pas déchirer la feuille de papier et perdre le moindre mot écrit par l'enfant. Ses gros doigts peu habitués à la délicatesse eurent du mal à extraire la lettre, sur laquelle une écriture ronde venait lui parler d'une autre vie, d'un monde qu'il imaginait difficilement. Il n'avait pas besoin de lunettes, Aurélien : il voyait, sur les collines, de l'autre côté de la vallée, à près de dix kilomètres, ce que de jeunes yeux, eux, n'apercevraient jamais. Il commença à lire en ânonnant, comme un écolier :

« Cher Aurélien,

Depuis que je suis revenu à Paris, je me demande chaque jour si je n'ai pas rêvé. Heureusement, j'ai devant moi, sur mon bureau, une pierre du causse que j'ai ramassée près de la bergerie des Terres hautes, la veille de mon départ… »

Aurélien répéta chaque fin de phrase comme pour bien en peser les mots, en mesurer la portée : « la veille… de mon… départ. » Il soupira, reprit, toujours à voix haute :

« J'ai retrouvé mes animaux en bonne santé. Pourtant, je n'ai plus envie d'aller à l'école. C'est à Montagnac que je voudrais vivre, et me promener, et garder les brebis, et parler avec toi. Je suis sûr qu'on serait si bien tous les deux… »

« Qu'on... serait... si bien... tous les deux. »

Aurélien hocha la tête, demeura un instant pensif, reprit :

« Aujourd'hui, je comprends pourquoi tu n'as jamais voulu en partir : c'est comme si tu vivais dans une île perdue dans les nuages, et tu as bien de la chance. Bon, je suis obligé d'arrêter parce que j'ai pas terminé mes devoirs et mon père va venir me les contrôler.

À bientôt, cher Aurélien.

Benjamin qui pense à toi. »

« pense... à... toi. » Voilà, c'était fini. Aurélien replia la feuille de papier, sourit, murmura :

– C'est bien de lui, ça...

Puis il recommença à lire, en silence, cette fois, maintenant qu'il était habitué aux mots, qu'il pouvait les savourer, s'imprégner de leur sens profond, de leur chaleur véritable. Quel trésor, cette lettre ! Il en avait si peu reçu, dans sa vie ! Il lui avait fallu attendre d'être vieux pour connaître une joie pareille ! Il en aurait oublié de manger, si l'horloge ne l'avait rappelé à l'ordre, tandis qu'il arpentait la cuisine, de la cheminée à la souillarde, plus heureux de ces quelques lignes que s'il avait décroché une étoile.

Il se résolut pourtant à poser la feuille de papier en évidence sur le buffet et se mit à manger, toujours aussi lentement, à la manière de ceux qui connaissent le prix du pain. Bientôt l'idée lui vint d'aller voir Juliette : il avait besoin de partager avec elle son petit bonheur du jour. Il acheva son jambon, ses deux pommes de terre, renonça au fromage. Il était déjà dehors, sa lettre à la main, sous le soleil qui faisait légèrement fumer les pierres écroulées au bord du sentier. Obligé de s'arrêter pour laisser son cœur se calmer, il regarda la vieille croix noire et rouillée qui veillait sur le hameau depuis plus d'un siècle, se dit qu'il avait dû passer des milliers de fois devant elle, puis il repartit.

Juliette avait fini son repas, elle aussi : elle avait tant à faire en attendant le retour de Marc ! Mais la visite d'Aurélien lui faisait plaisir. Elle s'assit face à lui – qui s'était installé sur le banc sans façon – et demanda :

– Alors ? qu'est-ce qu'il raconte ce petit ?

– Tiens ! Tu peux la lire, va !

Elle ne se le fit pas répéter, tant les nouvelles d'ailleurs, d'où qu'elles vinssent, lui paraissaient précieuses et pour tout dire inespérées. Elle lut rapidement, un sourire sur les lèvres, lui rendit la lettre en disant :

– Vous pouvez croire qu'il s'est bien plu ici !

Aurélien hocha la tête, murmura :

– Jamais j'aurais cru qu'il m'écrive.

– Voyons ! Puisqu'il vous l'avait promis.

– Quand même, dit Aurélien.

Et il répéta, encore incrédule, comme si l'enfant lui avait fait là le plus beau cadeau de la terre :

– Quand même ! Avec tout le travail qu'il doit avoir dans son école.

Juliette le dévisagea un moment en silence, sourit, puis demanda :

– Il est drôle, ce gosse, vous croyez pas ?

– C'est ce que je me dis, fit Aurélien qui crut deviner dans les mots de la jeune femme une réserve.

– Oh ! Et puis pourquoi il n'aimerait pas le causse, même s'il vit à la ville ? s'écria brusquement Juliette. On voit qu'il est sincère dans tout ce qu'il dit.

– Ça, pour être sincère, il l'est. Moi je peux te le dire, parce que je le connais bien.

Aurélien hésita, s'éclaircit la voix, demanda enfin :

– Il y a quelque chose que je voudrais que tu me dises, petite.

– Si je le peux, ce sera avec plaisir.

Le vieux hésita, regarda à droite et à gauche, mal à l'aise, reprit :

– Pourquoi il est venu à moi, ce gosse ? Pourquoi, il n'est pas allé vers toi qui es plus jeune, qui connais la ville et qui pourrais être sa mère.

– Il en a une, de mère, dit Juliette.

– Il a aussi un père.

Juliette réfléchit, désirant trouver une réponse qui le satisfasse, mais elle n'y réussit pas :

– Je ne saurais pas vous dire, Aurélien.

Puis, après un instant :

– Ça ne s'explique pas, ces choses-là.

Il hocha la tête, murmura :

– Tu crois ?

– Eh, pardi ! C'est le bon Dieu qui vous l'envoie. Vous l'avez bien mérité, allez !

Aurélien la dévisagea avec attention, se demandant si elle était vraiment sincère, mais il ne décela aucune lueur d'ironie dans ses yeux verts.

– Le bon Dieu… le bon Dieu… bougonna-t-il.

– En tout cas, reprit Juliette, il vous a bel et bien écrit, ce petit.

– Eh oui ! fit Aurélien, que le rappel de cette évidence, de nouveau, éblouit.

– Alors !

Le rire gai, si naturel, si chaleureux de Juliette fit battre plus fort le cœur d'Aurélien.

– Vous devez lui répondre ! dit-elle. N'oubliez pas !

– Mais oui, mais oui.

Il se leva, la remercia, s'apprêta à sortir, se retourna au dernier moment, demanda :

– Tu me corrigeras les fautes ?

– Ce n'est pas la peine, vous le savez bien, dit-elle

en s'approchant de lui. Est-ce que vous croyez qu'il les relèvera ?

– Non. Tu as raison.

Il sortit, la lettre à la main, tandis que, du seuil, elle le regardait s'éloigner, hochant la tête, un sourire amusé sur ses lèvres.

Sitôt chez lui, il repartit avec les brebis comme à son habitude, mais cet après-midi-là, le temps lui dura. Il eut beau relire la lettre plusieurs fois, il lui tardait que le soir tombe. Malgré le vent très doux, malgré le plein soleil annonciateur de l'été, il rentra plus tôt. Les brebis ne comprenaient pas, et il dut les pousser plusieurs fois du bâton. Chez lui, il soupa très vite, avant que la nuit vienne. Ensuite, il monta dans son grenier et il chercha longtemps ce porte-plume et cet encrier qui lui avaient appartenu, avant, parce qu'il ne concevait pas d'écrire une vraie lettre autrement. En bas, il n'avait que des crayons à papier. Comme il l'avait dit à Benjamin, il n'avait jamais pu s'habituer au stylo-bille. C'était ridicule, mais c'était comme ça.

Maintenant, il faisait nuit et il avait allumé la lampe, débarrassé la table, fermé la porte à clef. Puis il avait versé un peu d'encre d'une bouteille dans un verre à liqueur, sucé la vieille plume sergent-major, et il commençait à écrire avec sa grande main qui tremblait :

« Cher Benjamin ».
C'était difficile d'écrire, et il réfléchit longuement avant de former les premiers mots sur le papier.

« Je te remercie pour ta lettre qui m'a fait très plaisir... »

C'était un bon début. Il souleva son chapeau, se gratta la tête, et, dans un effort de concentration extrême, au moment de reposer la plume, il fit une tache sur le papier. Alors il déchira la feuille, se traita de tous les noms, et recommença :

« Cher Benjamin,
Je te remercie pour ta lettre qui m'a fait très plaisir. Ici, il n'arrête pas de pleuvoir. Je reste enfermé à la maison toute la journée et je n'ai pas l'impression que le soleil va revenir de sitôt... »

Il fut obligé de recommencer cinq fois avant de venir à bout d'une quinzaine de lignes qui le menèrent jusqu'à plus de minuit, appliqué, tirant la langue sous l'effort, comme l'enfant qu'il était redevenu et qui avait oublié l'heure, le temps, les années qui le séparaient de cet autre enfant perdu dans la ville lointaine.

11

QUE c'est long, les jours, quand on attend de retrouver ce que l'on a perdu, qu'on ne pense plus qu'à une absence, que le ciel lui-même paraît vide, que la vie vaut seulement par ce qui un jour, peut-être, reviendra ! Et pourtant le soleil était en habit de fête et le mois de juin roussissait déjà l'herbe rase des Terres hautes. Il y avait dans les après-midi dorés mille raisons de se laisser aller au monde, de profiter des longues heures couleur de miel, des soirées sous l'ombre fraîche de la treille.

Mais il y avait aussi les nuits, celles qui tenaient éveillés les grillons et attiraient les parfums lourds des foins de la vallée. Aurélien ne dormait plus. Il attendait. Il comptait les étoiles filantes, les minutes et les heures, dans son fauteuil d'osier, sur la terrasse au ciment chaud comme au mitan du jour. Il avait peur, parfois. Peur de mourir sans revoir le gosse, sans goûter de nouveau le plaisir d'une présence qui lui était devenue tellement précieuse.

Juin avait toujours été la période où il avait le plus pensé à la mort. À cause de toutes ces étoiles dans le ciel, de cette paix, de ce silence, de cette douceur de la vie qui parfois le submergeait et l'obligeait à fermer les yeux. C'est quand on espère beaucoup de la vie qu'on pense beaucoup à la mort. Et Aurélien, c'était la première fois qu'il espérait depuis bien longtemps.

Cet après-midi-là, après la sieste, il ne sortit pas le troupeau à cause de la chaleur. Il verrait à cinq heures, si le vent se levait et apportait un peu de fraîcheur. En attendant, il décida d'aller dans le petit cimetière ceint de murs de lauzes qui dormait à flanc de coteau. Il n'y allait guère que deux ou trois fois l'an, mais toujours en juin. C'était comme ça. Ses pieds s'emmêlèrent dans les buissons, les clématites et les liserons qui avaient trouvé assez de force pour émerger de la pierraille. L'été commençait à peine et pourtant tout était déjà grillé. Les roches se fendillaient et les écorces éclataient, l'air sentait le lichen des maigres chênes du coteau.

Impossible d'avancer sans se tourner, à droite, vers la vallée qui, elle, avait gardé son vert du printemps. C'était ainsi depuis toujours : en bas la verdure et les terres fertiles, en haut les pierres et les buis ; en bas l'eau vive, en haut la canicule ; en bas les champs, en haut les landes et les buissons d'épines ; en bas le bruit et les chansons, en haut le silence et le vent ; en bas la vie, en haut la mort. On n'y pouvait rien. C'était comme ça. Depuis toujours. À croire que les hommes avaient mis du temps à le comprendre, mais aujourd'hui, ils avaient compris : ils étaient tous partis. Restaient quelques rebelles et aussi les morts qui dormaient entre les rochers, sous les pâquerettes et les boutons-d'or.

Aurélien quitta des yeux la vallée et repartit. Il n'était jamais venu par ici avec le gosse. Pourquoi ? À cause du cimetière sans doute, et du choc prévisible entre un passé stérile et un présent plein d'espoir. Il n'avait pas voulu mettre en péril le bonheur né en lui. Il le savait fragile. Il l'était encore aujourd'hui, mais Benjamin n'était pas là pour le constater. La chaleur pesait sur le coteau comme pour l'écraser. Tout crépitait, tout flamboyait dans un éclat qui obligeait à fermer à demi les paupières.

Soudain, tandis qu'il finissait d'escalader un talus, le monde se mit à tourner autour d'Aurélien qui chancela et dut s'asseoir. Quelle idée avait-il eue de partir ainsi sous cette chaleur au milieu de l'après-midi ? Il avait du mal à respirer, s'épongeait le front avec son mouchoir à carreaux, s'inquiétait de ce malaise qui ravivait sa crainte de mourir avant l'été. Mais non : le voile posé devant ses yeux se dissipa bientôt et il put se remettre en route.

Le cimetière était là-bas, derrière la haie d'églantiers sur laquelle éclatait le rouge vif de ses baies. Une ombre maigre abrita un instant Aurélien qui respira un peu mieux. Il poussa le fer brûlant de la porte rouillée, pénétra dans le minuscule cimetière que surveillaient un fin cyprès d'Italie et des bouquets de buis.

La tombe se trouvait au fond, contre le mur de pierres, une simple tombe à gravier noir et blanc. Deux inscriptions sur la croix, que la pluie et le gel avaient presque effacées : « Appoline Claval » et « Mathurin Claval ». On ne pouvait plus lire les dates. Aurélien s'approcha, ôta son chapeau, fit le signe de la croix et prit cet air humble qu'ont les hommes de la terre devant ce qui les dépasse. Il chercha à se souvenir des visages, mais c'était de plus en plus difficile avec le temps. Bizarrement, c'était plus facile pour celui du père qui était mort depuis plus longtemps. Ah ! comme il l'avait aimé, cet homme, et quel vide avait laissé en lui sa disparition ! Il n'avait jamais été comblé, en fait. Sauf, peut-être depuis deux mois. Oui, c'était cela : un vide dans le sang. Le père, le fils, le père, le fils. Est-ce que les femmes ressentent cela avec leurs filles ? Oui, sans doute, comment pourrait-il en être autrement ?

Aurélien prononça quelques mots, ceux qu'il avait l'habitude de dire dans ces occasions-là : il demandait des nouvelles, en donnait de sa santé, comme s'il était certain que quelque part la vie continuait. Mais oui, elle continuait, la vie, sinon pourquoi aurait-il vu son père, sa limousine sur les épaules, mener ces grands troupeaux sur des terres que lui, Aurélien, n'avait jamais connues ? Et dans cet univers étrange, il y avait de l'eau, de la verdure, mais pas la moindre rocaille. Ce devait être ça, le paradis. La tête lui tourna de nouveau. Il alla s'asseoir à l'ombre des buis, à la recherche d'un peu d'air frais. Qu'est-ce qu'il faisait là ? Il se morigéna à mi-voix : « Tu crois que tu serais pas mieux chez toi, à l'ombre de tes murs ? » Il ne savait pas ce qui l'avait attiré si loin, mais l'odeur des buis chauds lui fit du bien. Il ferma les yeux, pensa à Benjamin, se dit : « S'il me voyait ! » Il se leva, et repartit très lentement en écoutant battre son cœur dans sa poitrine douloureuse.

Pas le moindre souffle de vent n'atteignait les collines. Il faisait toujours aussi chaud, tandis qu'Aurélien regagnait le hameau par le sentier des Terres hautes. Il était couleur de brique, il suait, il respirait avec peine. Quand Marc, qui déchargeait sa voiture, le vit arriver, il crut qu'il était devenu fou.

– D'où vous venez avec cette chaleur ? demanda-t-il. Vous avez perdu la tête ?

– Du cimetière.

– Du cimetière ? fit Juliette qui venait de sortir en essuyant ses mains à son tablier, vous croyez que c'est une heure pour se promener ?

Il haussa les épaules, ne répondit pas. Les deux jeunes l'observèrent, inquiets de sa mine défaite et de la difficulté qu'il mettait à respirer.

– Entrez vite à l'ombre, dit Marc, on va boire un coup.

Une fois assis, Aurelien s'épongea le front, se sentit mieux. Il but avec avidité le vin frais coupé d'eau, soupira. Il devina que les deux jeunes se demandaient ce qui lui avait pris de sortir ainsi, en plein milieu du jour et sous cette canicule.

– Pourquoi vous n'y allez pas à la fraîche, au cimetière ? demanda Marc.

– Une envie, comme ça.

– C'est pas raisonnable, dit Juliette.

Aurélien haussa de nouveau les épaules et but en fermant les yeux. Quand il les rouvrit, il s'essuya les lèvres d'un revers de main et soupira :

– Je n'ai plus l'âge d'être raisonnable.

Juliette, qui comprenait que quelque chose n'allait pas, se pencha vers lui, posa sa main sur la sienne :

– Plus que quinze jours avant qu'il revienne. Ça passera vite, allez !

Et Marc, se forçant à rire :

– S'il était seul encore, ce gosse, mais il faut supporter les parents !

Aurélien, qui ne semblait pas l'avoir entendu, murmura :

– Je suis sûr que c'est celui que j'ai attendu si longtemps.

Les deux jeunes se demandèrent s'il n'était pas victime d'une insolation. Ils se regardèrent à la dérobée, prirent le parti de la plaisanterie :

– Ça, pour vous ressembler, il vous ressemble, fit Juliette.

– Plus que tu ne le crois, petite, souffla Aurélien avec gravité.

Marc, inquiet du ton que prenait la conversation, chercha à la faire dévier en demandant :

– Vous croyez que ce beau temps va tenir ?

– Pourquoi j'y aurais pas droit, moi aussi ? reprit Aurélien, poursuivant son idée.

– Droit à quoi ? demanda Juliette.

– À un fils, pardi !

– À votre âge ! s'exclama Marc qui regretta aussitôt ce qu'il venait de dire, tant le regard que lui jeta Aurélien le transperça.

– Tu le connais, mon âge ?

– Non, non, dit Marc.

– Alors ! J'en sais un, moi, le boulanger de Mazeilles, il a eu un enfant à plus de soixante ans.

Même qu'il était beau, et vigoureux, et qu'aujourd'hui il est officier dans la marine.

– Mais oui, dit Juliette.

Et, soucieuse de mettre un terme à l'incident :

– Plus que quinze jours, et il sera là, ne vous inquiétez pas.

Aurélien approuva de la tête, sourit à cette idée. Il acheva son verre, et, rasséréné par les derniers mots de Juliette, se leva en disant :

– Merci. Ça m'a fait du bien.

– Vous avez meilleure mine, dit Juliette, mais vous pourriez attendre ici que la chaleur tombe tout à fait.

– Ça va, maintenant.

– Alors à demain.

– C'est ça. À demain.

Il s'éloigna vers la placette qui fumait au soleil en exhalant des parfums de pierre et de mousse sèches. Il monta le chemin de l'autre côté, arriva chez lui péniblement, s'assit dans la pénombre avec un soupir d'aise. Oui, elle avait raison Juliette : plus que quinze jours et Benjamin, de nouveau, serait là. C'en serait fini de cette attente interminable qui lui faisait même négliger ses bêtes, son jardin, et l'incitait à partir sur les chemins en plein après-midi, sous un soleil de feu.

Le chapeau rejeté vers l'arrière, il coupa des morceaux de pain dans un bol de vin sucré. Il avait faim, maintenant. En été, c'était le « quatre-heures » préféré de son père. Et lui aussi, il aimait ça. Le pain et le sucre trempés lui rendirent des forces. En mangeant, il pensa à tout ce qu'il ferait quand Benjamin serait de retour. Il prépara des mots, il imagina de grandes promenades en des lieux où il n'aurait pas idée d'aller seul, il essaya de se persuader que cet été qui venait ne finirait jamais.

Il resta là jusqu'à plus de sept heures, sans entendre ses bêtes qui réclamaient leur dû. Il se sentit très fatigué tandis qu'il remplissait les mangeoires avec sa fourche, le sang battant encore contre ses tempes, se demandant si cet après-midi il n'était pas devenu fou. Il rentra, mangea un melon entier et un morceau de fromage, essaya de se souvenir de ce qu'il avait pu dire aux deux jeunes pour qu'ils le regardent comme ils l'avaient regardé. Bah ! Il verrait bien demain.

Il sortit sur la terrasse, s'assit sur son petit banc de pierre. C'était l'heure où tout reprend vie sur le causse et dans la vallée. Quelques souffles de brise passaient sur les collines. La paix de ces instants lui parlait d'un bonheur connu et sûr. Il regarda tout en bas, au-dessus de la buée bleue de la vallée, monter une fumée blanche qui dessinait le visage de celui qui bientôt reviendrait.

12

Ce matin-là, il se leva encore plus tôt que d'habitude. De toute façon, il ne dormait pas. Il écoutait la nuit lui annoncer l'arrivée de quelqu'un. « Il arrive, il arrive », murmurait le vent. Plus que cinq heures, plus que quatre, plus que deux. Il s'habilla rapidement et il sortit sous les étoiles crépitantes du premier matin de juillet. Il fit le tour de la maison, il regarda longuement le ciel, s'assit sur une murette pour écouter le vent. Jamais nuit ne lui avait paru plus belle, plus tiède, plus riche de promesses. Il vint s'asseoir à sa place habituelle, sur la terrasse. Il attendit, guettant le bruit du moteur ou la lueur des phares qui éclairerait les chênes, là-bas, en même temps que sa vie.

Qui aurait dit qu'un printemps semblable à tant d'autres réussirait à transformer son existence ? Personne, et surtout pas lui, que le destin n'avait jamais choyé. Il frissonna quand la première lumière s'alluma dans la vallée et se mit à trembler. La proximité de l'aube venait subitement de rafraîchir l'air épais de la nuit d'été. Il ne savait même pas si Benjamin arriverait ce matin, mais il attendait, confiant, se souvenant que le père préférait rouler de nuit. C'est l'enfant qui le lui avait dit, en avril dernier. Cette lueur, là-bas, derrière les arbres, était peut-être celle de la voiture. Aurélien se retint un instant de respirer, mais la lueur tremblota, diminua, s'éteignit.

Il s'assoupit un moment sans s'en rendre compte, rêva à d'autres matins, à d'autres attentes. D'autres « espères », plutôt, comme disait son père avec des soleils au fond des yeux. Oui, c'était bien cela : il espérait comme on espère le retour du printemps après les longs hivers. Comme il avait espéré toute sa vie quelque chose, sans savoir quoi au juste, mais qu'il lui semblait avoir enfin trouvé. De longues minutes passèrent. Il s'éveilla, se redressa. Maintenant la plaine était habitée par de petites lumières qui semblaient des feux follets à travers un fin voile de brume. Un murmure monta de la vallée sans que l'on sache s'il s'agissait de celui des grands arbres ou de celui de la vie qui recommençait. Les deux, sans doute. Le jour n'était plus loin : il soulevait le ciel comme on soulève parfois le coin d'un rideau pour, en hiver, faire entrer la lumière.

En même temps que lui naissait la lueur de deux phares qui s'approchaient des collines. En moins d'une seconde, Aurélien fut debout. La voiture hésita, mais, au carrefour qui mène au pas de la Croix, elle tourna à droite et revint vers la rivière. Il s'assit de nouveau, écouta les battements de son cœur se calmer, soupira. Une heure coula, interminable. Il se dit qu'il ferait mieux d'aller déjeuner. Mais oui, c'est ce qu'il devait faire. Il attendit pourtant encore une minute. Cette fois, une voiture venait de traverser le carrefour. Il ne fallait pas qu'elle s'arrête au bord d'un pré – les paysans n'avaient pas tous rentré les foins. Mais non, elle montait : c'était elle, il en était sûr. Il se leva, s'approcha du bord de la terrasse, suivit le halo des phares dans les lacets qui la hissaient vers le hameau. Il reconnut le bruit du moteur. Elle passa le virage à angle droit, entra dans l'ultime montée, arriva sur la place, s'arrêta.

Aurélien était déjà sur le chemin, prêt à s'élancer. Il haussa les épaules, se demanda à voix haute : « Qu'est-ce qui te prend ? Laisse-les s'installer au moins ! » Il rentra, savourant cette dernière attente, qui avait le charme incomparable de celles dont on sait qu'elles ne seront pas déçues. Il laissa la porte ouverte derrière lui, prit le lait et le café qui réchauffaient sur le trépied, posa deux bols sur la table, coupa du pain et commença à manger. De temps en temps il s'arrêtait, tendait l'oreille : est-ce que quelqu'un ne courait pas sur le chemin ? Non, ce n'étaient que les brebis qui sabotaient sur la terre battue de l'étable. Et maintenant ? Non : c'était le vent qui cognait une dernière fois contre la lucarne avant de s'envoler.

Il fallait manger, donc, et boire à petites gorgées ce café au lait à goût de noisette qui le renvoyait vers d'autres matins, d'autres instants privilégiés. Cette fois, il en était sûr : on courait sur le chemin. Et il le connaissait bien, ce pas vif et alerte, si différent du sien. Aurélien se leva brusquement, renversant son bol, franchit le seuil, s'avança dans la cour, s'arrêta. Benjamin, déjà, était arrivé au portail, l'ouvrait, s'approchait, souriant. Aurélien tendit la main, et dit :

– Alors, te voilà.

Le choc qu'il reçut contre lui le fit chanceler. Il ne comprit pas quels étaient ces bras qui le serraient et quelle était cette tête qui s'appuyait contre son torse. Il ne connaissait pas les gestes qu'il aurait dû faire pour répondre, ne savait que bredouiller :

– Viens ! Allez, viens !

Ils entrèrent dans la cuisine, s'assirent face à face de chaque côté de la table comme à leur habitude, en évitant de se regarder. On n'entendait que le feu qui crépitait dans la cheminée et les brebis qui s'impatientaient.

– Tu n'es pas fatigué ? demanda enfin Aurélien, une fois qu'il se fut un peu habitué à cette présence qui lui semblait occuper tout l'espace.

– J'ai dormi dans la voiture.

Enfin ils se regardèrent, mais peu de temps. Il faudrait bien un jour oser partir à la recherche de ces trésors cachés qui ne se livrent qu'un bref instant, trop profondément enfouis qu'ils sont dans la lumière vivante des regards. Mais c'était trop tôt, encore. Il était seulement temps de profiter de ces minutes qui ne ressemblaient pas à celles de la nuit, ni à celles d'hier. Car hier était déjà loin.

– Tu as déjeuné ?

– Non. J'ai attendu.

Aurélien avait laissé du lait et du café à réchauffer. Il servit Benjamin, coupa du pain, étala le beurre.

– Mange !

Jamais il n'aurait imaginé quel plaisir pouvait être celui de voir un enfant manger son pain. C'était comme si tout le travail de sa vie trouvait enfin sa récompense. Il ne l'avait jamais ressenti comme ce matin. Son cœur cogna plus fort et il se releva pour attiser le feu qui n'en n'avait nul besoin.

– Et les agneaux ? Tu ne les as pas vendus, au moins ?

– Non.

– Ils ont grandi ?

– On ira les voir après. Mange !

Oh ! oui ! Il aurait voulu le voir manger tout le pain, tout le beurre, tout ce qui se trouvait dans cette maison. Mais Benjamin n'en pouvait plus. Il buvait maintenant le café au lait, reposait le bol, soupirait :

– Ça change des corn-flakes.

– Des quoi ?

– Des trucs que je mange le matin.

– C'est pas bon ?

– C'est pas pareil.

Voilà. Ils avaient relié ces deux mondes qui ne se rencontreraient jamais, sinon à travers eux. Ils avaient aussi retrouvé le rire et le bonheur si simple d'être ensemble, sans que ni l'un ni l'autre ne sût pourquoi. Ils avaient refait connaissance et s'étaient raconté les deux mois qui venaient de passer. Ils en avaient même oublié les bêtes qui menaient un grand raffut dans la bergerie. C'est Benjamin qui s'en aperçut le premier.

– Tu entends ?

Aurélien jeta un coup d'œil vers l'horloge, se dressa en s'exclamant :

– Il faut y aller !

Ils sortirent, poussèrent la porte de la bergerie, eurent bien du mal à retenir les brebis qui cherchaient à s'échapper. Aurélien referma derrière eux, versa un peu de foin dans les mangeoires.

– Ça les fera patienter le temps que je donne aux poules.

Il se retourna. Benjamin était accroupi près d'un agneau, son visage dans la toison. Qui lui avait appris ce geste, à ce petit de la ville ? Il n'y a que les vrais bergers pour savoir ce qui se trouve au fond de cette laine brute, et qui parle des temps anciens, de cette époque où les bêtes et les hommes vivaient ensemble nuit et jour dans la même complicité, la même alliance avec le monde. Enfin, il se releva, croisa le regard d'Aurélien qui s'écria :

– Et les poules ?

Dans la cour, Benjamin jeta les grains à la volée, comme le vieux le lui avait appris. Les poules se battaient, écrasaient les poussins qui tentaient de se frayer un passage.

– Regarde-la, celle-là ! dit Aurélien en montrant une grise au cou pelé ; elle m'a seulement ramené ses petits avant-hier. Je ne savais même pas où elle nichait.

– On le trouvera, son nid, dit Benjamin.

– Oh ! dit Aurélien, si je comptais sur toi pour ramasser les œufs, j'aurais le temps de mourir de faim.

Ils rirent, s'apprêtèrent à partir vers les Terres hautes.

– Il te faudra prendre un chapeau, parce qu'il va faire chaud, tu sais.

– J'aime pas les chapeaux ; j'ai une casquette de base-ball.

Le vieux haussa les épaules, renonça à demander de quoi il s'agissait.

Une fois sur la place, Aurélien tenta de hâter les

salutations, mais les parents le retinrent, insistèrent de nouveau pour l'inviter à manger, lui rappelèrent sa promesse.

– Oui, oui, c'est entendu, dit-il.

Que n'aurait-il pas promis, aujourd'hui ? Enfin ils furent seuls, grimpant entre les murs de lauzes le sentier raclé jusqu'à l'os. Rien ne bougeait autour d'eux. La grande chaleur de l'été affermissait sa poigne sur les buissons et les genévriers. Le ciel d'un bleu de lavande pesait de tout son poids sur la terre exténuée. Le causse grésillait et craquait de toutes parts. Aurélien fut obligé de s'arrêter souvent pour reprendre son souffle.

– C'est la chaleur, dit-il à Benjamin pour le rassurer.

Puis il repartit de son pas lourd et fatigué, s'efforçant de dissimuler la peine qu'il prenait à monter. Il aurait fallu garder les brebis dans les combes où nichait un peu d'ombre, mais comment renoncer à la bergerie des Terres hautes et aux quelques foucades de vent qui passaient parfois, là-haut, même au milieu du jour ? Il observait l'enfant qui redécouvrait le royaume des collines, frôlait les buis, les genévriers, les buissons d'épines. Il caressait même les pierres, humait l'air qui sentait la terre chaude, la toison de brebis. Il avait perdu l'habitude de grimper ce chemin qui menait vers le ciel dont l'éclat les aveuglait. Vite, de l'ombre !

Une fois à l'abri des murs de la bergerie, assis côte à côte, ils se racontèrent les étapes de la longue route qui les avait ramenés l'un vers l'autre.

– Ils ne voulaient pas me donner ta première lettre, dit Benjamin.

– Et pourquoi ?

– Parce que je travaillais mal à l'école.

– Ça alors ! Ça m'étonne de toi.

– J'ai dû promettre de m'y remettre.

– Et tu l'as fait ?

– Bien obligé.

Les clarines des brebis s'étaient tues : les bêtes étaient arrêtées à l'ombre maigre de deux grands genévriers.

– Le problème, reprit Benjamin, c'est que ma sœur a tout fait pour nous empêcher de venir.

– Elle se plaît pas ici ?

– Oh ! non !

– Et pourquoi ?

L'enfant demeura un moment sans répondre, n'osant dire l'exacte vérité, puis :

– Elle dit que c'est la brousse, ici.

– Comment ça ? fit Aurélien qui ne comprenait pas.

– Tu sais, c'est tellement différent de Paris.

– Justement : ça change un peu.

Ils parlaient, ils parlaient, et le soleil arrondissait sa course dans le ciel devenu blanc. Ils en oublièrent l'heure et se retrouvèrent à descendre au plus chaud du jour, tandis qu'autour d'eux, dans l'herbe rase, bondissaient les sauterelles et crissaient les grillons. Les murs épais de la maison leur offrirent leur fraîcheur d'église, et ils se désaltérèrent dans la souillarde, à même le robinet. Ensuite, ils déjeunèrent, n'en finissant pas de se raconter tout ce qu'ils allaient faire durant ces deux mois d'été.

Enfin, pendant qu'Aurélien s'allongeait pour la sieste, Benjamin repartit chez lui, non sans promettre de revenir une heure plus tard. Mais quelques minutes lui suffirent pour rassurer ses parents et les prévenir qu'il mangerait aussi ce soir avec Aurélien. Une fois de retour, il n'osa pas réveiller le vieux et le regarda dormir un instant avant d'aller s'asseoir dans la cuisine et de s'assoupir lui aussi.

Ce premier jour de retrouvailles, ils le vécurent côte à côte jusqu'à la nuit qu'ils accueillirent sur la terrasse, regardant en silence s'estomper la vallée et s'allumer les premières étoiles. Ils en oublièrent le temps et, quand les parents de Benjamin vinrent chercher leur fils, il était plus de minuit. Le vieux les regarda s'éloigner sur le chemin en ne souhaitant qu'une chose : vite, vite, être vite à demain.

13

À partir de ce jour de retrouvailles, ils ne se quittèrent plus. Le feu du ciel qui tombait en nappes blanches ne les empêchait même pas de courir les collines et de se raconter ce qu'ils n'avaient peut-être jamais dit à personne. Ils finirent par abandonner les Terres hautes pour garder le troupeau dans la combe des Garettes où il y avait un peu d'ombre. Elle se trouvait à flanc de coteau, entre deux épaules de collines couvertes de petits chênes. Il y avait là une grange à moitié écroulée où il faisait bon s'asseoir à l'abri des murs. Et les jours passaient ainsi, dans une complicité qu'ils découvraient plus précieuse chaque jour. Ils ne se séparaient que lorsque les parents décidaient d'une excursion : la visite d'un village ou d'un château. Mais il faisait si chaud que la plupart du temps ils y renonçaient au dernier moment, après en avoir nourri le projet pendant plusieurs jours.

Aurélien, toutefois, ne put refuser l'invitation qu'il avait reportée si longtemps. « Ils vont finir par se fâcher, avait dit Benjamin, et il ne faudrait pas qu'ils m'empêchent de venir te voir. » Ainsi Aurélien se retrouva-t-il un jour assis parmi ses hôtes, mal à l'aise, ne sachant comment se comporter, regrettant sa maison et ses habitudes. Le couvert était mis à même la table de noyer, mais les assiettes de faïence bleue, les fourchettes et les couteaux finement ciselés n'exprimaient qu'une fausse rusticité.

Aurélien était assis en bout de table, face au père de Benjamin. La mère, qui venait d'apporter une salade de tomates, s'agitait autour de la table en remerciant son invité qui ne savait que répondre. Elle s'assit enfin et tendit le plat à Aurélien qui hésita à se servir et appela du regard Benjamin à son secours.

– Faites comme chez vous, dit la mère.

Il aurait bien voulu, mais il avait peur de se montrer maladroit, de décevoir Benjamin.

– Bon ! je vais faire le service ! dit la mère, ce sera sans doute mieux.

Elle le servit, lui, d'abord, puis son mari, son fils, ensuite sa fille qui paraissait ne pas apprécier du tout la présence d'un rustre près d'elle. Tout le monde commença à manger, Aurélien du bout des lèvres, qui craignait de renverser de la sauce sur sa chemise, comme il en avait l'habitude. La conversation repartit sur le beau temps qui durait et, selon la mère, sur la planète qui, à cause de l'effet de serre, se réchauffait, au risque d'être couverte un jour de déserts. Aurélien ne comprenait guère mais il hochait la tête, soucieux de ne pas la contrarier. Heureusement, le père, lui, tenait un discours plus ordinaire :

– Ce qu'il y a de remarquable dans ces maisons, dit-il, c'est qu'elles ont été conçues pour résister au froid en hiver et à la grande chaleur en été.

– Oui, dit Aurélien, observant à la dérobée les gestes de Benjamin et cherchant à l'imiter.

– On reconnaît là le savoir et la sagesse de nos ancêtres.

Aurélien pensa à son père. Il aurait voulu en parler mais il n'osa pas.

– Quelle chance avez-vous, reprit la mère, de pouvoir vivre toute l'année de façon si naturelle !

Aurélien prit le temps de poser sa fourchette avant de répondre :

– J'ai toujours vécu comme ça, alors je serais bien en peine de changer.

– Et pourquoi devriez-vous changer ? s'écria la mère. Ce serait plutôt à nous de changer, de revenir aux sources et de retrouver les vraies richesses.

Elle sourit, fière d'elle, sembla interroger tout le monde du regard, poursuivit :

– Ce que nous essayons de faire le plus souvent possible, n'est-ce pas Benjamin ?

– Oh ! oui, dit l'enfant, mais ce serait encore mieux si on vivait ici toute l'année !

Aurélien surprit le regard excédé de la fille qui hocha la tête d'un air accablé et soupira :

– Un vrai délire, cette famille.

– Le travail se trouve en ville, malheureusement, constata le père.

– Il est certain que si ce n'était pas le cas… dit la mère.

La conversation se poursuivit dans un bourdonnement qu'Aurélien n'écoutait plus. Il croisa le regard de Benjamin et s'évada par la pensée vers leur domaine qu'ils n'auraient jamais dû quitter. Il lui en voulait un peu, en cet instant, de lui avoir imposé cette épreuve, ne souhaitait qu'une chose : que tout cela finît vite, très vite. Mais le repas dura une grande partie de l'après-midi, et il dut écouter ses hôtes sans parvenir à répondre à toutes ces fausses idées sur les avantages d'une vie qui n'était devenue que de la survie après avoir été si belle. Il dut aussi entendre qu'il était le plus heureux des hommes de vivre ainsi dans la solitude, à l'écart des grands bouleversements du monde, et, à la fin, au terme d'un raisonnement qu'il n'avait pas suivi, que non, finalement, on le plaignait, même si cette sorte d'existence avait son charme, parfois.

– Il ne faut pas leur en vouloir, dit Benjamin une fois qu'ils se retrouvèrent seuls, délivrés de ces présences qui leur étaient devenues insupportables.

– J'en veux à personne, mais je ne recommencerai pas, fit Aurélien, l'air sombre.

– Je vois bien que tu n'es pas content.

– C'est fini, maintenant.

Ils étaient assis sur la terrasse, face à la vallée qui somnolait dans la brume oscillante de la chaleur. Il était trop tard pour conduire les bêtes dans la combe. Le bourdonnement des tracteurs et des voitures montait jusqu'aux collines, troublant à peine la paix de cette fin d'après-midi si calme.

– Dire qu'il me faudra quitter tout ça et reprendre le métro !

– Le métro ?

– Tu ne sais pas ce que c'est ?

– Non.

– C'est pas croyable !

– Je ne suis jamais allé à Paris, alors…

L'enfant n'en revenait pas. Il mesurait à quel point le vieil Aurélien était isolé, ici, et loin du monde.

– C'est un train qui roule sous la terre.

– Sous la terre ? Dans le noir ?

– Mais non ; c'est éclairé.

– Ça ne fait rien, j'aurais de la peine à monter dans une machine pareille.

– Tu n'as jamais pris le train ?

– Si ! Quatre ou cinq fois, pour mon service militaire à Montauban.

– Alors tu as dû passer sous des tunnels.

– Je ne m'en rappelle pas, c'est si loin…

Puis Aurélien se leva, ajouta :

– C'est pas tout ça, mais il est temps de s'occuper des bêtes.

Ils se dirigèrent vers l'étable, où l'enfant versa un peu d'avoine dans les mangeoires, tandis qu'Aurélien faisait descendre du foin du grenier. Les agneaux étaient grands, maintenant, et prêts à être vendus, mais Aurélien évitait d'en parler. Parfois, même, il se disait qu'il ne les vendrait pas, puis il se traitait de tous les noms et se promettait de faire monter le marchand un jour prochain.

Après s'être occupés des brebis, des poules et des lapins, ils dînèrent de tomates, d'un melon, et de la saucisse froide qu'Aurélien avait fait cuire dans des baies de genièvre. Autour de la maison, c'était le grand silence de la terre épuisée par la chaleur du jour. Rien ne bougeait, pas même les feuilles de la treille qui, d'ordinaire, frissonnaient les premières au petit vent de nuit.

– Je vais leur demander, dit brusquement Benjamin.

Il revenait sur un projet qui lui tenait à cœur depuis plusieurs jours : obtenir la permission de dormir dans la maison d'Aurélien. Au début, quand ils en avaient parlé, le vieux s'était montré réticent, puis c'est lui qui y était revenu plusieurs fois, après avoir pensé qu'un jour, bientôt, de nouveau, il serait seul.

– Si tu crois que c'est le moment, fit-il.

Et Benjamin :

– Ils diront oui ou ils diront non, c'est tout.

– Eh bien, vas-y !

Benjamin s'en alla, et Aurélien l'accompagna jusqu'au portail. Après quoi, le vieux retourna sur ses pas et s'assit sur la terrasse pour goûter la paix du soir. Il resta là, immobile, regardant les troupeaux regagner les fermes assoupies dans la verdure de la vallée, écoutant s'éteindre doucement le bourdonnement de la vie tout là-bas, dans ces lieux qu'il connaissait si bien et qui, cependant, lui semblaient interdits. Des martinets faisaient des rondes dans le ciel qui s'assombrissait. C'était l'heure où le monde pouvait s'endormir pour toujours, le soleil disparaître et ne jamais plus se lever. C'était l'heure où la solitude pèse le plus à ceux qui ne l'ont pas choisie.

Mais, ce soir, l'hiver était loin et Benjamin était proche. Aurélien se demanda vaguement pourquoi il ne revenait pas, sans toutefois s'en inquiéter vraiment. Il finirait par revenir, c'était sûr. Alors il imagina le gosse installé chez lui pour toujours. Pourquoi pas ? Qu'est-ce qui l'empêchait ? Il haussa les épaules, se moqua de lui : voilà qu'il perdait la tête. Comme il aurait voulu, pourtant ! Et que ce serait bon, cette présence près de lui, cette force, cette confiance ! Pourquoi n'y avait-il pas droit ? Il se mit à rêver tout éveillé, s'exalta : pourquoi, une nuit, ne descendraient-ils pas, avec le troupeau, jusqu'à la rivière ? Ah ! revivre ces moments-là une fois, une dernière fois ! Entendre à côté de lui les pas du petit sur la rocaille des chemins comme son père entendait les siens, et que tout recommence. Oui ! que tout recommence.

Il s'essuya furtivement les yeux quand l'enfant surgit du portail, criant :

– Ils ont dit « oui », ils ont dit « oui ».

Aurélien se leva, incrédule :

– C'est bien sûr ?

– Si je te le dis !

– Et pourquoi tu as mis si longtemps ?

– J'ai préparé des affaires.

Il montra un petit sac de voyage couvert d'écussons de couleur.

– Allez, viens, on va s'en occuper.

Ils rentrèrent, passèrent dans la chambre dont la

porte était toujours fermée d'ordinaire, et où se trouvait un lit de noyer très haut, avec deux dosserets presque d'égale hauteur.

– C'était leur lit, dit Aurélien, tout bas.

L'enfant eut un mouvement de recul, mais le vieux le prit par le bras.

– Moi, j'ai jamais pu y dormir, dit-il, mais c'est bien que ce soit toi : ça me fait plaisir.

– Tu es sûr ?

– Mais oui. Tiens ! Aide-moi !

Ils prirent des draps dans l'armoire, firent le lit, puis Aurélien demanda :

– Tu n'auras pas peur, au moins ?

– De quoi ?

– Il doit y avoir quelques souris, dit Aurélien, fataliste.

– Des souris blanches ? demanda Benjamin un peu inquiet.

– Non ! Des noires, et qui n'hésitent pas à grimper dans les lits.

– Charrie pas, dit Benjamin, à moitié rassuré.

– Pourvu qu'elles ne viennent pas te mordre les orteils ! fit Aurélien qui s'amusait de plus en plus.

– Peuh ! dit l'enfant qui avait enfin compris que le vieux se moquait de lui.

Aurélien acheva de faire le lit, puis il recula de quelques pas, parut satisfait, et dit :

– Voilà ! Tu peux te coucher à présent.

Il s'apprêtait à sortir quand l'enfant l'appela :

– Aurélien !

– Oui.

– C'est génial.

– Oui, dit le vieux qui hocha la tête puis sortit en refermant la porte.

Pourtant, il n'alla pas se coucher, lui : il revint s'asseoir sur la terrasse pour bien profiter de ces moments qui lui étaient comptés, il le savait. Voilà ! C'était fait : un enfant dormait dans sa maison. Et qu'est-ce qui l'empêchait de penser que c'était le sien, qu'il était là pour veiller sur son sommeil, le protéger comme tant de pères qui veillent sur leur fils partout dans le monde ? Qu'est-ce qui l'empêchait de croire, ce soir, que si ce n'était pas vraiment le sien, il l'avait adopté, et que maintenant il était à lui, que personne ne pourrait plus le lui reprendre, qu'il l'élèverait, qu'il lui apprendrait tout ce qu'il savait de la course des nuages et des lèvres du monde ?

Il n'osait plus bouger, à peine respirer. L'heure qui passa lui parut pleine et ronde comme un soleil. Il avait tout. Il n'avait jamais été aussi heureux. La nuit se referma autour de la maison et se mit à ronronner comme un chat dans son coussin. Était-il possible qu'un jour l'été s'en aille et que vienne la neige de l'hiver ? Non. Jamais. Et jamais les étoiles ne lui avaient semblé si proches, le parfum de la folle avoine si entêtant, le silence des Terres hautes si paisible. Pour un peu, il se serait endormi là, sentinelle avancée d'un territoire qu'il aimait cette nuit plus qu'il ne l'avait jamais aimé, et qu'il était là pour défendre contre les menaces des hommes.

Allons ! Il fallait rentrer. Une lune de sucre laissait couler une lumière épaisse sur les collines. Les grillons se turent. Personne n'était plus debout à cette heure. Il entra dans la maison, se dirigea vers sa chambre, hésita, revint sur ses pas, marcha vers l'autre chambre, poussa la porte. Alors, la laissant entrebâillée pour avoir un peu de lumière, immobile comme le temps qui venait enfin de s'arrêter, il écouta respirer l'enfant qui ne le quitterait plus.

14

AINSI, l'habitude était prise : Benjamin mangeait avec lui et dormait dans sa maison. Les parents s'en accommodaient ou, du moins, ne semblaient pas s'en formaliser. De temps en temps, quand Aurélien les rencontrait sur le chemin, il était gêné, ne savait quoi dire. Eux faisaient comme si tout cela était naturel. « Mais jusqu'à quand ? » se demandait parfois Aurélien, qui avait peur de perdre en quelques heures ce qu'il avait attendu de si longues années. Le reste du temps, il s'efforçait de ne pas y penser, de vivre ce qui lui était donné de vivre comme si c'était un ultime cadeau avant le grand départ.

Bientôt l'été serra les collines dans sa poigne de feu. Par endroits, la terre s'ouvrit et bâilla comme sous l'effet d'une blessure sèche. Même l'herbe des combes grilla, et les feuilles des chênes nains devinrent brunes et craquantes comme des manoques de tabac. Aurélien fut obligé de mettre en péril sa provision de foin et se demanda s'il en aurait assez pour l'hiver. Mais est-ce que l'hiver existait seulement ? Non, rien n'existait plus que les heures qu'il passait avec l'enfant et qu'il prolongeait le plus possible, comme cette nuit, puisqu'ils allaient réaliser le rêve qu'il poursuivait depuis longtemps : descendre à la rivière avec le troupeau, comme autrefois, au temps du père, au temps où la vie n'avait pas encore basculé de l'autre côté de l'enfance, au temps où l'air qu'il respirait avait le goût du miel, les jours le charme de ce qui ne finira jamais.

Il leur fallut, ce soir-là, attendre que tout le monde soit couché, que la lune soit haute et dégagée, là-haut, dans le ciel. La nuit était épaisse et chaude comme un pain sorti du four. Les brebis hésitaient à franchir la porte de l'étable, et Aurélien dut les appeler pour les faire avancer. Comme il n'était pas question de traverser par la place pour ne pas alerter les parents, ils empruntèrent le sentier qui coupait directement à travers le coteau et rejoignait la route plus bas. Il descendait raide ce sentier, mais Aurélien, qui le connaissait bien, passa devant, tandis que Benjamin restait derrière les brebis et les agneaux.

– Fais attention à tes pieds, dit Aurélien, il y a de grosses pierres.

Les agneaux bêlaient de peur et les clarines résonnaient bizarrement dans l'air lourd de la nuit. Les pierres roulaient sous les sabots, et Aurélien marchait doucement en empêchant la brebis de tête de le dépasser. Heureusement, grâce à la lune et à la lueur des lampes de poche qu'ils avaient pris soin d'emporter, ils distinguaient à peu près les obstacles et, en se retenant aux branches basses des chênes nains, ils parvinrent enfin sur la route qui serpentait trois cents mètres plus bas.

À partir de là, c'était plus facile. Aurélien n'avait guère besoin de se retourner pour savoir que Benjamin le suivait, et, comme lui, ne pensait maintenant qu'à cette nuit si belle, habitée d'ombres complices et d'étranges murmures.

De temps en temps, le vieux fermait les yeux pendant quelques secondes, imaginait le grand troupeau de son enfance et souriait. N'étaient-elles pas les mêmes, ces étoiles qui brillaient sous la voûte du ciel ? Alors ? Pourquoi tout avait-il tellement changé, puisqu'elles étaient restées telles qu'à cette époque bénie ? Il ne savait pas. Les odeurs aussi étaient les mêmes, celle du troupeau comme celle des plantes qui s'ouvraient à la rosée de la nuit. Il respirait à pleins poumons, se retournait vers Benjamin, voulait lui faire partager son plaisir, mais comment aurait-il compris, ce gosse de la ville ?

– Pas si vite ! dit-il.

La route descendait tellement que le petit troupeau courait presque et Aurélien s'essoufflait. Il n'était pas question de s'arrêter, pourtant, car avec cette odeur d'herbe, les bêtes n'avaient qu'une envie : s'égailler, au risque de se perdre. Benjamin, qui ne voulait plus rester seul à l'arrière, vint se porter à hauteur d'Aurélien.

– Je peux ? demanda-t-il.

– Oui, on ne risque plus d'en oublier derrière nous.

Ils arrivèrent au pas de la Croix qui était l'endroit le plus pentu entre deux rochers à pic. Ici, l'air stagnait et sentait la pierre chaude, la poussière et le suint. Loin là-bas, au fond de la vallée, on voyait miroiter les vitres de la rivière entre les frondaisons, mais Aurélien savait qu'il faudrait plus d'une heure avant d'y parvenir.

Après le pas, la route descendait moins raide entre des épaules osseuses de terre brute, sans le moindre brin d'herbe. Mais on rencontrait déjà quelques frênes et de fins peupliers. Aurélien dut s'arrêter un moment, tandis que Benjamin contenait tant bien que mal le troupeau qui s'impatientait. À moins d'un kilomètre, en effet, derrière ces rideaux de haies vives, c'était déjà la plaine, ses champs et ses prairies. Là, il faudrait se montrer vigilant. Aurélien se demanda vaguement comment ils faisaient, son père et lui, pour rester maîtres de l'immense troupeau qui se répandait dans la vallée comme un fleuve en crue. Aujourd'hui, dix brebis et huit agneaux lui posaient problème. Avait-il fallu qu'il perde des forces, tout de même ! Heureusement, il y avait Benjamin qui levait la tête vers les étoiles croustillantes comme lui-même la levait, alors, en demeurant ébloui, ivre de lumière, d'espace et de parfums, avec l'envie folle de savoir ce que murmuraient les lèvres du monde au-dessus des collines.

« Écoute ! disait le père, tu les entends ?

– Non.

– Mais si. Écoute bien. Elles parlent.

– Que disent-elles ?

– Elles disent que la vie est comme l'eau des rivières : ni l'une ni l'autre ne peuvent revenir en arrière. Elles disent que ce n'est pas ce qu'on voit qui compte, mais ce qui est caché dessous, que les arbres parlent, gémissent et pleurent comme les hommes. Regarde là-bas !

– Où ?

– Là-bas, au-dessus du bouquet de saules.

– Qu'est-ce qu'il y a ?

– Ce nuage sombre, tu le vois ?

– Oui. Qu'est-ce que c'est ?

– C'est un regret.

– Quel regret ?

– Tu le sauras quand tu auras grandi. »

Le père avait des mots, comme ça, et des explications à lui sur les mystères du monde. Il semblait en connaître tous les rouages, tous les secrets. Aurélien ne se lassait pas de l'entendre, s'émerveillait de ces histoires que le père lui-même semblait tenir d'une parole sacrée. Il ne rêvait que de cette solitude à deux, quand l'homme avait décidé de rompre le silence dans lequel il se murait parfois des semaines. Et tous ces mots, cette nuit, tous ces secrets lui revenaient du plus profond de la mémoire. Il serait temps, tout à l'heure, quand ils seraient arrivés, de les livrer à son tour.

Il fallait repartir, et vite, car les brebis ne tenaient plus en place. Les haies vives, qui avaient remplacé la rocaille, escortaient maintenant la route qui filait droit vers la vallée. L'odeur du blé mûr et des chaumes s'unissait à celle des toisons. Le troupeau coulait moins vite et Aurélien prenait moins de peine à marcher. Il lui fallut de nouveau s'arrêter, pourtant, un peu plus bas, au grand carrefour, avant d'entrer dans le chemin de terre qui, entre les champs de maïs, menait à Recoudiers. Il n'y avait pas un bruit dans cette nuit épaisse, sinon celui des sabots sur la terre dure comme les pierres. À présent, le vieux et l'enfant marchaient côte à côte devant les brebis. On aurait dit qu'elles avaient senti l'eau. Elles ne s'attardaient pas au revers des fossés, et poussaient les agneaux devant elles, avec ce mouvement têtu des épaules et du cou pour aller de l'avant.

Ils marchèrent encore longtemps avant d'atteindre le village et de prendre un autre sentier bordé de peupliers. La rivière était là-bas, à l'extrémité du pré qui glissait en pente douce vers elle. Aurélien n'avait pas hésité : bien que les cultures ne fussent plus les mêmes, il avait reconnu les lieux, les parfums, et la chaleur de la terre sous ses pieds. Ils débouchèrent sur le pré. L'eau chantait à moins de cinquante mètres. Ils allèrent droit vers elle, y entrèrent, suivis par les bêtes qui se mirent à boire avidement. Aurélien et l'enfant écoutèrent : cela sonnait comme un bruit d'averse sur des feuilles.

Ils burent, eux aussi, se mouillèrent les jambes, le visage et les bras, puis ils s'assirent dans le pré en attendant les brebis.

– C'est là qu'il me parlait, dit Aurélien.

Benjamin ne souffla mot. Il avait compris pourquoi le vieux l'avait amené là.

– Il me disait qu'il avait franchi une fois la barrière qui existe entre les bêtes et nous.

– Oui ?

– Oui, il en parlait avec un grand tremblement dans la voix. Il pensait qu'elles étaient plus proches de la terre et du ciel, qu'elles savaient plus de choses que nous, pauvres hommes.

Aurélien se tut brusquement, sembla écouter une voix qu'il était seul à entendre. L'eau courait sur les galets. Les bêtes buvaient toujours.

– Qu'est-ce qu'il te disait encore ? demanda l'enfant.

– Tant de choses, soupira Aurélien.

Puis il reprit :

– Il me disait que la terre est une étoile, qu'un jour on se réveillera et que ce sera la véritable naissance : alors le Maître nous prendra dans sa main comme on prend l'oiseau qui a froid, et le sang des bêtes qu'on a tuées coulera pendant des années et des années dans les rivières vers la mer.

Ils se turent. Les brebis cherchaient maintenant les agneaux et les rappelaient.

– Il en savait, des choses, murmura Benjamin.

Une étoile semblait accrochée à la masse sombre de la colline, de l'autre côté de la vallée.

– Il me disait, reprit Aurélien, qu'avant le monde il n'y avait qu'une lumière. Une toute petite lumière. C'était celle qui brillait dans les yeux du Maître, mais on ne la voyait pas. De cette lumière est né le soleil, et comme il a grandi, il a fallu de l'eau pour qu'il ne brûle pas tout. Et puis du vent pour faire sécher les larmes des bêtes et des hommes, et puis le ciel pour abriter les étoiles, et puis les arbres pour consoler la terre de porter toute cette douleur.

Aurélien parlait, parlait, et l'enfant essayait de retenir chaque mot, comme s'il devinait que cette nuit était unique, peut-être la dernière qu'ils vivraient ensemble.

– Il disait aussi qu'il faut ajouter sa propre feuille à l'arbre de la vie, et moi je n'ai pas pu.

– Mais si, dit Benjamin.

Aurélien le regarda à la lueur de la lune, frissonna.

– Oui, dit-il, tu as raison.

Les bêtes étaient revenues vers eux et attendaient paisiblement. Les agneaux se couchèrent dans l'herbe fraîche.

– Il ne faut pas rester trop longtemps : ils prendraient froid.

– Encore un peu, dit Benjamin.

Le vieux chercha dans sa tête, mais les mots, maintenant, se refusaient. C'était si loin, tout ça. Le vent caressa la cime des frênes et des aulnes sur l'autre rive. Ils fredonnaient leur chanson de feuilles en se balançant doucement. Des souvenirs revenaient de nouveau, qu'Aurélien avait presque oubliés.

– Il disait que le secret, il est dans nous, caché juste derrière le cœur. C'est comme un germe qui est resté d'avant notre naissance et qui se souvient. Ce qu'il faut, c'est savoir l'écouter.

– Tu sais, toi ? demanda l'enfant.

Aurélien réfléchit, avoua :

– Une ou deux fois, je crois, j'ai entendu.

– Tu veux pas me dire quoi ? insista Benjamin surpris par le brusque silence du vieux.

Aurélien ne répondit pas tout de suite. Il regardait, au-dessus des collines, clignoter une étoile plus petite mais plus lumineuse que les autres.

– C'est une voix de l'autre monde.

– De l'autre monde ?

– Oui, celui que l'on regagnera un jour, et qui est notre véritable maison.

Il se tut, ajouta dans un murmure :

– Quelquefois on s'approche, mais on ne sait pas regarder comme il faudrait.

– Ça t'est arrivé, à toi ? demanda Benjamin, médusé.

– Oui, ça m'est arrivé, là-haut, dans la bergerie. Il faisait nuit et pourtant j'ai vu comme en plein jour. J'ai suivi un chemin. Et plus je marchais, plus je marchais vite. J'ai fini par passer de l'autre côté de la montagne et là, j'ai vu l'autre versant.

Plus rien ne bougeait dans la nuit, pas même la cime des grands arbres. On n'entendait pas l'eau, non plus, ni les brebis, ni les bêtes nocturnes des champs et des prés. Un long nuage glissa devant la lune, s'étira en écheveau.

– Qu'as-tu vu ? demanda Benjamin.

Et, comme le vieux ne répondait pas :

– Tu ne peux pas me le dire ?

– Je n'ai pas le droit, dit Aurélien : c'est un chemin qu'on doit trouver tout seul.

Un long silence les sépara. Benjamin n'osa pas insister.

– Il faut partir, maintenant, fit le vieux en se levant brusquement.

– Allons-y ! dit l'enfant.

Aurélien posa son bras sur son épaule, les bêtes les suivirent. La nuit était un peu plus fraîche à présent, malgré l'épaisseur de l'air qui devenait presque palpable au fur et à mesure qu'on entrait dans les terres. Ils marchèrent moins vite qu'à l'aller. Quelle heure pouvait-il être ? Deux heures ? Trois heures ? La petite route montait à l'assaut des étoiles en prenant son temps, comme le troupeau qui était fatigué. On entendait à peine les sabots qui grignotaient le sol.

Aurélien et Benjamin avançaient sans parler, humant les tièdes parfums de la nuit. Le village les attendait là-bas, tapi dans l'ombre, tout contre le ciel qui le protégeait. Rien d'autre n'existait que ce vieil homme, cet enfant, ces bêtes qui regagnaient leur abri en écoutant battre autour d'eux le cœur du monde abandonné.

Le lendemain matin, Benjamin ne réussit pas à se lever. Aurélien, qui avait à peine dormi deux heures, ne le réveilla pas. Tout en préparant son repas de midi, il avait encore dans la tête le clair tintement des sonnailles et, s'il fermait les yeux, il se revoyait sur le sentier à flanc de colline dans l'odeur âcre des toisons.

Juliette le surprit en frappant à la porte. Il sursauta, se frotta les yeux, et cria :

– Entre !

– Qu'est-ce qui se passe, ici ? demanda-t-elle en pénétrant dans la cuisine. Vous avez fait la fête cette nuit ?

– Tu ne crois pas si bien dire.

– Ah ! bon ! C'est pas gentil de ne pas nous avoir invités, dit-elle en riant pour qu'il ne s'y trompe pas.

– Je sais pas si ça t'aurait plu.

Aurélien prit un air si énigmatique qu'elle en fut intriguée.

– On est descendus à la rivière avec le troupeau, dit-il brusquement.

Et Juliette, interloquée :

– À la rivière ? avec le troupeau ?

– Oui.

– Ce n'est pas étonnant qu'il dorme.

– Non, ce n'est pas étonnant, mais il ne faudrait pas que ses parents arrivent.

Juliette le rassura :

– Je les ai vus partir avec leur voiture il y a une heure.

– Tant mieux, dit-il, soulagé.

Elle demeura immobile devant Aurélien, le dévisageant avec amusement.

– Qu'est-ce qui vous a pris ? demanda-t-elle.

Aurélien se gratta le front, soupira :

– J'en avais envie depuis longtemps. Tu sais bien : j'y allais quelquefois, l'été, avec mon père.

Oui, elle savait. Aurélien le lui avait souvent raconté. Elle comprenait maintenant, et, en même temps, en était un peu effrayée car elle se demandait si le vieux ne perdait pas par moments la raison. Elle eut envie de lui rappeler que le gosse partirait un jour, mais quelque chose l'en empêcha. Après tout, il valait mieux qu'il profite de sa présence autant qu'il le pouvait.

– Bon ! C'est pas tout ça, dit-elle, je suis venue voir de quoi vous avez besoin.

Il lui tendit la liste qu'il avait préparée à cet effet et dit :

– Merci, petite. Tu veux que je te fasse l'avance ?

– Mais non, vous me paierez quand j'aurai la note, vous savez bien que je préfère.

Il hocha la tête, la raccompagna jusqu'à la porte.

– Vous devriez le faire lever, quand même, dit-elle, parce que ses parents revenaient.

– Oui, tu as raison.

– Alors à tout à l'heure.

– C'est ça, à tout à l'heure.

Juliette sortit au moment où surgissait Joëlle, la sœur de Benjamin, qui semblait la guetter.

– Je viens voir mon frère, dit-elle en entrant dans la cour sans y avoir été invitée.

Aurélien jeta à Juliette un regard qui était un appel au secours.

– Il est avec Marc, à la maison, mentit-elle.

– Ce n'est pas vrai, dit Joëlle, j'en viens.

Ni Juliette ni Aurélien ne surent que répondre. La fille fit quelques pas vers la maison et s'apprêta à entrer dans la cuisine. Aurélien la retint par le bras en disant :

– Il dort.

– À cette heure-là ? Vous délirez ou quoi ?

– On te dit qu'il dort, fit Juliette revenue sur ses pas.

– Je veux le voir.

Aurélien hésitait, Juliette également. Le vieux finit par précéder la jeune fille dans la maison en disant :

– Fais pas de bruit, surtout.

– Pourquoi ? Il est trop tôt ?

– Il est fatigué.

– Pourquoi ? répéta-t-elle.

Aurélien ne répondit pas, poussa la porte, la maintint à demi ouverte seulement.

– Alors, tu le vois ? dit-il.

– Il est malade ?

– Mais non, il n'est pas malade. On s'est couchés tard, c'est tout.

Elle le dévisagea comme si elle ne croyait pas un seul mot de ce qu'il disait. Puis, avant qu'il n'esquisse un geste pour la retenir, elle s'enfuit en courant, comme si elle avait vu le diable en personne. Il resta seul, chercha à retenir Juliette, mais elle avait à faire et partit elle aussi. Il rentra chez lui, se demandant s'il n'allait pas payer au prix fort son ultime voyage au pays de son enfance.

15

PENDANT les jours qui suivirent, aucun nuage ne vint assombrir le formidable éclat du ciel. La chaleur devint suffocante dès le milieu de la matinée, l'air se mit à ressembler à du plomb fondu, la paix des soirs se fit torride à l'heure où les martinets entamaient leur ronde folle dans le ciel. Aujourd'hui, heureusement, il suffisait de tourner le robinet pour que l'eau jaillît dans l'évier. Avant, sur le causse, c'était la guerre entre les mères et les enfants, à partir du moment où les citernes commençaient à tarir, que les bêtes comme les hommes réclamaient leur dû. Mais les citernes n'existaient pas, quand Aurélien était enfant : il fallait aller chercher l'eau à la fontaine, en bas du coteau, et elle était encore plus mesurée. Il avait longtemps gardé le souvenir d'une gifle reçue pour une timbale renversée par maladresse. Une gifle de sa mère, car son père, lui, ne l'avait jamais frappé. De même qu'il ne serait jamais venu à l'idée d'Aurélien de frapper un enfant.

S'il pensait à l'eau, ce matin, c'était parce qu'il regardait à ses pieds la terre craquelée qui bâillait désespérément. Il lui sembla que les arbustes, les plantes, les pierres même, criaient. Il y était habitué, certes, et il y avait eu par le passé des étés de sécheresse catastrophique, mais il n'avait jamais assisté à cette désolation sans un serrement de cœur.

Quand il entra pour préparer son repas de midi, ce jour-là, la fraîcheur des murs épais lui fit du bien. Il ne savait pas pourquoi, mais, depuis quelque temps, il avait du mal à respirer et sa poitrine était douloureuse. À l'ombre, au moins, il respirait un peu mieux, surtout s'il restait assis, comme maintenant, à préparer quelques tomates après avoir bu un bol de vin sucré.

Il était seul, car les parents de Benjamin avaient exigé qu'il les suivît en excursion. Aussi entendit-il avec surprise des pas dans la cour. Il se précipita vers la porte, se trouva face au père de Benjamin et demeura sans mouvement sur le seuil, étonné de cette présence.

– Je croyais que vous visitiez les châteaux, aujourd'hui, dit-il en s'effaçant néanmoins pour laisser le passage.

– C'est ma femme qui a emmené les enfants, répondit le père en pénétrant dans la cuisine.

Il avait l'air très embarrassé, ce qui intrigua Aurélien qui constata :

– Et vous, vous avez préféré rester à l'ombre.

– En quelque sorte, oui, fit le père, gêné.

Aurélien devina qu'il y avait une autre raison à sa venue et demanda :

– Vous avez besoin de quelque chose ?

Le père s'éclaircit la voix, hésita, consentit enfin à déclarer :

– Je suis venu pour vous parler.

– Ah bon ! Eh bien asseyez-vous, fit Aurélien, de plus en plus intrigué.

Et il répéta, aussi gêné que le père, maintenant :

– Asseyez-vous, asseyez-vous.

Ils prirent place face à face de chaque côté de la table, et, pour rompre le silence qui s'installait, Aurélien proposa :

– Une goutte de vin ?

– Non, merci ! dit le père en l'arrêtant de la main ; pas avec cette chaleur.

– Comme vous voulez, dit Aurélien.

Puis, tandis que le père semblait chercher ses mots :

– Alors ? Qu'est-ce que vous avez à me dire ?

– C'est assez délicat, vous me comprenez, n'est-ce pas ?

– Qu'est-ce qu'il y a à comprendre ? fit Aurélien, un peu irrité de tout ce mystère.

– Eh bien voilà, commença le visiteur : ma femme et moi, nous sommes inquiets au sujet de Benjamin.

– Il est malade ? demanda Aurélien, brusquement alerté.

– Non, pas du tout, mais vous savez, c'est un enfant très fragile psychologiquement.

– Ah ! dit Aurélien, si vous voulez que je comprenne, il ne faut pas me parler comme ça.

Le père hésita, toussota, reprit :

– C'est un enfant que nous avons adopté à trois ans. Il ne vous l'a pas dit ?

– Non ! fit Aurélien, stupéfait.

– Il le sait, pourtant, nous le lui avons dit dès qu'il a été en âge de comprendre.

– Je crois que vous avez bien fait, parce que c'est un bon petit.

– Mais il est d'une grande sensibilité, reprit le père, vous avez dû vous en rendre compte.

– Bien sûr que je m'en suis rendu compte ! fit Aurélien. Aussi je ne vois pas pourquoi vous venez me le dire.

– Parce que ma femme et moi nous craignons qu'il ne s'habitue trop à vous, qu'il ne vous prenne pour ce que vous n'êtes pas, vous comprenez ?

– Non, pas très bien, répondit Aurélien agacé.

– Il est né à la campagne, loin de Paris, et c'est son grand-père qui l'a élevé jusqu'à l'âge de trois ans, après la mort de ses parents dans un accident de la route.

Aurélien resta un instant muet, puis il demanda, ne comprenant pas du tout où le père voulait en venir :

– Et alors ?

– Et alors, il s'imagine peut-être des choses qui ne sont pas.

– Quoi, par exemple ?

– Enfin ! s'écria le père, vous savez bien ce que je veux dire ! Nous ne le voyons plus, il passe son temps avec vous, même la nuit il dort chez vous.

– Il m'a dit qu'il vous avait demandé la permission.

– C'est vrai qu'il nous a demandé la permission et que nous la lui avons donnée volontiers, mais vous vous rendez bien compte que ça ne peut pas durer comme ça.

– Pourquoi ? fit Aurélien qui cherchait toujours à comprendre. Qu'est-ce qu'il y a de mal ?

Devant l'ampleur de la tâche, le père songea à renoncer, puis il reprit, après avoir fermé les yeux un instant pour se calmer :

– Nous avons peur qu'il ne veuille plus repartir.

– Ça, ce serait embêtant pour l'école, concéda Aurélien qui, en même temps, sentit son cœur s'emballer.

Le père se taisait, maintenant, dévisageant Aurélien qui se sentait coupable, tout à coup, et ne put que murmurer :

– Je ne sais pas quoi vous dire, moi.

– Il faudrait que vous l'accueilliez moins souvent, poursuivit le père ; c'est son équilibre psychologique qui est en cause, vous comprenez ?

– Je comprends pas trop, non, mais si vous voulez me dire que c'est pour son bien.

– Voilà ! s'écria le père qui eut l'impression d'avoir enfin convaincu : c'est pour son bien.

Puis, avant qu'Aurélien ait pu poser les questions qui lui brûlaient les lèvres, il se leva en ajoutant :

– Merci beaucoup de votre compréhension. Je compte sur vous, hein ?

– Ma foi ! fit Aurélien, qui aurait voulu le retenir mais n'osait pas.

Le père lui tendit la main, serra la sienne avec chaleur et sortit, laissant le vieux décontenancé, avec en lui l'impression d'avoir abandonné quelqu'un ou perdu quelque chose. Cette impression dura et le fit souffrir tout le temps qu'il prit son repas, pensif, devinant vaguement qu'il avait déjà vécu le meilleur, que quelque chose venait de se briser, que le bleu de l'été, au-dehors, venait de s'assombrir.

À peine eut-il fini de manger qu'il repoussa son assiette et s'en fut chez Juliette, sous le soleil accablant du début de l'après-midi. En apercevant son visage contrarié, tandis qu'il refermait prestement la porte derrière lui, elle lui demanda ce qui se passait. Il le lui raconta sans même s'asseoir, tournant autour de la table de la cuisine, puis il finit par déplorer :

– Je ne savais pas, moi, que je lui faisais du mal.

– Asseyez-vous et ne dites pas de bêtises, répondit Juliette amusée. Vous ne lui faites pas de mal du tout. Ce sont des idées de Parisiens, ça. D'ailleurs, ce n'est pas la vraie raison.

Aurélien, un peu rassuré, s'assit sur le banc, demanda :

– Ah ! bon ! tu crois ? Et la vraie raison, c'est quoi, alors ?

– Ils sont jaloux de vous, c'est tout.

– Et pourquoi ils seraient jaloux de moi ? demanda-t-il, incapable qu'il était d'imaginer d'autres sentiments que les siens.

– Parce que le petit, c'est vous qu'il préfère.

Il se tut, réfléchit, ayant du mal à suivre le raisonnement de Juliette, car pour lui les choses étaient beaucoup plus simples.

– Qu'est-ce que tu me racontes là ?

– Vous savez que c'est la vérité, dit Juliette en s'asseyant face à lui. Il est toujours avec vous ; c'est à peine s'il va dire bonjour à ses parents.

Le visage d'Aurélien s'éclaira : ce que disait Juliette était vrai et dépassait tout ce dont il avait rêvé.

– Vous boirez bien un peu de café, dit-elle en se levant brusquement.

Il ne répondit pas, tout entier occupé qu'il était par la conviction de compter aujourd'hui pour quelqu'un, de n'exister plus seulement pour lui-même, dans la froideur de la solitude. C'est dans cette sensation de plénitude heureuse qu'une fois chez lui, il passa une partie de l'après-midi à l'ombre de ses murs, apaisé, heureux, comblé.

Peu à peu, pourtant, le souvenir de la visite du père revint le hanter. Après de longues réflexions, il se dit qu'il valait peut-être mieux se montrer raisonnable, et partager le gosse avec ses parents. Du moment que Benjamin passait la journée avec lui, il était normal, quand même, qu'il revienne coucher le soir dans sa maison. Il se promit de lui en parler dès son retour. Puis, aussitôt après, il se souvint que Benjamin était un enfant adopté et se demanda pourquoi il appartenait à d'autres plutôt qu'à lui. Une sorte de sentiment d'injustice le révolta pendant un long moment. Les parents adoptifs ne possédaient pas plus de droits que lui. Non, certes pas. Et c'était à Benjamin de choisir avec qui il voulait vivre.

Plus il réfléchissait et plus Aurélien s'échauffait. Une voix lui soufflait cependant de se montrer prudent, de ne pas chercher à tout gagner au risque de tout perdre. D'ailleurs, il y avait l'école. Il ne devait pas retenir Benjamin trop longtemps près de lui : ce serait malhonnête de sa part. Sa décision était prise : il allait lui parler.

La voiture ne revint qu'à la tombée de la nuit. Aussitôt après, le gosse courut sur le chemin et Aurélien, qui était assis sur sa terrasse, pour ne pas laisser fondre son courage, lui raconta tout de suite ce qui s'était passé en son absence et lui demanda d'aller dormir chez ses parents.

– Alors tu ne veux plus de moi ? fit Benjamin, frappé de plein fouet par ce changement d'attitude à quoi rien ne l'avait préparé.

– Écoute, dit Aurélien, il faut faire plaisir à tes parents.

– Mes parents, je les vois toute l'année, s'écria Benjamin, et depuis qu'on est arrivés, ils ne pensent qu'à partir en voiture d'un côté ou de l'autre, et moi, ça ne m'intéresse pas !

– Ils s'inquiètent, tu comprends ? plaida Aurélien, mais sans véritable conviction

– Et de quoi ?

– Que tu sois toujours avec moi.

– Et toi, tu penses qu'il y a de quoi s'inquiéter ?

– Bah ! j'ai pas l'impression ; seulement tu sais, moi,

les mots de ton père, je ne les comprends pas très bien.

Un bref silence les sépara un moment, que troubla, au fond de la vallée, l'aboiement assourdi d'un chien dans une ferme.

– C'est ça : tu veux plus de moi ? s'indigna Benjamin.

– Mais si, tu le sais bien.

– Alors laisse-moi dormir chez toi, dit l'enfant d'une voix méconnaissable, tant il avait l'impression de se sentir trahi.

– Je ne peux pas, j'ai promis, murmura Aurélien, en luttant contre cette part de lui-même qui le pressait de profiter de tout, de rattraper le temps perdu, de ne pas laisser perdre la moindre miette de bonheur.

– Bon, dit Benjamin, j'ai compris.

Et il s'enfuit brusquement, sans qu'Aurélien ait pu esquisser le moindre geste pour le retenir. Le vieux alla jusqu'au chemin et l'appela, mais en vain : la nuit se referma sur un rêve peut-être définitivement brisé, et les étoiles, là-haut, ne brillaient déjà plus comme la veille. Il rentra chez lui à petits pas, sans même sentir les parfums de la nuit qui s'étaient levés dans la vallée et se répandaient en vagues légères sur les hautes collines.

16

UN orage creva sur le causse pendant la nuit, mais la colère du ciel ne servit à rien, ou presque. Dès le lendemain matin, la chaleur redevint aussi accablante. Où s'était évaporée l'eau du ciel ? À croire qu'elle n'avait fait que dévaler vers la plaine où, sans doute, la rivière, elle, avait reçu son dû. Sur les collines, une grande partie avait plongé dans les grandes failles calcaires qui alimentent les résurgences beaucoup plus bas, et tout le profit possible en avait été perdu, comme toujours, ici, puisque telle était la loi.

Aurélien vaqua à ses affaires avec en lui l'inquiétude de ne pas revoir Benjamin, mais des pas dans la cour le rassurèrent rapidement. Il aurait voulu lui dire combien il avait eu peur de l'avoir perdu et combien il était heureux de le voir, là, devant lui, aussi gêné que lui, mais aussi content, sans doute, de revivre une autre journée, de continuer sur cette route où ils marchaient côte à côte. Il comprit que c'était inutile, que la nuit et l'orage avaient tout effacé.

Ils partirent dès le début de la matinée sur le chemin des Terres hautes, dans la chaleur déjà épaisse et lourde. Une fois là-haut, à l'ombre de la bergerie qu'ils avaient regagnée depuis qu'ils ne sortaient plus les brebis le soir mais seulement le matin, ils s'assirent côte à côte sur deux pierres, et regardèrent trembler la chaleur dans le ciel où planait un milan endormi. De temps en temps l'oiseau lançait son « Tiiiiii-éé » qui courait jusqu'à l'horizon puis s'éteignait. Alors on n'entendait plus que le bourdonnement de quelques mouches engluées dans l'air immobile. Ils parlèrent peu, comme s'ils n'avaient pas assez de temps pour faire provision de ces minutes qui passaient et bien les incruster dans leur mémoire.

À un moment, pourtant, Aurélien demanda :

– Pourquoi tu ne m'as jamais dit qu'ils t'avaient adopté ?

Quelques longues secondes coulèrent, durant lesquelles le vieux se dit qu'il n'aurait pas dû parler de ça.

– Qu'est-ce que ça peut faire ? dit enfin Benjamin.

Aurélien approuva de la tête, mais ajouta encore, tout bas :

– Tu te souviens de quelque chose, avant ?

– Non, presque rien.

Sans bien savoir pourquoi, Aurélien se sentit rassuré : il n'aurait pas aimé que le gosse recherche en lui quelqu'un d'autre. Confusément, il préférait être aimé pour ce qu'il était. Mais il avait compris que Benjamin avait dû souffrir et souffrait peut-être encore de cette brève part de sa vie et il se promit de ne plus y revenir.

Un long moment passa dans le silence presque palpable du plateau, puis ce fut au tour de l'enfant de demander :

– Tu n'as jamais peur de mourir ?

– Et pourquoi j'aurais peur ? fit Aurélien. Qu'est-ce que tu veux qui m'arrive ? Je n'ai jamais fait de mal à personne.

Le vieux ne vit pas le sourire de Benjamin que cette sérénité rassura. Il ajouta, plus bas :

– Le plus difficile ce n'est pas de mourir ; c'est de vieillir.

Et il revit la longue agonie de sa mère qu'il avait soignée des mois et des mois avant qu'elle s'endorme, mais il n'en parla pas à Benjamin. Ses pensées l'avaient emmené si loin qu'il entendit à peine le gosse murmurer :

– Moi, je suis sûr que tu ne mourras jamais.

Aurélien eut un geste de la main vers lui, la retint au dernier moment, et elle retomba sur son genou où elle se mit à battre dans ce mouvement qui lui était si familier et qui semblait mesurer le temps. Là-bas, le milan venait de chuter comme une pierre derrière un bouquet de genévriers, puis on le vit remonter brusquement.

– Il a attrapé un mulot, dit Aurélien.

L'oiseau disparut sur leur droite, après avoir plané un instant. Ils guettèrent les autres rapaces : deux grandes buses qui tournaient interminablement au-dessus d'eux, mais elles ne s'approchèrent pas et finirent par disparaître elles aussi. Il fallut redescendre, car, à onze heures, l'air était déjà irrespirable. Sans même se concerter, ils rassemblèrent le petit troupeau et prirent le sentier poussiéreux qui s'inclinait vers le hameau. Les brebis se hâtaient vers l'ombre de la bergerie. Le vieil homme et l'enfant les suivaient, rêvant à l'eau fraîche qui les attendait en bas.

Il s'était pourtant passé ce matin une chose extraordinaire. Cela n'était jamais arrivé à Aurélien : ils étaient redescendus sans s'apercevoir qu'il leur manquait un agneau.

– Tu te rends compte ! dit Aurélien, catastrophé, jamais de ma vie je n'ai rentré un troupeau incomplet. À croire que ce soleil m'a tapé sur la tête.

– Moi non plus je ne m'en suis pas rendu compte, dit Benjamin.

– Oui, mais toi, tu n'as jamais été un vrai *pastre.*

Ils avaient seulement remarqué cette absence au

moment de donner à boire aux bêtes dans la bergerie.

– Il faut remonter, dit Aurélien.

– Pas avec cette chaleur, plaida l'enfant ; attendons au moins ce soir.

Il renonça à faire comprendre à Benjamin qu'il n'avait jamais abandonné une bête à son sort. Il s'engagea sur le chemin sans plus d'explications, certain que le gosse le suivrait. Et il le suivit, effectivement, même s'il eut l'impression d'entrer dans un four où tout avait cuit, y compris les sauterelles qui d'ordinaire leur faisaient un brin de conduite.

Il était à peine plus de midi quand ils traversèrent la place et prirent le sentier qui montait vers les Terres hautes. Chez Marc et Juliette, les portes étaient soigneusement closes. Qui aurait eu l'idée de sortir à cette heure ? Personne, sinon le vieux et l'enfant qui marchèrent d'un bon pas pendant plus d'un quart d'heure. Rien ne bougeait autour d'eux, pas le moindre souffle ne venait dissiper l'épaisseur de l'air qui pénétrait dans la bouche avec un goût de plâtre.

Benjamin avait rejoint Aurélien et jetait de temps en temps vers lui un regard inquiet. Car il suait et grimaçait, le vieil Aurélien, et s'il évitait de porter sa main vers sa poitrine, c'était tout simplement parce qu'il n'en avait plus la force. D'ailleurs, à peine eut-il fait dix pas après le tournant qui débouche sur le plateau, qu'il s'affaissa en tournoyant comme un oiseau foudroyé.

– Qu'est-ce que tu as ? demanda Benjamin en se penchant sur lui.

Aurélien ne répondit pas. Benjamin entreprit de le tirer à l'ombre maigre d'un genévrier, mais il dut s'y reprendre à plusieurs reprises, car le vieil homme était lourd.

– Parle-moi ! Parle-moi ! supplia Benjamin que le visage crispé d'Aurélien épouvantait.

Il essaya de lui maintenir la tête surélevée, ouvrit sa chemise. Enfin quelques mots parvinrent à franchir les lèvres sèches :

– C'est rien, ça va passer.

– Où as-tu mal ?

Aurélien ouvrit les yeux, sembla découvrir Benjamin.

– Va chercher Marc et Juliette.

Et, comme l'enfant hésitait :

– Vite ! Dépêche-toi !

Mais Benjamin ne pouvait se résoudre à le laisser seul.

– Tu vas pas mourir, dis ? fit-il avec un pauvre sourire.

– Va vite, répondit Aurélien dans un souffle.

Il y avait une telle prière dans la voix que Benjamin se décida enfin et s'élança vers le hameau.

Il courait, il courait dans le soleil qui faisait miroiter des gouttes de sueur au bord de ses cils. Il courait tellement vite qu'il buta contre une pierre et tomba en roulant sur lui-même comme un lièvre frappé par du gros plomb. À peine eut-il touché terre que, sans apercevoir le sang qui coulait sur ses genoux, il repartit, poursuivant l'image du vieux grimaçant sous le genévrier. Et s'il ne le revoyait pas vivant ? Il chassa cette idée de son esprit, dévala la pente le plus vite possible, arriva devant la maison où se trouvait le salut. Il poussa la porte, fit de grands gestes avec les bras, tandis que Juliette et Marc, qui s'étaient dressés en le voyant apparaître, demandaient :

– Qu'est-ce qu'il y a ? Qu'est-ce qui se passe ?

L'enfant avala difficilement sa salive, réussit à bredouiller :

– Il est tombé, là-haut.

Ils avaient compris. Vite ! La camionnette. Juliette monta derrière, Benjamin près de Marc pour lui indiquer le chemin. La voiture cahota sur les pierres, frôlant les murs qui enserraient le sentier étroit. Personne ne parlait. Ils débouchèrent bientôt sur le plateau, et Benjamin montra du doigt l'endroit où se trouvait Aurélien. Il était toujours allongé mais il remua, ce qui rassura l'enfant. Ses deux mains étaient plaquées contre sa poitrine, mais il avait les yeux ouverts. Quel soulagement ce fut, pour le gosse, qui avait l'impression de l'avoir abandonné au moment où il avait le plus besoin de lui !

À eux trois, ils hissèrent tant bien que mal le vieux à l'arrière de la camionnette, puis ils partirent pour Recoudiers, Juliette et Benjamin à l'arrière, Marc au volant. Il faisait encore plus chaud dans la voiture qu'à l'extérieur.

– Quelle idée, de galoper à une heure pareille ! fit Juliette qui tenait la tête d'Aurélien sur ses genoux.

– On a perdu un agneau, dit Benjamin. On allait le chercher.

– Ça pouvait bien attendre un peu, tout de même.

– Et si tu perdais une de tes chèvres, toi ! parvint à balbutier Aurélien.

– Ne parlez pas, fit Juliette, nous allons arriver.

– Je ne veux pas aller à l'hôpital, souffla Aurélien.

– Mais non, mais non, dit Juliette, qu'est-ce que vous allez chercher là ?

– Je me méfie, figure-toi.

– Taisez-vous et reposez-vous.

Aurélien ferma les yeux. Benjamin le dévisagea avec effroi : il ne lui avait jamais vu ces traits tirés, ces rides creusées par la souffrance, cet air de revenir des enfers. Il lui prit une main, la serra, mais ne dit mot. La voiture n'en finissait pas de descendre sur la route qui serpentait entre les rochers blancs. De temps en temps, quand les regards de Benjamin et de Juliette se croisaient, elle lui souriait pour le rassurer.

Chez le médecin, l'enfant resta dans la salle d'attente avec Juliette, tandis que Marc accompagnait Aurélien dans le cabinet. Il y demeura presque une heure, puis il ressortit debout, fier de se montrer capable de marcher, d'avoir surmonté une défaillance qui ne pouvait être que passagère.

– Il faudra bien vous résoudre un jour à faire des examens, dit le médecin, un jeune homme à lunettes qui semblait préoccupé par le refus de son patient d'aller à l'hôpital.

– C'est entendu, j'irai à la première occasion, répondit Aurélien.

Benjamin se retint de poser des questions, de peur d'apprendre une mauvaise nouvelle, mais Marc et Juliette n'avaient pas l'air trop inquiets. Ils passèrent à la pharmacie avant de remonter et ce n'est qu'une fois là-haut qu'Aurélien accepta de se coucher, sur l'intervention de Juliette qui le menaça de ne plus s'occuper de ses courses s'il ne se reposait pas. Ils se trouvaient maintenant tous les quatre dans la chambre où la fraîcheur des murs leur faisait enfin oublier la canicule.

– Vous avez entendu le médecin, dit Marc : à la prochaine alerte c'est l'hôpital à coup sûr. Alors vous avez intérêt à prendre vos médicaments et à vous reposer.

– Mais oui, mais oui, dit Aurélien, agacé.

– Je vous préparerai vos repas pendant quelques jours, ajouta Juliette, prévenante.

– Il manquerait plus que ça ! s'écria Aurélien en se redressant sur son oreiller.

– C'est moi qui vais lui faire à manger, déclara Benjamin avec enthousiasme.

– Je ne suis pas malade ! s'insurgea Aurélien qui réprima aussitôt une grimace de douleur.

Ils auraient bien ri, si le médecin ne s'était pas montré si préoccupé.

– Bon ! on va s'en aller, dit Marc, puisque tu restes là, toi.

– Mais oui, je reste, répondit Benjamin, ne vous inquiétez pas.

– Alors à demain ! fit Juliette, et surtout reposez-vous.

– Soyez tranquilles, dit Aurélien, je n'ai guère envie de galoper.

Juliette et Marc s'en allèrent, un peu rassurés, tout de même, de savoir Aurélien couché, sous l'effet des médicaments qu'il avait pris devant eux.

Benjamin se retrouva seul avec lui, dans la pénombre de la chambre.

– Que tant d'affaires pour un simple malaise ! soupira Aurélien.

– C'est pas ce que dit le médecin, souffla Benjamin.

– Tu sais, les médecins, j'ai bien vécu sans eux jusqu'à aujourd'hui.

– Justement.

Aurélien, de nouveau, soupira.

– Je te donne de la peine, à t'obliger à rester là, comme ça, alors que tu pourrais courir sur le causse.

– Avec cette chaleur ?

Aurélien hocha la tête, sourit.

– J'ai l'impression que les cachets qu'il m'a donnés m'endorment.

– Eh bien dors ! Moi je reste là.

Aurélien ferma les yeux. Le soir descendait sur le causse sans apporter la moindre fraîcheur. Les minutes passaient et Benjamin ne bougeait pas. Il observait le visage ridé qu'il n'avait jamais vu au repos, écoutait la respiration sifflante du vieux, regardait la poitrine qui se soulevait avec difficulté, et il lui semblait se revoir dans une autre chambre, devant un vieil homme, il y avait bien longtemps, mais il ne savait où.

En moins de cinq minutes, vers huit heures, il courut chez ses parents pour leur expliquer ce qui était arrivé, leur dire qu'il ne dormirait pas chez eux, puis il repartit, toujours courant, vers la maison d'Aurélien où il s'assit à la même place, sans manger, tout près du lit. La nuit était tombée. On n'entendait pas le moindre soupir sur les collines, et, dans la chambre, la seule respiration du vieil Aurélien habitait le silence. C'était la deuxième fois que Benjamin avait devant lui l'image de la vieillesse fragile et souffrante, ainsi que les stigmates d'une mort qui ne tarderait guère. Le comprenait-il ? Sans doute, puisqu'il ne quittait pas sa chaise et luttait contre le sommeil dans lequel il ne sombra que vers deux heures. Alors, dans ses rêves, il courut une bonne partie de la nuit sur un chemin au bout duquel un vieil homme l'attendait, les yeux clos, un étrange sourire sur les lèvres.

17

PENDANT les nuits et les jours qui suivirent, Aurélien s'obligea à prendre le repos qui lui était indispensable. En cette fin du mois d'août, la chaleur était un peu tombée. Un vent léger se levait à l'approche du soir et les matins sonnaient clair dans la rosée que le soleil ne buvait pas avant dix heures. Il y avait d'ailleurs au fond de l'air une clarté nouvelle qui annonçait une saison différente. Aurélien le savait, mais il se gardait bien d'en parler à Benjamin.

Un matin, ils prenaient leur petit déjeuner face à face quand les parents arrivèrent sans prévenir, apparemment très contrariés car ils n'avaient presque pas vu leur fils depuis une semaine. Les promesses faites par Aurélien au père de Benjamin étaient oubliées depuis longtemps. L'un comme l'autre, sans l'avouer, comptaient les jours avant l'arrivée de septembre et s'efforçaient de profiter de chaque heure, de chaque minute. Mais ce matin, en voyant surgir les parents dans sa cuisine, Aurélien comprit que la fin était proche. Il se leva néanmoins pour serrer la main du père de Benjamin, puis celle de sa mère qui lança, souriante :

– Bonjour ! monsieur Aurélien. Vous avez l'air d'aller mieux.

– Oui, ça va mieux, répondit-il en leur désignant une chaise.

– Merci ! dit le père, mais nous ne nous attardons pas puisque nous sommes rassurés sur votre santé.

– Il faut qu'il se repose quand même, intervint Benjamin qui sentait planer une menace.

– Et peut-être trouver une aide à domicile, reprit la mère, puisque nous partons dans trois jours.

– Oui, ajouta le père, deux mois, au bout du compte, ça passe vite.

– Voulez-vous que nous nous en occupions avant notre départ ? demanda la mère.

– De quoi donc ? fit Aurélien qui avait d'autres soucis en tête.

– De trouver une aide à domicile, bien sûr.

– Je me débrouillerai, allez, répondit-il en se sentant coupable de n'avoir pas tenu sa promesse.

Les parents hésitèrent, se consultèrent du regard, puis la mère reprit :

– Bien ! Puisque tout s'arrange, nous allons vous laisser.

Et, se tournant vers son fils :

– Benjamin, aujourd'hui, tu viendras déjeuner avec nous ; nous avons à parler.

– Oui, dit l'enfant tout en jetant à Aurélien un regard qui était comme un appel au secours.

– N'oublie pas, dit le père, ou je serai obligé de venir te chercher.

L'enfant hocha la tête, accablé.

– Allons ! Au revoir, dit la mère.

– Au revoir, dit Aurélien qui les accompagna jusqu'à la porte et attendit qu'ils s'éloignent avant de revenir vers Benjamin qui n'avait pas bougé.

– Et voilà, dit-il en s'asseyant.

Et, comprenant que Benjamin s'inquiétait fort de se trouver à midi dans une situation délicate :

– Allez, mange, va ! Il sera bien temps d'aviser après.

Ils s'assirent de nouveau, finirent de déjeuner sans parler. D'ailleurs ils n'ouvrirent plus la bouche de toute la matinée, préoccupés qu'ils étaient par le mécontentement des parents et conscients d'avoir outrepassé des limites auxquelles, isolés dans leur monde clos, ils n'avaient plus songé.

À midi, Benjamin rentra chez lui comme promis, tandis qu'Aurélien mangeait seul, cherchant du regard une silhouette qui n'était plus là, qui ne serait peut-être plus jamais là. « Allons ! se dit-il, qu'est-ce que tu vas penser ? » Mais cette solitude qu'il venait de retrouver brusquement l'oppressa. Une image d'hiver et de neige se mit à l'obséder. De quoi allait-on le priver ? Si encore Benjamin obtenait la promesse de revenir à Noël ! Mais n'était-ce pas trop demander après ce qui s'était passé ? Il guetta les bruits sur le chemin, mais l'attente durait, durait. Il alla guetter au portail, revint s'asseoir, écouta. Et s'il ne revenait pas ? Non, pas aujourd'hui, pas si vite. Ça ne pouvait pas s'arrêter comme ça, ou alors ce serait pire que ce qu'il avait imaginé.

Enfin des pas se firent entendre dans la cour. Benjamin entra, s'assit, la mine sombre.

– On ne reviendra plus, dit-il enfin, au terme d'un long silence.

– Qu'est-ce que tu vas chercher ? fit Aurélien qui sentit son cœur s'affoler.

– Ils ne veulent pas revenir à Noël.

– Tu sais, l'hiver, ici, dit Aurélien qui cherchait à le rassurer, il ne fait pas très bon.

– Tu y vis bien, toi.

– Moi, c'est pas pareil, j'ai l'habitude.

– Alors tu es de leur côté ? s'écria Benjamin, on avait pourtant fait des projets tous les deux.

– Ils changeront d'avis, plaida Aurélien. le causse leur manquera très vite.

– Non, ils ne changeront pas d'avis. On ne reviendra plus, j'en suis sûr.

Aurélien ne savait plus que dire. Une grande douleur l'habitait, mais il ne pensait qu'à celle de Benjamin, qui murmura, buté :

– De toute façon, je ne partirai pas.

Aurélien s'approcha de lui, posa la main sur son épaule.

– Et l'école ? dit-il. Il te faut aller à l'école pour devenir vétérinaire. Qu'est-ce que tu ferais, ici ?

– Je ferais comme toi.

– Pauvre ! dit Aurélien, accablé, il n'y a plus rien ici ; quant à moi, je suis vieux et je suis seul.

– Tu es peut-être vieux, dit l'enfant avec un regard douloureux, mais tu n'es pas seul.

La sincérité de sa voix surprit Aurélien qui le dévisagea, tandis que Benjamin ajoutait :

– Je me cacherai dans la bergerie des Terres hautes et ils ne me trouveront pas.

Aurélien le considéra en silence, se demandant s'il pensait vraiment ce qu'il venait de dire.

– Personne ne va jamais là-haut, reprit Benjamin, c'est toi qui me l'as dit.

– Et tu vivras de quoi ? demanda Aurélien qui se sentait un peu dépassé par ce projet.

– Tu me porteras à manger.

Que répondre à cela ? Le vieux chercha dans sa tête

des arguments capables de décourager l'enfant, mais en fait il n'en avait ni le cœur ni l'envie.

– Ils te trouveront, dit-il enfin, espérant mettre un terme à ce rêve insensé.

Benjamin sembla surpris : il attendait plus d'enthousiasme et ne comprenait pas pourquoi Aurélien se montrait si réticent. Il se demanda si le vieux n'était pas fatigué de sa compagnie, s'il n'avait pas été déçu par un geste, une attitude, une parole qu'il aurait prononcée sans s'en rendre compte. Cependant, son visage inquiet s'illumina quand il demanda soudain :

– Et si tu m'adoptais ? Personne ne pourrait plus rien contre nous.

Touché à la fois par les mots et l'expression joyeuse de Benjamin, Aurélien baissa la tête. S'il le contrariait une fois de plus, peut-être le perdrait-il définitivement. Mais avait-il le droit de le laisser s'engager dans une voie aussi folle ? Il releva la tête lentement et murmura d'une voix douce :

– Ce sont eux qui t'ont adopté, tu le sais bien.

– Ils n'ont pas plus de droits que toi, dit Benjamin.

Puis, tandis qu'Aurélien demeurait silencieux :

– Alors tu ne veux pas essayer ?

Aurélien écarta les bras en signe d'impuissance, dit d'un air accablé :

– C'est pas que je ne veux pas, mais je ne peux pas.

Et, avant qu'il ait le temps d'esquisser le moindre geste, Benjamin se leva et s'enfuit.

L'instant de stupeur passé, Aurélien marcha jusqu'au portail et regarda pensivement le chemin désert, puis il rentra de nouveau et s'assit sur le banc, un peu penché vers l'avant comme à son habitude, essayant vainement d'ordonner ses pensées. Il demeura ainsi accablé un long moment, récapitulant dans sa tête tous les jours qui avaient été si heureux, cherchant des indices qui puissent le rassurer. Allons ! Il fallait partir à sa recherche, le trouver, lui parler, il ne pouvait pas le perdre comme ça. Il faisait bien chaud pourtant, mais il savait, lui, Aurélien, que s'il arrivait malheur à Benjamin, il ne se le pardonnerait pas.

Sur la place, la voiture des Parisiens n'était pas là. Chez Juliette et Marc, la porte était close. Où étaient-ils donc partis, tous ? Et pourquoi aujourd'hui se retrouvait-il seul ? Il monta vers la bergerie à petits pas, évitant de faire cogner son cœur, s'arrêtant souvent pour reprendre son souffle. Heureusement, il faisait moins chaud qu'au milieu du mois d'août. Les grives quittaient plus facilement l'ombre des genévriers et n'hésitaient pas à monter vers le ciel qui avait retrouvé un peu de sa couleur des saisons de verdure.

Là-haut, la bergerie était vide. Aurélien chercha un moment tout autour, puis se décida à redescendre. Où était-il, ce gosse ? Il l'imagina terré dans quelque recoin perdu des collines, et son cœur se serra à l'idée de ne pas pouvoir aller vers lui. La fatigue pesait trop sur ses épaules, et les sensations désagréables qui avaient précédé son malaise se réveillaient. Il descendit lentement, espérant trouver du secours auprès de Juliette, mais la porte était toujours close. Sur la place, toujours pas de voiture. Aurélien rentra chez lui, se résigna à attendre.

Deux heures passèrent. Le soir tombait, porté par un petit vent du sud. Il était l'heure de souper. Il prépara son repas : deux tomates, un morceau de lard maigre et un fromage de chèvre, et il s'installa en ruminant d'amères pensées. Il avait presque fini quand il entendit marcher sur le chemin et se dressa brusquement. Ce n'était pas Benjamin mais ses parents qui, furieux, surgissant dans la cuisine, l'apostrophèrent vivement :

– Où est-il ?

– Qui ? demanda Aurélien, paniqué à l'idée que Benjamin ne fût pas encore rentré chez lui.

– N'en rajoutez pas, s'il vous plaît, s'écria la mère, vous en avez assez fait comme ça !

– Qu'est-ce que j'ai fait ? bredouilla-t-il.

– Nous n'allons pas fouiller la maison, tout de même, dit le père, plus conciliant.

– Il manquerait plus que ça, dit Aurélien, révolté qu'on le traite de la sorte.

– Les gendarmes s'en chargeront, reprit la mère qui semblait prête à tout.

– Quels gendarmes ? s'insurgea Aurélien, et où est-il le voleur ?

Il ouvrit de lui-même les portes des chambres et les invita à y entrer, mais les parents ne bougèrent pas, ayant compris que leur fils n'était pas là. Enfin ils firent demi-tour et s'en allèrent, non sans proférer de nouvelles menaces.

Aurélien se retrouva seul, le cœur battant, encore plus inquiet de l'absence de Benjamin que de cette visite si désagréable. Que faire ? Il aurait bien voulu aller chez Juliette et Marc, mais il n'en avait pas la force. Il se rendit sur la terrasse et regarda tomber la nuit, espérant à chaque seconde voir surgir Benjamin. Mais le temps passait et rien ne se produisait. Les étoiles filantes traçaient des routes lumineuses sur la voûte du ciel. « Il faut faire un vœu », disait sa mère. « Ne pas perdre ce gosse, songea-t-il, surtout ne pas perdre ce gosse. » Il ne bougeait pas. Il écoutait, croyant deviner des pas sur le sentier, mais il était de nouveau seul au monde comme il l'avait été toute sa vie, et sa vie, tout à coup, était devenue noire comme la nuit qui, au-dehors, enveloppait la terre dans ses draps de velours.

18

PERSONNE n'était venu dans la nuit habitée seulement par le chant des grillons. Nul n'était venu réveiller Aurélien qui s'était assoupi, appuyé de l'épaule contre la citerne, la tête tombant sur sa poitrine, rêvant aux premiers jours de cet été si beau. Ce fut la fraîcheur du matin qui le réveilla. Il devait être quatre heures, peut-être cinq. Alors il rentra, se coucha, mais il ne réussit pas à se rendormir. Il avait longtemps pensé à Benjamin qu'il sentait en danger. Il s'était fait des reproches, s'était juré d'accepter tout ce que l'enfant proposerait. Et ce matin, en déjeunant de très bonne heure, Aurélien était décidé à le défendre à n'importe quel prix, à ne plus s'incliner devant ceux qui croyaient tout savoir et n'étaient même pas capables de rendre leur enfant heureux.

Il avait laissé la porte ouverte pour que la relative fraîcheur de la nuit pénètre dans la maison. Ce fut au moment où il reposa son bol que le bruit d'un moteur l'alerta. Il se précipita sur la terrasse juste à temps pour voir disparaître la voiture des Parisiens dans le dernier lacet de la route. Sa vue se troubla, ses jambes se mirent à trembler. Il fut obligé de s'asseoir, de porter la main vers son front brusquement recouvert de sueur, de laisser s'apaiser son cœur devenu fou. Ce n'était pas possible, il avait dû rêver. Mais la voiture réapparaissait, là-bas, un peu avant Mazeilles, entre les frondaisons, puis, de nouveau, elle disparut.

Aurélien songea qu'ils n'étaient jamais partis si tôt en excursion. Et jamais sans que Benjamin ne l'eût prévenu la veille. Il comprit alors qu'ils avaient quitté le hameau pour de bon, que les parents, après avoir retrouvé Benjamin, avaient décidé d'avancer le départ. Ce fut si violent qu'il s'y refusa, soudain, et se mit à courir vers la place où il s'arrêta, dévasté par une douleur immense, car les volets, devant lui, effectivement, étaient clos.

Il s'assit sur une pierre, cherchant à reprendre son souffle. De temps en temps il redressait la tête, espérant un miracle. Non. Il n'avait pas rêvé. La porte et les fenêtres demeuraient obstinément closes. La maison avait cessé de vivre. C'était fini. Il eut l'impression que le monde entier s'écroulait sur ses épaules. Après un long moment d'abattement, il s'ébroua, secoua la tête comme pour se délivrer de ses amères pensées, se dit qu'il ne devait pas rester là, pensa à Juliette, se leva, marcha vers sa maison en espérant de toutes ses forces la trouver – à cette heure matinale elle n'était peut-être pas encore descendue dans la vallée.

Elle était là, heureusement, à s'occuper de son ménage, quand il frappa à la porte. Elle se retourna, aperçut son visage défait, accourut, le prit par le bras.

– Asseyez-vous vite, dit-elle.

Il se laissa guider jusqu'à une chaise, resta un instant silencieux, désemparé.

– Si le médecin vous voyait, dit Juliette.

– Ils sont partis, bredouilla-t-il en portant la main vers son cœur.

Juliette, inquiète de sa pâleur, versa dans un verre un fond d'eau de noix et le lui tendit.

– Je sais, dit-elle en s'asseyant face à lui ; c'est Joëlle qui l'a retrouvé, hier au soir. À croire qu'elle connaissait le causse aussi bien que lui, cette petite peste.

– Tu l'as vu, toi ? demanda Aurélien.

– Qui ?

– Le petit.

– Oui, je l'ai vu. Il m'a dit de veiller sur vous.

Elle sembla hésiter, reprit :

– Il m'a dit aussi qu'il reviendrait bientôt.

– Je ne crois pas, dit Aurélien, accablé.

– Peut-être pas tout de suite, murmura Juliette, mais il reviendra, j'en suis sûre.

Aurélien l'observait, cherchant à deviner si elle était

sincère ou si elle voulait seulement le consoler. Mais il ne croyait plus à grand-chose, ce matin, et sa voix se brisa à l'instant où il reprit, baissant la tête :

– Qu'est-ce que je vais faire, moi, maintenant ?

– Ce que vous faisiez avant, bien sûr, répondit-elle avec son sourire habituel.

Et elle ajouta, essayant de le convaincre :

– Ça s'arrangera, allez ! Vous verrez qu'ils ne pourront pas se passer de vacances sur le causse. Maintenant qu'ils y ont goûté, ils y reviendront toujours.

– Oui, mais quand ? demanda-t-il. Une fois que je serai mort ?

– Mais non, au plus tard l'année prochaine, j'en suis absolument certaine.

À son regard, elle comprit qu'elle n'aurait pas dû parler d'un retour si tardif. C'était trop loin, l'été prochain, il n'aurait jamais la force d'attendre jusque-là. Il se leva, indifférent, et il sortit sans même l'entendre, tandis qu'elle tentait vainement de le retenir en lui proposant une tasse de café.

Une fois sur le chemin, il prit sans hésiter la direction des Terres hautes et monta vers le domaine qu'il avait partagé avec Benjamin. Aujourd'hui il était seul comme il l'avait été longtemps, trop longtemps. Il ne voyait rien, ne sentait pas la caresse du vent qui courait sur la lande, n'entendait pas les perdreaux s'appeler derrière les genévriers. Il avait même oublié le passé, le souvenir de son père qui l'assaillait chaque fois qu'il arrivait devant la bergerie d'estive.

Il poussa la porte, inspecta l'intérieur du regard, ressortit, erra autour un moment comme s'il cherchait quelqu'un, entra de nouveau. La pénombre et l'odeur des moutons lui firent du bien. Il s'assit, s'adossa au mur. Que faire ? Pour qui allait-il vivre désormais, et pourquoi ? Il songea alors à la fourgonnette du facteur qui passait chaque matin. N'était-elle pas la bouée à laquelle il devait s'accrocher ? Les lettres l'aideraient à patienter. Du moins il l'espérait. La seule chose à faire était d'écrire : ainsi il se rapprocherait de Benjamin, et il vivrait dans l'espoir de lettres nombreuses.

À cette idée, il repartit sur le chemin en direction du hameau. C'était l'heure du grand silence, l'heure où la terre se remet lentement en route, où le soleil hésite à monter plus haut dans le ciel. Aurélien se hâta vers sa demeure, songeant déjà à ce qu'il pourrait bien écrire. Au passage devant la maison, il n'aperçut même pas Juliette qui, inquiète, le guettait derrière ses carreaux.

Une fois chez lui, il s'installa sur la table avec son porte-plume et une feuille de papier. Il ne pensait ni à ses bêtes dont il ne s'était pas occupé de la journée, ni à préparer à manger. « Cher Benjamin », commença-t-il. Mais comment dire le poids de la solitude qui s'était refermée sur lui aujourd'hui ? Il ne savait pas. Il ne pouvait pas. Comment exprimer la fête qu'était devenu chaque jour de sa vie au début de cet été si bleu ? Comment expliquer l'appréhension de l'hiver à venir ? Qui comprendrait ? Il reposa le porte-plume, déchira la feuille de papier, puis il demeura un instant immobile à réfléchir.

Il pensa à ces poutres maîtresses du causse qui avaient vu des cordes se balancer sous elles. Mais cela ne dura pas. La voix de son père le rappela à l'ordre : « La seule chose que tu doives au bon Dieu qui t'a envoyé sur la terre, petit, c'est le courage. »

Ah ! Du courage, il en avait tellement eu qu'il en manquait un peu aujourd'hui. Mais ce n'est pas une vertu que l'on perd facilement. Cela aussi, le père le disait. Là-bas, la cheminée de Marc et de Juliette fumait. Il marcha vers elle comme vers une lumière dans la nuit.

19

PUISQU'IL le fallait, il avait donc puisé dans son courage : il avait vendangé sa treille, fait un peu de lessive, rentré le bois de chêne qui tient si bien le feu ; il avait écrit à Benjamin, il s'était remis à vivre, tout simplement. Du moins, il avait essayé. Septembre avait fini de griller ce qu'il était encore possible de griller, puis des nuages venus de l'ouest étaient montés dans le ciel couleur d'aubépine, et la pluie avait fait son apparition. L'air était devenu plus doux et Aurélien s'était senti un peu mieux.

Enfin, vers le 14, une lettre était arrivée : Benjamin lui écrivait qu'à la suite d'une dispute avec ses parents qui ne voulaient pas venir à Noël, il avait fait une fugue. Ses parents l'avaient alors menacé de vendre la maison du causse, ce qui l'inquiétait beaucoup et l'avait incité à écrire cette lettre. Aurélien avait répondu en lui conseillant d'être raisonnable et de se montrer patient. Mais cela faisait déjà deux semaines, et aucune lettre n'était arrivée depuis. Aurélien s'impatientait, redoutant le pire.

Ce matin-là, il était assis sur la terrasse et guettait la route par laquelle montait d'ordinaire la voiture jaune du facteur. Il n'y voyait pas très bien, car le ciel était bas et le brouillard mettait du temps à se dissiper. Les feuilles des chênes commençaient à se teinter de rouille et de cuivre. L'année basculait peu à peu vers la mauvaise saison. Bientôt, le froid, le vent du nord, les longues heures près de l'âtre allaient constituer l'univers quotidien. Aurélien n'osait pas y penser. Il s'accrochait à l'espoir de les voir revenir à Noël, tentait de se persuader que les parents finiraient par céder. Benjamin viendrait, c'est sûr, il viendrait. Comment pourrait-il en être autrement ?

La voiture du facteur s'annonça. Elle surgit de la brume, et monta vers le hameau. Aurélien courut jusqu'au portail puis descendit le chemin en direction de la placette. Il arriva un peu avant le véhicule dont le conducteur était presque chaque jour différent. Ce n'était pas le cas avant : le facteur était un ami, il entrait dans les maisons, et on prenait le temps de parler. Aujourd'hui, la voiture passa sans s'arrêter, sans même que le conducteur esquisse un geste du bras ou de la main pour saluer.

– Qui c'était, celui-là ? se demanda Aurélien à voix haute, feignant d'oublier que le plus grave n'était pas de n'avoir pas été salué, mais de ne pas avoir reçu la lettre qu'il attendait.

– Je comprends pas, dit-il encore en remontant lentement le chemin.

Perdu dans ses pensées, il arriva chez lui sans même s'en rendre compte, s'assit, croqua dans l'une de ces pommes tavelées qu'il ramassait sur les pommiers renversés qui mouraient sur le coteau sans que personne ne s'occupe d'eux. Elles étaient si bonnes, ces pommes, pourtant ! Mais à quoi pensait-il, cet enfant, pour ne plus écrire, comme ça ?

Fidèle compagne de ces journées désertes comme le ciel, Juliette arriva, qui savait que la voiture du facteur ne s'était pas arrêtée.

– Allons ! dit-elle, je suis certaine que vous aurez une lettre demain.

– Je me le demande, tu sais, répondit-il d'une voix éteinte, presque inaudible.

– Ils ne l'ont pas louée, cette maison, ils l'ont achetée ; alors ils reviendront forcément, fit-elle en saisissant la feuille de papier où figurait la liste de ses commissions.

Pourquoi disait-elle ça, puisqu'il ne lui avait jamais parlé des menaces que contenait la dernière lettre ? Soudain, il eut peur, se demandant si elle n'avait pas reçu des nouvelles. Il la dévisagea, sonda son regard, mais non : c'était bien le même. Persuadé qu'elle ne lui cachait rien, il se sentit un peu rasséréné. Toutefois, il reprit à voix basse, comme pour chercher une justification qu'il était incapable de trouver :

– C'est pas normal qu'il n'écrive pas.

Elle sourit, murmura :

– Il doit avoir du travail à l'école.

– Tu crois ?

– Bien sûr. Plus on avance en âge, et plus c'est difficile les études.

Il s'en voulut, tout à coup, de douter de Benjamin, alors qu'il n'avait pas grand-chose à faire, lui, sinon à s'occuper de sa propre personne. Il ne savait d'ailleurs rien des difficultés d'un enfant d'aujourd'hui. Il ne savait rien, en fait, et il s'inquiétait pour rien, tout simplement.

– Tu as raison, dit-il, c'est que c'est pas facile de devenir vétérinaire.

– Eh non, fit-elle, hochant la tête en souriant.

Puis, regardant sa montre :

– Bon. Je m'en vais vite parce qu'il faut que je fasse vérifier ma mobylette.

– À tout à l'heure, dit-il.

– Pas avant midi et demi, sans doute.

– Entendu.

Il était seul de nouveau. Allons ! Il fallait se remuer, ne pas se laisser aller. Ce matin, il allait sortir les bêtes et cet après-midi il rentrerait le peu de regain qu'avait coupé Marc avec cette espèce de faucheuse à bras qu'on fabriquait aujourd'hui.

La journée passa en multiples occupations qui lui firent oublier ses soucis. Il avait tiré son vin. Il était content : il en avait pour une année et il était bon. Marc l'avait aidé à rentrer son bois. Aurélien le payerait en fabriquant pendant l'hiver des clayettes pour les fromages. Chaque matin, toutefois, Aurélien n'oubliait pas de descendre sur la place pour guetter le facteur.

Maintenant, quand le temps était sec, un peu de gelée blanche fleurissait le revers des talus et les toits exposés au nord. Pourtant l'équinoxe d'automne n'avait pas encore lancé ses grandes lessives de ciel. Tout était détraqué aujourd'hui, rien ne marchait comme avant. Et cette lettre qui n'arrivait pas. Est-ce que par hasard le gosse était malade ? Non. S'il était malade, il aurait sans doute plus de temps pour écrire. Il fallait patienter : le facteur finirait bien par s'arrêter.

Il sortit, ouvrit la porte des brebis et descendit le chemin qu'il avait emprunté chaque jour de sa vie. Une fois sur la place, son regard se porta vers les fenêtres closes de la maison des Parisiens, puis il descendit vers la porte où se trouvait cloué un panneau sur lequel était écrit : À VENDRE. Le cœur d'Aurélien se mit à battre très fort. Il fut obligé de s'asseoir un instant sur la murette, puis il s'approcha, ne pouvant croire à ce qu'il venait de découvrir.

– C'est pas possible ! gémit-il.

Il essaya d'arracher le panneau, mais il tenait solidement.

– C'est pas possible ! cria Aurélien.

Il se baissa, ramassa un morceau de bois qu'il tenta d'introduire entre le panneau et la porte pour l'arracher, mais en vain. De rage, il donna un coup de pied dans la porte, puis il revint s'asseoir sur la murette et écouta battre follement son cœur qui lui faisait mal. La douleur qu'il connaissait bien enfla alors dans sa poitrine. Vite ! Juliette ! Il se traîna jusqu'à la maison, mais la jeune femme était déjà partie. Marc, lui, était au marché. Aurélien s'assit sous la treille, renonçant à surveiller son troupeau qui s'égailla de part et d'autre du chemin. Il était seul. Il pouvait mourir, personne ne viendrait lui porter secours.

Il s'assit sur le petit banc de pierre où Juliette aimait tant à prendre le frais, le soir, et il ne bougea plus. La douleur s'estompa peu à peu. Il évitait de penser au panneau sur la porte, calculait le temps que Juliette allait mettre à remonter. Encore une heure, peut-être. Il devait réfléchir, ne pas s'affoler : on ne vendait pas une maison comme ça, de nos jours. Surtout ici, à Montagnac, qui était loin de tout. Si les parents avaient vraiment mis en vente, quand ils comprendraient qu'ils n'y arriveraient pas, ils renonceraient. Il se sentit un peu mieux, tout à coup. Il se leva, partit à la recherche de ses brebis qui n'étaient pas allées loin, et il eut vite fait de les rassembler. Mais, plutôt que de monter vers les Terres hautes, il préféra ne pas s'éloigner pour guetter l'arrivée de Juliette.

Il revint vers la placette où il y avait, au bas des murettes, un peu d'herbe dont les brebis étaient friandes. De l'endroit où il se tenait, il ne voyait pas le panneau. C'était mieux ainsi : il pouvait réfléchir à son aise. Plus les minutes coulaient et plus l'inquiétude revenait. il se passait quelque chose d'anormal. Il lui semblait que Benjamin avait besoin de lui, qu'il était en danger. Il comprit qu'il n'allait pas pouvoir rester là à attendre des nouvelles qui n'arrivaient jamais et une idée folle germa dans sa tête : il devait aller à Paris. Certes, il y avait plus cinquante ans qu'il ne s'était pas rendu dans une grande ville, mais ça ne devait pas être devenu si difficile que ça de monter dans un train. Il ne cessa de ruminer cette pensée, marchant d'un côté à l'autre de la placette, guettant la route, houspillant ses bêtes qui s'étaient habituées à davantage d'espace et cherchaient à s'échapper vers le coteau. Enfin la mobylette de Juliette se fit entendre et Aurélien se précipita vers le débouché de la route où, dès qu'elle arriva, il l'arrêta du bras.

– Qu'est-ce qui se passe ? demanda Juliette, étonnée de le trouver là.

Il lui montra du doigt le panneau de la maison. Elle hocha la tête et prétendit ne pas y accorder beaucoup d'importance :

– Oui, je l'ai vu ce matin en partant, mais vous savez ils ne sont pas près de vendre.

– Ah ! bon ! dit-il, tu penses comme moi.

– Mais oui, ne vous inquiétez pas.

Il la suivit tandis qu'elle poussait sa mobylette vers sa maison, lui posa les questions qui l'avaient hanté tout le temps qu'il l'avait attendue. Une fois dans la cuisine, elle continua de le rassurer, puis, tandis qu'il s'asseyait pour parler, elle se mit à s'occuper de son repas. Alors il lui fit part de son idée d'aller à Paris pour retrouver le petit.

– Vous n'y pensez pas ! s'exclama-t-elle en se retournant brusquement. Aller à Paris ? Vous qui n'êtes jamais sorti de chez vous !

– Je suis allé à Montauban, répliqua-t-il, piqué au vif. Et d'abord je ne suis pas infirme, que je sache.

Elle ne s'attendait pas à une réponse si vive, et elle comprit qu'il était vraiment décidé à partir.

– Comment ferez-vous pour le retrouver dans une si grande ville ? demanda-t-elle.

– Je me renseignerai. Je sais parler, tout de même.

Juliette haussa les épaules, soupira :

– C'est de la folie.

Il se leva, furieux de ne pas recevoir de la jeune femme le soutien qu'il espérait :

– Alors tu ne veux pas m'emmener à la gare ?

Elle s'approcha, tenta de le raisonner :

– Écoutez, Aurélien, ce n'est pas raisonnable. Je sais ce que vous ressentez, mais croyez-moi, aller à Paris, c'est une vraie folie.

Et elle ajouta, tandis qu'il reculait vers la porte :

– En tout cas, ne comptez pas sur moi pour vous aider à faire une bêtise pareille.

Il sortit, ébranlé tout de même par les doutes émis par Juliette au sujet de sa capacité à mener à bien ce qui était sans doute une aventure. Il passa ensuite un long moment à rassembler ses bêtes qui s'étaient éparpillées dans les ruelles, puis il rentra chez lui et se prépara à manger en se rendant compte qu'il avait oublié de prendre ses provisions chez Juliette. Tant pis ! Il y reviendrait ce soir. À peine avait-il achevé son repas, cependant, que Marc apparut sur le seuil de la porte restée ouverte.

– Tenez ! dit-il, je vous ai apporté vos provisions.

Aurélien ne fut pas dupe. Il savait bien que c'était Juliette qui l'envoyait pour le dissuader d'aller à Paris.

– Je peux m'asseoir ? demanda Marc en posant les provisions sur la table.

– Eh pardi ! Aujourd'hui comme d'habitude. Je vois pas ce qu'il y aurait de changé.

Marc reconnut dans cette brusquerie un trait coutumier de son caractère, mais il ne s'en formalisa pas. Il avait l'habitude, depuis le temps qu'ils se côtoyaient.

– Tu veux un peu de vieille prune ? demanda Aurélien en essuyant un verre sans même attendre une réponse.

Il le servit, en versa un peu dans le verre où il avait bu son café, demanda :

– Alors, toi aussi ?

– Quoi ? Moi aussi ?

– Ne fais pas l'innocent, je sais bien que c'est Juliette qui t'as envoyé.

Marc ne chercha pas à nier. Il savait que ça n'aurait servi à rien et d'ailleurs, en un sens, ça lui simplifiait les choses.

– Écoutez, dit-il, si vous étiez en bonne santé, on comprendrait, mais qu'est-ce que vous ferez, si vous êtes malade dans le train ou si vous tombez dans une rue comme l'autre jour sur les Terres hautes ?

– Ça va beaucoup mieux depuis qu'il fait moins chaud.

Devant l'ampleur de la tâche, Marc soupira.

– Et à Paris, vous vous dirigerez comment ?

– Je demanderai ma route, pardi !

– Vous vous perdrez.

– Comment ça, je me perdrai ? C'est quand même pas l'Amérique !

– C'est grand, vous savez.

– Je me débrouillerai.

Aurélien le défia du regard, et Marc comprit que ce n'était pas la peine d'insister. Il but d'une lampée son verre d'eau-de-vie, se leva et ajouta :

– Je ne vous emmènerai pas à la gare. S'il vous arrivait quelque chose, je le regretterais toute ma vie.

– Qu'est-ce que tu veux qu'il m'arrive ? cria Aurélien, désemparé.

Marc haussa les épaules et sortit, laissant le vieux avec ses doutes : allait-il avoir la force de s'en aller si loin ?

Tout l'après-midi cette question trotta dans sa tête. Là-haut, près de la bergerie d'estive, il passa de la résolution la plus farouche au découragement le plus complet, mais, au terme de ses réflexions, il en revint toujours à la même désolante constatation : les lettres n'arrivaient plus et Benjamin devait être en danger. Il savait qu'il ne pourrait pas rester longtemps à attendre, qu'il ne le supporterait pas. Il n'y avait qu'une seule solution : partir, aller vers lui et enfin le retrouver.

Il redescendit plus tôt ce soir-là, et resta un moment devant le panneau À VENDRE, comme pour se persuader davantage de la nécessité de partir. Une fois chez lui, il fit une grande toilette devant l'évier, écrivit un mot à l'intention de Marc et de Juliette dans lequel il leur demandait de bien vouloir soigner ses bêtes, puis il se coucha tôt. Sans même trouver le sommeil, il rêva à un enfant qui courait vers lui dans une grande rue d'une ville inconnue et hostile.

20

SOUS la chiche lueur de la lampe, il peigna soigneusement ses cheveux blancs, ajusta une vieille cravate, enfila sa veste de velours, posa sur sa tête un chapeau de feutre neuf en tremblant un peu. Où allait-il ? Que faisait-il ?

Il avait peur mais il était heureux : il s'était mis dans la peau d'un père qui va chercher son fils en danger. Au bout de sa longue vie, il avait l'impression de combler un vide immense, de se mettre lui-même en péril pour sauver son enfant. Il aurait fait ça, lui. Il aurait été capable de ça. Il tremblait, mais il chantait doucement une vieille chanson de sa jeunesse, celle que fredonnait son père parfois, là-haut, sous les étoiles. Ah ! ressembler à cet homme ! Exister autant qu'il existait pour lui, cet être de la grande bonté !

Il tourna sur lui-même, vérifiant qu'il n'avait rien oublié. Il saisit d'une main la valise de vieux cuir qui n'avait pas servi depuis des dizaines d'années, jeta un dernier regard, éteignit, sortit et referma la porte derrière lui. Dehors, le froid de la nuit le surprit. Il frissonna, manœuvra la clef, la cacha dans un trou du mur, sous la fenêtre. Il se retourna, s'en alla vers la placette que la nuit enfermait encore dans une obscurité brumeuse, puis il remonta vers la maison de Juliette et de Marc et, sans bruit, fit glisser sa feuille de papier sous la porte. Il repartit tranquille : ses bêtes seraient soignées.

Une fois sur la route qui descend vers la vallée, il leva la tête vers les étoiles, heureux d'avoir été capable de quitter sa maison. L'air, sec et froid, sentait la pierre et l'écorce. Derrière lui, les Terres hautes dormaient dans le grand silence de la nuit. C'est à peine si sa respiration s'accéléra : ce matin, la marche ne le fatiguait pas. Une ombre complice l'accompagnait, le poussait même, vers la vallée où s'allumaient en tremblotant les premières lumières. Plus haut, à l'horizon, le ciel pâlissait. Dans une demi-heure, il ferait jour. Et dans une heure il serait à la gare de Recoudiers. Il savait qu'il y avait un train le matin de bonne heure, que prenaient ceux qui allaient travailler chaque jour au chef-lieu.

Plus il descendait et plus il devait faire appel à sa détermination pour ne pas revenir sur ses pas. Il comprenait qu'il était en train de franchir le cap le plus difficile : une fois dans le train, il ne pourrait pas faire marche arrière. Il pressa le pas, donc, soucieux de mettre le plus de distance possible entre lui et le hameau où, d'ordinaire, la cafetière et le pot de lait bleu réchauffaient sur le feu. Le vent d'ouest traînait sur la route les feuilles déchues des chênes du coteau. C'est qu'on était en novembre, déjà, et que le froid piquait dans les matins de gelée blanche. Ses souliers craquaient sur la route et résonnaient comme une musique familière qui le rassurait.

Il franchit le pas de la Croix, passa Mazeilles, trouva la grand-route escortée de frênes et de peupliers. Une lumière froide coulait du ciel qui ressemblait à une mare gelée. Il ferait beau, c'était sûr. Des voitures le dépassèrent, d'autres le croisèrent, mais pas une ne s'arrêta. On le connaissait si peu, en bas. Et l'on n'avait pas l'habitude de s'entraider comme là-haut, dans la solitude des collines. Qu'importe ! Il marchait, pressé de monter dans le train qui l'emmènerait malgré lui vers des lieux qu'il redoutait déjà.

À Recoudiers, quand il arriva à la gare, il y avait une dizaine de personnes dans le hall. Il ne savait pas trop ce qu'il devait faire, mais il regarda autour de lui et comprit qu'il fallait prendre un billet dans un appareil. Il hésita, s'approcha, et, tout à coup, l'immensité de sa tâche lui apparut et le paniqua. Il était prêt à renoncer quand un homme qu'il ne connaissait pas lui proposa de l'aider.

– Je vais à Paris, dit Aurélien sans trop y croire.

Mais cela ne sembla pas insensé à l'homme qui lui dit :

– Les billets de cet appareil servent seulement à aller au chef-lieu. Vous en prendrez un autre pour Paris quand nous serons arrivés.

– C'est que j'ai pas l'habitude de voyager, dit Aurélien.

– Ce n'est pas très difficile, dit l'homme en lui tendant son billet et sa monnaie.

Aurélien aurait bien voulu s'en remettre à lui, certain qu'il était d'avoir trouvé un allié, mais l'homme s'éloigna sur le quai, comme s'il avait oublié sa présence. Aurélien en fut désemparé : d'habitude, quand on liait conversation avec quelqu'un, c'est qu'on lui portait de l'intérêt. Il lui sembla que ce n'était peut-être pas tout à fait vrai à l'endroit où il se trouvait en ce début de matinée.

Sur le quai, une dizaine d'hommes et de femmes attendaient en faisant les cent pas, mais sans se parler. Cela l'étonna beaucoup. « Pourquoi ne se parlent-ils pas, ces gens-là ? » se demanda-t-il. Il essaya de se rapprocher de l'homme qui l'avait aidé, mais le train arriva et tout le monde s'engouffra dans les wagons ; Aurélien le dernier, qui n'avait pas l'habitude de se frayer un passage en jouant des coudes.

Enfin, il se retrouva assis dans le train qui roulait à

travers la campagne couverte de cuivre et d'or, sur une voie qui longeait la rivière. Cela lui fit penser à la nuit où il était descendu sur ses rives avec Benjamin et il en fut ému, soudain, comme si cet épisode de sa vie était devenu brusquement très lointain et désormais impossible. Les gens, dans le compartiment, paraissaient absorbés dans de profondes réflexions, et il se demanda de nouveau pourquoi ils ne parlaient pas entre eux. Il lui sembla qu'ils se méfiaient les uns des autres.

Il tenta de s'adresser alors à l'homme à costume et cravate qui était installé en face de lui et dit :

– Je crois qu'il fera beau !

Seul un silence hostile lui répondit, qui lui glaça le cœur.

Il poursuivit néanmoins, pensant que ces gens qui travaillaient dans des bureaux toute la journée se moquaient éperdument du temps qu'il allait faire :

– Moi, je vais à Paris.

Le même mur de silence se dressa devant lui. Pourtant, il croisa le regard d'une femme d'âge mûr qui semblait l'interroger, et reprit :

– Vous connaissez Paris, vous ? demanda-t-il.

– Dame ! répondit la femme d'un air pincé, puisque j'y habite !

Et Aurélien, ravi d'avoir engagé une conversation :

– Y paraît que c'est plus grand que Toulouse.

La femme haussa les épaules et ne répondit pas. Tous les regard se braquèrent sur lui, puis se détournèrent, gênés. Il comprit vaguement qu'il n'était pas d'usage de parler dans un train à des gens qui paraissaient hantés par de multiples préoccupations. Il se sentit en même temps terriblement différent d'eux et il pensa à sa maison, à Marc et à Juliette qui, s'ils avaient lu son message, s'inquiétaient sans doute pour lui.

En moins d'une demi-heure, le train arriva à destination. Aurélien descendit le dernier, se trouva prisonnier d'une foule qui ne prêtait aucune attention à lui et qui le bousculait, car il s'était arrêté au milieu du hall. Il s'écarta vers un mur, aperçut un employé de la SNCF, auprès de qui il se renseigna. Il y avait un train pour Paris à neuf heures. Pour le billet, il suffisait de s'adresser au guichet.

Après un quart d'heure d'attente, il fut enfin muni d'un billet et se renseigna de nouveau pour se rendre sur le bon quai, s'inquiétant du prix qu'il avait dû acquitter. Est-ce qu'il aurait assez d'argent ? C'est pas qu'il n'y en avait pas sur son compte des chèques postaux, mais il n'aurait jamais cru que ce genre de voyage coûtait si cher.

Une fois dans le train, il s'assit dans l'un de ces wagons modernes où l'on n'a pas toujours de vis-à-vis. Du moins était-ce la seule place qu'il avait trouvée, toutes les autres étant occupées. Il n'en fut pas fâché, car les voyageurs élégamment vêtus, qui avaient pris un air supérieur, vaguement méprisant, l'impressionnaient, le mettaient mal à l'aise : ils n'étaient manifestement pas du même monde que lui. Il regretta alors vraiment de s'être lancé dans ce voyage, tout en songeant qu'il était maintenant trop tard pour renoncer.

Il regarda le paysage qui défilait à vive allure derrière les vitres : des prés, des peupliers, une rivière, et de hautes collines qui ressemblaient à celles du causse. Le temps passa. Des gens circulaient dans l'allée avec une adresse qui prouvait combien était grande leur habitude de voyager. Aurélien porta la main à sa poche, vérifia qu'il n'avait pas oublié l'adresse de Benjamin. Non, tout allait bien. Du moins le crut-il avant que n'arrive un contrôleur moustachu et coiffé d'un képi qui lui demanda :

– Vous n'avez pas composté votre billet ?

– Si, je l'ai payé, répondit Aurélien, ne comprenant pas ce que voulait dire le contrôleur.

– Il faut composter, monsieur, c'est obligatoire avant de monter dans un train.

– Je sais pas quoi vous dire, moi, fit Aurélien, c'est la première fois que j'y monte depuis soixante ans.

L'homme le dévisagea, incrédule. Une lueur amusée passa dans son regard, et Aurélien comprit qu'il le croyait. C'était la première fois depuis qu'il était parti qu'il avait l'impression de rencontrer quelqu'un capable de le considérer avec bienveillance.

– Il y a un appareil à l'entrée des quais, dit le contrôleur en repoussant sa casquette vers l'arrière. Vous devez y glisser votre billet et puis le reprendre.

Et, comme Aurélien ne savait que répondre, il ajouta :

– Sinon, vous payerez une amende.

Une amende ? Ce seul mot pétrifia Aurélien qui craignit de n'avoir pas assez d'argent, mais le contrôleur le rassura :

– Ça ira pour cette fois, mais n'oubliez pas, à l'avenir.

– Merci, dit Aurélien, tandis que le contrôleur s'éloignait déjà, après un salut des doigts près de sa casquette, à la manière des facteurs de l'ancien temps.

« Il doit être de la campagne, celui-là », songea Aurélien en soupirant. Puis, rencontrant le regard de son voisin de droite, de l'autre côté de la rangée :

– Comment voulez-vous que je sache, moi ?

Le regard se détourna, franchement hostile. Aurélien replongea dans sa solitude, et l'angoisse l'envahit. Dehors, le paysage changeait : des bois, des pâturages et des collines aux feuilles de bronze et de cuivre formaient de profonds vallonnements sur le flanc desquels paissaient des troupeaux de vaches. À la vue des bêtes paisibles, Aurélien se sentit un peu mieux. Il lui sembla que les dangers étaient passés jusqu'à ce qu'un homme muni d'une sonnette se faufile entre les fauteuils en annonçant un premier service. « C'est sans doute pour manger », se dit Aurélien, qui avait posé sa valise à ses pieds. Il pensa alors à son pain, son saucisson et son fromage. Il tira sa montre de la poche de sa veste, regarda l'heure : onze heures et demie. Il se dit qu'ils avaient de drôles d'habitudes dans ce train, et il décida d'attendre avant de prendre son repas.

Une heure plus tard, tandis que le train arrivait en gare de Limoges, et que les va-et-vient dans le couloir central se faisaient plus nombreux, il étala une serviette propre sur ses genoux, sortit son couteau, ses victuailles, et se mit à manger tout en regardant à travers la fenêtre. Il but à même la bouteille son vin coupé d'eau, puis, quand il eut fini, il s'assoupit, comme il en avait l'habitude, là-haut, dans son repaire, chaque début d'après-midi.

Quand il rouvrit les yeux, le train traversait des banlieues noires dont l'aspect, brusquement, l'oppressa. « Comment peut-on habiter là ? » se demanda-t-il. L'immensité des zones habitées, des hauts immeubles, des rues semblables les unes aux autres, l'épouvanta. Il se sentit petit et perdu. Il se dit qu'il ne pourrait pas trouver son chemin dans un tel dédale, d'autant plus qu'il n'était pas encore arrivé à Paris. Qu'est-ce qui lui avait pris ? Il était donc devenu fou de partir ainsi dans l'inconnu à son âge ? Il aurait donné soudain toute sa fortune pour se trouver dans sa maison, ou sur les Terres hautes à garder ses brebis. Pourtant l'image de la camionnette qui passait chaque matin sans s'arrêter lui redonna un peu de courage. Deux heures s'écoulèrent encore, puis le train ralentit, tandis que les voyageurs se levaient et s'emparaient de leurs bagages. Lui, il ne bougea pas. Il regarda autour de lui, se demanda pourquoi tout le monde s'agitait alors que le train ne s'était même pas arrêté.

Enfin, dans un dernier soubresaut, le convoi stoppa et Aurélien entendit un haut-parleur s'égosiller : « Paris-Austerlitz, Paris-Austerlitz, tout le monde descend. » Il se leva, et, sa valise à la main, il prit pied sur le quai, où, aussitôt, un grand flot l'emporta vers ce qui ne pouvait être que la sortie. Il se laissa porter, arriva au bout du quai, puis dans un hall immense, erra à droite et à gauche, cherchant à comprendre comment tout ça fonctionnait. Ce qui le frappait, c'était l'allure rapide des gens qui, cependant, semblaient n'aller nulle part. « Où courent-ils donc ? se demanda-t-il, on dirait une fourmillière dans laquelle on aurait donné un coup de pied. » Il chercha à se renseigner, mais personne ne s'arrêta. Il sortit de sa poche la feuille de papier où était inscrite l'adresse de Benjamin : 6, rue Coëtlogon, Paris VIe. Un homme âgé, très digne, aux lunettes dorées, s'arrêta enfin et lui dit :

– Prenez le métro, là.

Et il désigna de la main un panneau où effectivement était inscrit le mot « Métro ». Aurélien se souvenait, maintenant : Benjamin lui en avait parlé comme d'un train souterrain. Il hésita un instant, puis il s'engagea dans l'escalier qui descendait Dieu sait où. En bas, il se trouva face à plusieurs tourniquets qui paraissaient miraculeusement s'effacer devant les gens qui étaient encore plus nombreux que sur le quai. Il s'approcha à son tour, se trouva prisonnier des barres rondes, ne put ni reculer, ni avancer. Il ne bougea plus, n'eut même pas l'idée de demander de l'aide, tellement il craignait d'avoir à payer une amende.

– Alors, papy ! lui lança un jeune homme à la coiffure dressée droit sur la tête, t'as fondu les plombs ?

Comme la foule était dense, plusieurs personnes attendaient maintenant devant le tourniquet, ce qui alerta un employé qui s'approcha, l'air sévère.

– Où est votre ticket ? demanda-t-il.

– J'ai pas de ticket, fit Aurélien piteusement, je savais pas.

L'employé haussa les épaules, se fit menaçant, mais une vieille femme sortit un ticket de sa poche et l'introduisit dans l'appareil.

– Allez-y, dit-elle.

L'employé haussa de nouveau les épaules et s'éloigna. La vieille femme à chignon rejoignit Aurélien qui la remercia et lui demanda ce qu'il devait faire pour aller rue Coëtlogon.

– C'est dans quel arrondissement ? l'interrogea-t-elle.

Il lui tendit la feuille de papier où était inscrite l'adresse de Benjamin.

– Ah, oui ! dit-elle, je vois. Prenez la direction Boulogne-Pont-de-Saint-Cloud et descendez à Sèvres-Babylone, ça vous évitera de changer et vous ne serez pas loin.

Et, comme il ne bougeait pas, n'ayant rien compris à ce qu'elle venait de dire :

– Je vais vous montrer.

Elle avait de très beaux yeux gris, et portait un foulard de soie rouge qui sentait bon. Il la suivit, murmura :

– C'est la première fois, vous comprenez ?

Elle se tourna vers lui, sourit. Enfin, au détour du couloir, elle lui montra un escalier qui descendait, répéta :

– Montez dans le métro et descendez à Sèvres-Babylone.

Aurélien posa sa valise, souleva son chapeau et dit :

– Merci beaucoup, madame.

– Je vous en prie, monsieur.

Elle souriait toujours, amusée, émue, peut-être aussi, devant cet homme en costume de velours et chapeau de feutre qui semblait si vulnérable.

Aurélien descendit sur le quai encombré. Deux jeunes gens l'observèrent, se poussèrent du coude, s'approchèrent :

– T'as pas cent balles ?

Il trouva leur attitude bizarre, mais il n'eut pas le temps de répondre car le métro arriva et les jeunes gens se précipitèrent à l'intérieur. Aurélien, lui, eut toutes les peines du monde à entrer et se trouva si compressé qu'il se demanda comment il allait pouvoir sortir, le moment venu. Heureusement, au fur et à mesure que le métro avançait, beaucoup de voyageurs descendaient. Puis, alors qu'il respirait mieux et qu'il s'apprêtait à se renseigner sur l'endroit où il devait s'arrêter, une nouvelle vague le rejeta au fond du compartiment. Dès lors il n'osa plus bouger, vit défiler les stations sans réussir à lire leur nom, décida de faire confiance à la femme au foulard, qui ne pouvait l'avoir trompé.

Au terminus, il descendit, suivit la foule qui déferlait, et il se retrouva enfin à l'air libre. Il suivit machinalement une femme qui ressemblait à celle qui l'avait renseigné, traversa un boulevard derrière elle et manqua de se faire écraser par les voitures. Quelques injures fusèrent, qui le blessèrent cruellement. Il réussit néanmoins à regagner l'autre côté du boulevard où la femme disparut dans un immeuble. Aurélien erra un moment sur le trottoir, perdu, loin de tout, loin de ce qui était sa vie, incapable de rassembler ses idées, de revenir vers le métro. Enfin il aperçut un agent de police, et, soulevant de nouveau son chapeau, il expliqua qu'il était perdu et qu'il devait se rendre rue Coëtlogon.

– Je vais vous emmener à la station de taxis, dit l'agent, c'est le mieux, sinon, vous n'y arriverez jamais.

Et, tout en marchant, il lui expliqua qu'il suffisait de donner une adresse au chauffeur, que celui-ci le conduirait où il voudrait.

– Ils sont aimables, ces gens, dit Aurélien.

L'agent le regarda bizarrement, précisa :

– Il faut payer, bien sûr.

Aurélien acquiesça de la tête. Il comprenait, maintenant. Et même s'il était inquiet pour son portemonnaie, il préférait être sûr d'arriver à destination.

Tout le temps du voyage, il observa les rues surpeuplées de Paris, se demanda si le chauffeur connaissait bien la direction à suivre, mais il ne parla pas : ce n'était peut-être pas l'usage, ici non plus. Enfin la voiture s'arrêta dans une petite rue très étroite et très sombre, et Aurélien paya avant de descendre. Une fois sur le trottoir, à quelques mètres du numéro six, il poussa un long soupir de soulagement, oubliant que le plus difficile était peut-être à venir.

Effectivement, malgré ses efforts pour l'ouvrir, la porte de l'immeuble demeura obstinément close. Il essaya à plusieurs reprises mais il n'y parvint pas. Alors il s'appuya au mur et attendit, se demandant ce qui allait encore lui arriver. Dix minutes passèrent, puis vingt. Il ne bougeait pas. Enfin une jeune fille s'arrêta près de lui, pianota des chiffres sur un appareil mural et la porte s'ouvrit comme par miracle. Aurélien se précipita, entra derrière elle. Il était sauvé. Il se sentit fier, tandis qu'il s'asseyait un instant sur les marches pour se reposer, mais heureux, aussi, à l'idée que Benjamin était tout près de lui et, en imaginant sa surprise, ses yeux se troublèrent.

– Qui aurait cru ? murmura-t-il.

Il avait gagné. De toute façon, quoi qu'il arrivât maintenant, il avait gagné. Il se leva, monta les marches lentement, les jambes tremblantes, le cœur cognant dans sa poitrine à grands coups sonores et douloureux.

21

IL hésita à sonner, finit par se décider en espérant que Benjamin allait lui ouvrir la porte. De longues secondes passèrent, et tout à coup la mère de Benjamin apparut et ne put retenir une exclamation de stupeur :

– Qu'est-ce que vous faites là, vous ?

Il se sentit très mal, soudain, ne sut que répondre, bafouilla, comme si cet aveu justifiait tout ce qu'elle semblait lui reprocher :

– J'ai pris le train.

La mère détailla le costume, le chapeau, la cravate noire si mal nouée, et seule la pitié l'incita à le laisser entrer. Elle s'effaça, l'introduisit dans un petit salon aux meubles bizarres, lui désigna un divan de cuir vert.

– Asseyez-vous ! dit-elle.

Elle n'en revenait pas : cet homme qu'elle croyait loin, incapable de quitter ses cailloux, se tenait face à elle, immobile, très droit, sa valise sur les genoux, son chapeau posé sur la valise. La surprise passée, cependant, la mère reprit ses distances et lança, d'une voix hostile :

– C'est une très mauvaise idée que vous avez eue là.

Paralysé par l'émotion, il ne put que répondre :

– J'étais inquiet, vous comprenez ?

– Vous n'avez pas à l'être, Benjamin n'est pas seul, que je sache.

Aurélien comprit que le vrai combat ne faisait que commencer. Or il avait connu tellement d'émotions aujourd'hui, il avait dépensé tellement d'énergie que l'agressivité de la mère l'accabla.

– Avant, il m'écrivait, plaida-t-il.

– Nous le lui avons interdit ! répliqua vivement la mère. Depuis qu'il a fait votre connaissance, cet enfant n'est plus le même : non seulement il fait des fugues, mais en plus il vole dans les grands magasins.

– Il vole ? fit Aurélien, incrédule.

– Et nous allons le chercher dans les commissariats.

– Dans les commissariats ?

– Parfaitement ! Je vous laisse imaginer quel plaisir cela nous fait.

Aurélien, se sentant coupable, baissa la tête.

– Je n'arrive pas à le croire, dit-il.

– Nous non plus, figurez-vous.

La voix de la mère devenait de plus en plus acerbe à mesure qu'elle évoquait ce qu'elle appelait « une épreuve totalement imprévisible ».

– Ça alors ! répétait Aurélien, je comprends que vous ne soyez pas contente.

– C'est un euphémisme, oui.

Le mystère inclus dans ce mot qu'il entendait pour la première fois le désarçonna davantage. Il s'apprêtait à partir quand on entendit une porte claquer et des pas s'approcher. Le père de Benjamin surgit dans le salon, et s'arrêta net, stupéfait.

– Qu'est-ce que vous êtes venu faire ici, vous ? demanda-t-il, regardant tour à tour sa femme et Aurélien.

Celui-ci se dressa, fit tomber à la fois son chapeau et sa valise, répondit :

– Je m'inquiétais du petit… et puis j'ai vu le panneau À VENDRE, alors, comme je n'avais pas de nouvelles, je suis venu.

– Ah ! oui ! s'écria le père. Ça, pour vendre, nous vendons !

– Et le plus tôt sera le mieux, renchérit la mère.

Aurélien, accablé, s'assit de nouveau, ramassa son chapeau et sa valise, murmura :

– S'il fait tant de bêtises, c'est sans doute parce qu'il est malheureux.

– Qu'est-ce que vous en savez ? rétorqua le père. Et d'ailleurs ça ne vous regarde pas : vous avez fait assez de dégâts comme ça.

– Si c'est le cas, je ne l'ai pas fait exprès, croyez-moi.

Un long silence succéda à ces paroles, durant lequel les parents se consultèrent du regard.

– De toute façon, c'est fini maintenant, vous n'avez plus qu'à rentrer chez vous, dit la mère.

Il frissonna, bredouilla au souvenir du long voyage qu'il venait de faire :

– J'aurais bien voulu le voir, pourtant.

– Il n'en est pas question, dit le père.

– J'aurais au moins pu lui demander de ne plus faire de bêtises.

– C'est un peu tard, vous ne croyez pas ?

Aurélien comprit qu'il ne servait à rien de parlementer. Il se leva lentement, prit sa valise d'une main et de l'autre son chapeau. Il était tellement pitoyable que le père concéda :

– Je vais vous raccompagner à votre hôtel.

– J'ai pas d'hôtel, dit Aurélien, mais je trouverai un endroit où dormir, ne vous inquiétez pas pour moi.

À cet instant, la porte s'ouvrit de nouveau, puis claqua. On entendit courir dans le couloir et Benjamin surgit dans le salon, poussa un cri de surprise et de joie.

– Tu es venu ! Tu es venu ! s'écria-t-il en se précipitant vers Aurélien et en le serrant dans ses bras.

Après quoi il se retourna vers ses parents et répéta, radieux :

– Il est venu ! Il est venu !

– Oui, c'est évident, dit la mère d'un ton si hostile que Benjamin comprit sans peine ce qui se passait.

– Il va dormir ici, dit-il, il ne saurait pas se débrouiller tout seul.

Aurélien le prit par l'épaule, sourit :

– Non, je veux pas déranger tes parents.

– Mais pas du tout, voyons ! s'écria Benjamin.

Et, interrogeant son père et sa mère du regard :

– N'est-ce pas, qu'il va rester ici ?

Seul un silence embarrassé lui répondit. L'enfant devina alors qu'ils avaient été sur le point de chasser Aurélien, et lança :

– Je vous préviens : s'il s'en va, je pars avec lui.

– Laisse, petit, laisse, dit Aurélien, de plus en plus mal à l'aise.

– Bon ! concéda le père, excédé, vous allez passer la nuit ici, mais à une condition : profitez-en pour lui faire entendre raison et repartez demain à la première heure. Et je veux que vous me donniez votre parole.

Aurélien hocha la tête et répondit :

– C'est entendu.

– Ouais ! fit Benjamin, c'est génial !

Et tandis que la mère poussait un long soupir accablé, l'enfant prit Aurélien par le bras et l'entraîna vers un couloir au bout duquel se trouvait sa chambre. Là, il y avait des jeux vidéo sur une table, une petite bibliothèque remplie de bandes dessinées, une chaîne hi-fi et, sur le mur, la grande photo d'un ours debout, sur le versant d'une montagne.

– Tiens, pose ça, dit Benjamin, et assieds-toi.

Il désigna une chaise à Aurélien qui s'assit tandis que l'enfant s'allongeait sur son lit en disant, les yeux éblouis :

– Raconte-moi.

Encore sous le coup de l'entrevue avec les parents, Aurélien insista d'abord pour que Benjamin le conduise vers un hôtel, puis il le vit si heureux, si impatient de connaître les nouvelles du hameau, de Marc, de Juliette et des agneaux qu'il se mit à parler, à raconter tout ce qui lui était arrivé depuis l'été, et son voyage, enfin, sans oublier le métro, à son arrivée, et la peine qu'il avait eue à trouver la rue Coëtlogon.

– Tu es super ! dit Benjamin qui se mit à raconter à son tour les événements intervenus depuis la rentrée scolaire, sans oublier ses fugues et ses chapardages dans les magasins.

– Tu ne peux pas faire ça, dit Aurélien, qu'est-ce que nous deviendrons si tu vas en prison ?

– Je n'irai jamais en prison, répliqua Benjamin. Je m'enfuirai sur le causse et tu me cacheras.

Ils parlèrent, ils rirent, ils retrouvèrent ces heures précieuses vécues l'un près de l'autre au village et refusèrent de penser au lendemain. Pour le repas du soir, les parents les laissèrent seuls dans la cuisine. D'ailleurs, Joëlle, leur fille, avait refusé de manger avec eux. Il arriva pourtant un moment où il fallut bien se séparer : la mère avait préparé pour Aurélien le divan du salon. Il se sentit maladroit et si peu à sa place en ce lieu, qu'il se coucha tout habillé sur la couverture et passa la nuit à revivre cette folle journée dont il était sûr qu'elle resterait à jamais gravée dans sa mémoire.

Le lendemain, un beau soleil les accompagna de très bonne heure sur le boulevard Raspail. Il faisait un temps froid et sec, tel que l'aimait Aurélien. Il avait été entendu avec les parents que Benjamin conduirait Aurélien jusqu'à une station de métro et lui indiquerait la marche à suivre jusqu'à la gare. L'enfant, portant sur son dos son sac d'école, regardait de temps en temps avec émotion le vieux qui marchait près de lui, sa valise à la main.

Une fois devant la station Sèvres-Babylone, à l'instant de se quitter, ils savaient déjà l'un et l'autre qu'ils ne le pourraient pas.

– Reste un jour, dit Benjamin, un seul jour, et je te

ferai connaître où je vis : mon école, le quartier Latin, Montmartre, Beaubourg.

– J'ai promis, répondit Aurélien, tu le sais bien.

– Quand tu auras vu, tu pourras m'imaginer de là-haut et comme ça on ne se quittera pas.

Le vieux hésita, mais il pensa aussi à l'hiver qui approchait et devina qu'il aurait besoin de provisions pour franchir le désert des jours qui s'annonçaient.

– Et l'école ? dit-il, mais sans conviction, car il était déjà décidé à aller au terme de ce grand voyage qui était l'unique et le dernier de sa vie.

– Un jour, répéta Benjamin ; ils ne le sauront même pas. Tu repartiras ce soir. Je t'emmènerai à la gare. D'ailleurs on va aller à la consigne déposer les bagages.

Aurélien finit par accepter. Dans le métro, Benjamin eut l'impression qu'il devait rassurer le vieux qui ne se sentait pas très bien. Une fois à l'air libre, il retrouva son sourire. Ils visitèrent le quartier où était située l'école de Benjamin, puis le quartier Latin. Aurélien était un peu étourdi par la foule, le bruit, les voitures. Ils mangèrent un sandwich dans le jardin du Luxembourg, et Aurélien constata :

– Quand même, c'est pas très raisonnable, tout ça.

– C'est pas raisonnable, mais au moins tu ne seras pas venu pour rien.

Et puis ce furent les quais de la Seine, l'île de la

Cité, Beaubourg, enfin, d'où Aurélien sortit épuisé, la tête pleine d'images de gens bizarrement vêtus, d'escaliers roulants, de scènes inimaginables. À la fin de l'après-midi, ils s'assirent de nouveau dans un square pour parler.

– Même si on l'avait décidé, je n'aurais pas pu rester plus longtemps, soupira Aurélien.

Benjamin hocha la tête pensivement, à peine surpris par ce qu'il entendait.

– C'est trop différent, trop difficile ici ; je pourrais pas m'habituer, tu comprends ?

Et, comme l'enfant ne répondait pas :

– Et mes bêtes, toutes seules, là-haut, j'y pense, tu sais. Et tout ce monde, et tout ce bruit... il faut pas m'en vouloir, je pourrais pas m'y faire. C'est trop tard, tu comprends ?

– Oui, murmura Benjamin, je comprends.

Puis, devinant qu'il n'avait pas le droit d'imposer l'épreuve d'un jour de plus au vieil homme, il se redressa et dit :

– Tu vas repartir, mais moi je viendrai te voir.

– Comment tu feras ? demanda Aurélien, soulagé que l'enfant ne cherche pas à le retenir.

– Je me débrouillerai, crois-moi, et je viendrai.

Aurélien soupira. Si seulement il était plus jeune, comme il prendrait sur lui, comme il se montrerait fort pour changer de vie !

– C'est bien malheureux, tout ça, souffla-t-il.

– T'inquiète pas, dit Benjamin, ils ne peuvent rien contre nous.

– J'en suis pas si sûr, tu sais.

– Mais si, tu verras.

Ils se regardèrent. Il y avait tant de choses qu'ils ne pouvaient pas se dire parce qu'ils ne savaient pas les exprimer.

– Le train est à six heures, dit Benjamin. Si tu le veux vraiment, il faut partir maintenant.

Aurélien hésita. Il savait que les derniers jours de sa vie se jouaient là, en cet instant, mais il sentait aussi qu'il avait brûlé ses dernières forces. Il eut un ultime sursaut d'énergie, se leva, et Benjamin l'imita. Ils se mirent en route et marchèrent côte à côte sans parler.

À la gare, Benjamin l'aida à prendre son billet, à le composter, à trouver le bon quai, l'accompagna vers le train.

– Tu devrais rentrer, sans quoi tes parents vont s'inquiéter, dit Aurélien.

– Oui, fit l'enfant, tu as raison.

Des gens les bousculèrent. Ils étaient face à face au milieu du quai.

– Merci ! dit Benjamin, je n'aurais jamais cru que tu fasses ça pour moi.

– Moi non plus, dit le vieux en se forçant à sourire.

Puis :

– Allez, embrasse-moi.

Il serra le gosse dans ses bras, eut du mal à s'en détacher.

– Je viendrai, tu sais. Même s'ils m'en empêchent, je viendrai, répéta Benjamin.

– Oui, fit Aurélien, mais l'enfant ne fut pas du tout sûr qu'il le croyait.

Le vieux, fatigué, éreinté, monta dans une voiture, chercha vainement à ouvrir la vitre, s'assit. Benjamin se tenait devant lui, de l'autre côté de la vitre. Il fit un signe de la main, sourit. Le train s'ébranla. L'enfant courut, courut, et Aurélien se pencha pour ne pas le perdre du regard. À l'instant où il disparut de sa vue, il lui sembla que tout le froid de l'hiver pénétrait dans son corps.

22

PEU après ce voyage, l'hiver s'installa, avec des matins roses de gel, que faisait resplendir l'immense cloche de verre sous laquelle ils semblaient prisonniers. À midi, la luminosité était telle qu'il était impossible de lever la tête vers le ciel. Il n'y avait que les corbeaux pour se perdre là-haut avant de plonger vers les combes dont les bordures demeuraient blanches tout le jour. Aurélien préférait ce temps-là aux journées de brume et de pluie glacée. Il pouvait sortir plus facilement pour guetter le facteur, s'abritant derrière la murette écroulée qui faisait face à la maison, toujours en vente, des Parisiens.

Ce matin-là, il esquissa un geste de la main quand la fourgonnette surgit sur la place, mais elle ne s'arrêta pas et il remonta chez lui et pensa à son voyage, à tout ce qu'il avait vu là-bas, à la promesse de Benjamin. Pourquoi n'écrivait-il pas ? Depuis son retour, Aurélien avait envoyé trois lettres, et elles étaient toutes restées sans réponse. Il avait besoin d'en parler à quelqu'un, car il ne comprenait pas ce qui se passait. Comme il savait que Juliette n'était pas descendue dans la vallée, il alla lui rendre visite. Elle l'écouterait, elle, il en était sûr, même s'il lui parlait du voyage qu'elle avait désapprouvé et qu'elle jugeait toujours aussi insensé. Elle le trouva découragé, alors qu'il était revenu plein d'entrain de Paris, et elle lui dit en versant du café dans un verre :

– Ne vous faites pas de souci comme ça, une lettre va finir par arriver.

– Tu crois vraiment ? Moi je n'y comprends plus rien.

– Bien sûr, répondit-elle en souriant, il ne peut pas en être autrement.

Il soupira, reprit :

– Il le faudrait, parce que sinon, j'aurais plus la force.

– Allons ! Qu'est-ce que vous dites là ? Vous n'avez pas honte ?

– Non. Je n'ai pas honte, répondit-il, parce que c'est mon fils, tu comprends ? C'est le petit que j'ai attendu toute ma vie.

Elle le dévisagea, stupéfaite, se demandant s'il pensait vraiment ce qu'il disait.

– Allons ! Voyons ! répéta-t-elle, qu'est-ce que vous dites là ?

– Je suis sûr que c'est lui, murmura Aurélien, perdu dans ses pensées.

Elle n'eut pas le cœur à le dissuader, le laissa parler du métro, de Beaubourg, de cette journée qu'il revivait chaque jour, chaque nuit. Quand il se sentit mieux, qu'il eut repris courage, il repartit mais s'arrêta un long moment sur la place, face à la maison aux volets clos. Et les jours s'écoulèrent, toujours aussi froids mais toujours aussi lumineux. Il sortait un peu les brebis l'après-midi pour économiser le fourrage, mais il rentrait à quatre heures, avant que le soleil décline. Le matin était consacré à l'attente de la voiture jaune qui passait rarement à la même heure. Enfin, un jour, elle s'arrêta, le facteur ouvrit la vitre et lui tendit une enveloppe. Il remonta vite chez lui, l'ouvrit en tremblant et commença à lire :

« Monsieur,

Benjamin m'a chargé de vous dire que vous devez l'oublier. Actuellement pensionnaire dans un lycée, il ne retrouvera sa liberté que contre la promesse de ne plus vous écrire et de ne plus vous voir. Nous avons décidé tout ceci dans son intérêt vous le comprenez bien. Lui-même a fini par l'admettre. Aussi une démarche contraire de votre part entraînerait immédiatement le dépôt d'une plainte auprès des autorités compétentes.

Je vous prie d'agréer, monsieur, l'expression de mes plus profonds regrets. »

C'est le père qui avait signé. Aurélien laissa tomber la feuille de papier, car ses mains tremblaient trop. Il demeura un long moment immobile, se demandant s'il n'avait pas rêvé, incapable de se lever, car la douleur était trop forte. Il ne voyait plus rien, soudain, ni la table, ni la cheminée où, pourtant, le foyer rougeoyait comme aux plus belles heures de sa vie, quand la cuisine était habitée d'êtres aimés, de certitudes, de mots rassurants, d'effluves tièdes. Machinalement, il reprit la lettre et tenta de la relire. C'étaient bien les mêmes mots, hélas, qui provoquèrent en lui les mêmes brûlures.

Et Benjamin, dans tout ça ? Est-ce qu'on lui demandait son avis seulement ? Certainement pas. Peut-être même ne savait-il rien de cette lettre. La révolte le fit se dresser, et il cria :

– Et lui ? et lui ?

Puis il s'assit de nouveau, anéanti, conscient qu'il n'aurait pas la force de partir une deuxième fois. Alors, en cet instant si douloureux, une fibre secrète cassa en lui, et un flot de détresse le submergea. Il ne bougea plus. Il n'était plus qu'une chose misérable à l'écart de toutes les routes, de toutes les vies, de toutes les attentions. Les minutes passèrent sans qu'il esquisse le moindre geste. Enfin une petite lumière se ranima, qu'il lui sembla apercevoir de très loin. Sans même s'habiller, il sortit et se mit en route. Il savait où il allait. Sur la place, il s'engagea sur le chemin de la bergerie d'estive. Tout en marchant, il parlait et il faisait de grands gestes avec les mains.

Le vent du nord le prit dans sa poigne d'acier mais il ne le sentit pas. Il marchait vers le seul lieu où il serait protégé, et Benjamin avec lui. Il arriva bientôt là-haut, contre la joue pâle du ciel, s'assit sur la pierre et se mit à parler. Cela dura de longues minutes. Il avait froid. Il entra dans la bergerie, s'assit contre le mur, serra ses genoux contre lui, se recroquevilla, et, respirant à peine, ne bougea plus.

L'après-midi coula dans un profond silence puis la nuit tomba, auréolée d'étoiles de silex. Le froid enserra les pierres. Aurélien se tenait toujours assis au même endroit, face aux ombres, précieuses qui avaient peuplé sa vie et lui avaient donné ce qu'elle avait connu de meilleur. Il y avait eu son père, il y avait aussi son enfant. Tous deux étaient là, près de lui. Il ne les quitterait plus.

C'est Marc qui le découvrit vers minuit. Inquiète de ne pas avoir vu Aurélien passer avec ses bêtes, Juliette l'avait alerté et cela faisait quatre heures qu'ils le cherchaient. Marc le ramena le plus vite possible dans sa maison où Juliette fit chauffer du café. Elle versa dans le fond du verre un peu d'eau-de-vie et le donna à Aurélien qu'ils avaient fait asseoir près du feu.

– Vous êtes tombé sur la tête ? fit Marc qui avait eu très peur de le retrouver mort.

Au regard qu'Aurélien lui jeta, il comprit que le vieux était au-delà de tout, au-delà de la vie.

– Qu'est-ce qui s'est passé ? demanda Juliette.

Il ne répondit pas. Ils se demandèrent même s'il les entendait. Fallait-il le ramener chez lui ou le garder ici ? Ils décidèrent de lui faire un lit dans la chambre à côté de la leur. Pendant que Juliette s'affairait, Marc s'en fut chercher des vêtements dans la maison d'Aurélien. C'est là qu'il trouva la lettre et comprit ce qui arrivait. Dès son retour, il la montra à Juliette qui s'approcha d'Aurélien et lui dit :

– Ça s'arrangera, vous verrez.

Il lui sembla qu'il reprenait vie. En tout cas, ses mains étaient chaudes de nouveau et il paraissait moins pâle.

– Vous allez vous coucher, et demain ça ira mieux, dit-elle.

Ils le prirent chacun par un bras et l'emmenèrent dans la chambre où se trouvait un grand lit recouvert d'un gros édredon de plume rouge.

– Vous serez bien, là, dit Juliette.

Marc l'aida à se coucher, le borda pour qu'il ne se découvre pas. Puis il sortit, laissa la porte ouverte de manière à l'entendre si ça n'allait pas. Ils attendirent un moment avant de gagner leur propre chambre, puis ils s'y décidèrent. Et la nuit s'écoula, calme et froide, dans le grand silence du causse pétrifié par le gel.

Le lendemain, Aurélien se leva et déjeuna avec Juliette et Marc, sans parler de ce qui s'était passé la veille. Face à son regard un peu fixe, d'abord, ils eurent peur, mais il répondit calmement à leurs questions et s'en retourna chez lui comme si de rien n'était, comme s'il était venu là en ami, ce matin, pour partager avec eux les premiers instants de la journée.

23

En cette veille de Noël, le mauvais temps avait fini par arriver. Cela faisait plus de huit jours que la pluie et la grêle tombaient des nuages de plomb que le vent d'ouest roulait inexorablement au-dessus des collines. S'il tournait au nord, il neigerait avant la fin du jour. Cela n'avait pas empêché Aurélien de sortir en début d'après-midi pour aller couper un genévrier qu'il décorait à présent avec des boules de couleur et des guirlandes de Noël. Trop absorbé par sa tâche, il ne s'interrompit pas quand Juliette frappa à sa porte.

– Entrez ! dit-il, en se doutant que c'était elle, heureux de lui montrer son œuvre.

– À la bonne heure ! fit-elle en le découvrant ainsi occupé, vous voilà devenu raisonnable.

Il hocha la tête mais ne répondit pas, s'appliquant à disposer une guirlande rebelle sur les branches du genévrier. Depuis le jour où Marc l'avait retrouvé à minuit dans la bergerie des Terres hautes, il se relayaient pour ne pas le laisser seul plus de deux heures, car ils avaient peur pour lui, lorsqu'ils le voyaient marcher sur le chemin en parlant à un interlocuteur invisible tout en faisant de grands gestes avec les bras. Ils l'aidaient de leur mieux, espérant qu'avcc le temps il oublierait Benjamin et tout ce qu'il avait vécu avec lui depuis Pâques.

– Je suis venue vous inviter à passer le réveillon avec nous, dit-elle, certaine de lui faire plaisir.

– Je te remercie, petite, répondit-il mais je ne pourrai pas venir.

– Ah ! bon ! fit-elle, et je peux savoir pourquoi ?

– Parce qu'il faut que je l'attende, dit-il avec un air mystérieux.

– Qui ça ?

– Le petit, bien sûr.

Elle en eut d'abord le souffle coupé, puis elle demanda, inquiète :

– Vous avez reçu une lettre ? Il va venir ?

– Bien sûr qu'il va venir ! Il ferait beau voir qu'il ne vienne pas voir son père un soir de Noël.

Juliette était atterrée : il lui semblait qu'il ne savait plus ce qu'il disait. Elle insista, comme si elle voulait à tout prix le tirer hors de l'état second dans lequel il était.

– On ne se couchera pas tard. Venez quand même un peu, ça nous fera plaisir.

– Tu es gentille, petite, répondit-il avec un air navré, mais je ne peux pas lui faire ça. Il ne faut pas qu'il trouve porte close.

Les larmes vinrent aux yeux de Juliette qui ne savait plus quoi dire. Elle le regarda un instant s'appliquer à garnir son genévrier, puis elle murmura :

– Bon. Je comprends. À demain, alors.

– Oui, c'est ça, à demain.

Puis elle sortit, le laissant seul, occupé à son ouvrage comme s'il ne s'était même pas aperçu de sa présence.

Quand il eut fini, il se mit en cuisine, afin de préparer un réveillon, et cela l'occupa tout l'après-midi. Du pâté de foie, une dinde truffée (il connaissait trois chênes perdus sur le causse sous lesquels il trouvait une dizaine de truffes par an), une bûche et des marrons glacés feraient de ce réveillon dont il attendait merveille une vraie fête. La nuit tombait déjà, tandis qu'il posait sur la table deux belles assiettes à fleurs bleues qu'il n'avait pas sorties de son armoire depuis très longtemps. Deux couverts. Deux bougies également. Tout était prêt. Il n'avait plus qu'à attendre devant son genévrier illuminé, semblable à celui que décorait sa mère il y avait si longtemps.

Il rêva tout éveillé à cette attente de la messe de

minuit, entre son père et sa mère, à ces Noëls de l'ancien temps qui avaient la magie des choses simples et longtemps espérées. Il rêva au long chemin vers Recoudiers dans la nuit tremblotante et d'étoiles, aux papillons de neige au pas de la Croix, à toutes ces lumières en marche dans la nuit tandis qu'appelaient les cloches des églises. Il rêva aux chants de Noël, aux couleurs jaunes et bleues de la grande nef, à sa mère près de lui, à la crèche vivante qu'il ne pouvait pas quitter à l'heure de remonter là-haut, dans le ciel, vers les étoiles dont la lumière paraissait ouvrir un accès vers des mondes merveilleux. Les souliers de la mère heurtaient le sol gelé. Elle prenait sa main. « Ne tombe pas, disait-elle, ton père nous attend. » C'était lui qui ouvrait la porte, en effet, et disait, montrant les marrons glacés, la bouteille de vin bouché : « Ça vaut le vin de messe. »

Un regard de la mère le faisait taire. Il y avait des étoiles d'or dans les yeux de son père, tandis qu'Aurélien se goinfrait de marrons, que le feu ronflait dans l'âtre, que le père racontait des légendes de Noël, parlait de ses Noëls à lui, quand il était enfant, de son orange unique, de la praline qu'il gardait longtemps dans la bouche et dont il rêvait toute l'année. Puis la mère passait les lits à la bassinoire, enroulait des briques brûlantes dans un vieux bas de laine, le conduisait au lit. Son père venait lui dire bonsoir.

« Dors, mon fils, disait-il, c'est Noël sur le monde et les bêtes le savent. » Il l'embrassait sur le front pour la seule fois de l'année, le soir de Noël. Et la chaleur de ce baiser durait un an. Pas moins…

Aurélien sursauta. Il avait cru entendre du bruit sur le chemin. Il se leva, ouvrit la porte, guetta un moment, entra de nouveau et alla se réchauffer près du feu. Le temps passait. Il revint s'asseoir à table, appuya sa tête contre ses bras repliés, recommença à rêver, s'endormit.

Il se dressa en sursaut quand on frappa à la porte.

– Entre ! dit-il, un fol espoir au cœur.

C'était bien celui qu'il attendait, épuisé, transi de froid, qui se jeta dans ses bras.

– Tu es là ! Tu es là ! répétait Aurélien en entraînant Benjamin près de la cheminée.

Il le réchauffa, demanda, encore incrédule :

– Comment as-tu fait pour t'échapper ?

– Je me suis enfui avant que mes parents arrivent à la pension, et j'ai pris le métro jusqu'à la gare.

– Mais tu es gelé.

– Non, ça va maintenant.

– Tu avais des sous ?

– J'économisais depuis que tu es venu.

– Toi alors ! dit Aurélien, ébloui.

Puis, ne sachant que faire tellement il était heureux :

– Allez ! Chauffe-toi vite et regarde ce qui nous attend !

Il montra la table pleine de victuailles, rit comme il n'avait pas ri depuis longtemps, comme il croyait ne plus jamais rire. Il oublia tout ce qui est étranger à cette maison close sur un bonheur fragile, entraîna l'enfant vers la table et le servit beaucoup plus qu'il ne pourrait jamais manger. Et ils parlèrent, et ils parlèrent. Benjamin raconta la pension, son refus de céder à ses parents, d'écrire la lettre que voulait lui dicter son père. Non, il n'avait jamais capitulé, non, il n'avait jamais renoncé à venir comme il l'avait promis : la preuve, il était là, et jurait de ne jamais repartir.

– Oui, dit Aurélien, oui, bien sûr, car cette nuit il ne voulait pas songer aux menaces qui pesaient sur eux, et il répétait : Mange, mange, regarde comme on est bien.

Ils discutèrent longtemps, longtemps, et les heures coulèrent sans qu'ils s'en rendent compte. Il fallait profiter de ces instants magiques. Ils firent des projets insensés, se promirent de ne plus se quitter, persuadés qu'au-dehors la nuit les protégeait. Ils la prolongèrent jusqu'à l'aube et se couchèrent, enfin, même plus inquiets pour le jour qui se levait.

La matinée passa dans le grand silence de l'hiver qui étouffait les bruits, paralysait les bêtes au fond de leur tanière. Ce fut le bruit d'un moteur qui les réveilla vers dix heures. Benjamin courut à la fenêtre et se retourna vers Aurélien, affolé :

– Ce sont eux, dit-il, ferme la porte à clef.

– Ils ne nous auront pas laissé beaucoup de temps, dit Aurélien en se dirigeant vers la porte.

– N'ouvre pas ! dit Benjamin, surtout ne leur ouvre pas !

– Mais qu'est-ce que tu veux faire ? demanda Aurélien, qui ne pensait pas devoir se défendre si vite.

– Si tu les laisses m'emmener, je me tuerai, dit l'enfant, qui disparut dans la chambre.

L'instant d'après, des coups furieux résonnèrent contre la porte.

– Qu'est-ce que c'est ? demanda Aurélien en s'approchant.

– Vous savez très bien qui nous sommes, répondit la voix du père, et nous savons que Benjamin est chez vous. Si vous ne voulez pas nous laisser entrer, faites-le sortir.

Aurélien répondit aussitôt :

– Vous n'avez rien à faire ici.

– Faites sortir notre fils, dit la mère, ou nous allons chercher les gendarmes.

– Et pourquoi pas la troupe ? s'écria Aurélien, furieux du ton employé par les parents.

Un long silence tomba, durant lequel chacun hésita, puis :

– Pour la dernière fois, monsieur, dit la mère, laissez sortir notre fils.

– Je suis chez moi et je fais ce que je veux ! cria Aurélien qui n'avait jamais aimé cette femme.

– Vous l'aurez voulu ! dit le père.

Aurélien les entendit s'éloigner, puis la voiture démarra, tandis que Benjamin réapparaissait dans la cuisine, en disant :

– Ils vont revenir, c'est sûr, où est ton fusil ?

Aurélien ne répondit pas, hésita, mais il y avait une telle détresse dans les yeux de l'enfant qu'il se décida à décrocher le fusil qui n'avait pas servi depuis très longtemps. Il l'examina, l'ouvrit maladroitement, hocha la tête comme s'il renonçait à s'en servir.

– Garde-moi, dit Benjamin, je ne veux pas partir d'ici.

Aurélien le dévisagea, parut s'interroger, puis il sortit une vieille boîte de cartouches du buffet, en glissa deux dans les canons.

– C'est pas du plomb, tu sais, dit-il, c'est du gros sel, et je m'en sers seulement pour effrayer les buses.

– Ça ne fait rien, dit Benjamin, ils ne le savent pas.

Et il vint se serrer contre le vieux qui s'était posté derrière la fenêtre.

– Ça va mal finir, dit Aurélien, je suis sûr qu'ils sont allés chez les gendarmes.

– Et alors ! dit Benjamin, on n'a rien fait de mal et je ne veux plus vivre avec eux.

Et, comme Aurélien le dévisageait avec émotion :

– Tu es sûr ? C'est bien ce que tu veux ?

– Garde-moi ! dit Benjamin. Garde-moi, je t'en supplie.

Aurélien appuya le canon du fusil sur le buffet, posa son bras sur l'épaule de l'enfant et dit :

– Ne t'inquiète pas, personne ne nous séparera jamais.

24

ILS attendirent près d'une demi-heure, serrés l'un contre l'autre, renouvelant les serments de la nuit écoulée, multipliant les projets les plus fous. Quand la camionnette bleue de la gendarmerie arriva sur le chemin, précédant de peu la voiture des parents, Aurélien murmura :

– Recule-toi, et n'aie pas peur.

Mais Benjamin refusa de se cacher dans la chambre : il resta dans la cuisine, appuyé contre le mur du fond.

– Monsieur Claval ! cria le brigadier de gendarmerie, un homme grand et maigre, portant lunettes et képi, en avançant dans la cour.

– Qu'est-ce que vous voulez ? demanda Aurélien en brandissant son fusil derrière la fenêtre, de manière à ce que le gendarme le voie bien.

– Est-ce que l'enfant Delaroche est chez vous ? cria le brigadier qui s'était arrêté en apercevant le fusil.

– Ne réponds pas ! dit Benjamin, paniqué.

– Vous m'entendez, monsieur Claval ? reprit le brigadier. Est-ce que l'enfant Delaroche est chez vous ?

– Ne réponds pas, répéta Benjamin.

– Monsieur Claval, ouvrez cette porte, s'il vous plaît.

– Vous n'avez rien à faire chez moi ! cria Aurélien en serrant violemment la crosse du canon.

– À quoi ça sert de compliquer les choses ? répondit le brigadier. Si cet enfant n'est pas chez vous, vous pouvez m'ouvrir sans crainte.

Comme il faisait un pas en avant, Aurélien ouvrit brusquement la fenêtre et tira un coup de fusil vers le ciel. Aussitôt, ce fut la panique dans la cour : tout le monde se réfugia à l'abri des voitures, dans le chemin.

– Ça y est ! dit Benjamin, ils s'en vont.

– Pas encore, dit Aurélien, recule-toi.

À cet instant, Juliette apparut et s'avança vers la maison.

– Aurélien, écoutez-moi ! cria-t-elle.

Comme Aurélien ne répondait pas, Marc, craignant pour elle, la rejoignit et la prit par le bras.

– Aurélien, ouvrez-nous ! dit Marc. Vous savez bien que nous sommes des amis.

– On a quelque chose d'important à vous dire, reprit Juliette en avançant toujours.

– C'est pas vrai, dit Benjamin à Aurélien qui hésitait, ne les laisse pas s'approcher.

Juliette, parvenue devant la porte, s'arrêta.

– Écoutez-moi, Aurélien, dit-elle, j'attends un enfant. On voulait vous l'annoncer hier au soir, avec Marc, mais vous n'êtes pas venu.

– C'est pas vrai, c'est pas vrai, répéta Benjamin, ne l'écoute pas.

Les mains d'Aurélien tremblaient. Il baissa le canon du fusil, ouvrit la fenêtre et demanda :

– C'est bien vrai, ça, petite ?

– Oui, Aurélien, c'est vrai, je vous le jure.

Alors, tandis qu'il baissait le canon de son fusil, deux gendarmes, qui s'étaient introduits dans la maison par la fenêtre de derrière, firent brusquement irruption dans la pièce et le désarmèrent. Benjamin, aussitôt, s'échappa par la porte et se mit à courir. Aurélien l'entendit crier à l'instant où il était rattrapé dans la cour :

– Aurélien ! Aurélien !

Mais le vieux comprit que tout était fini. Il se laissa conduire vers le banc et s'assit sans le moindre mouvement de résistance. De longues minutes passèrent, sans que personne n'ose parler. Quand Aurélien leva la tête, il reconnut le brigadier qui lui demanda :

– Vous vous rendez compte de ce que vous avez fait, monsieur Claval ?

– Allons, ce n'est pas si grave, plaida Juliette, personne n'a été blessé.

– S'ils ne lui avaient pas laissé leur fils aussi longtemps, dit Marc, ça ne serait pas arrivé.

– Il a quand même tiré sur nous, dit le brigadier.

Marc ouvrit une cartouche avec un couteau, en montra le contenu au brigadier :

– Ce n'est même pas du plomb, ce n'est que du gros sel, dit-il, il ne chasse plus depuis quarante ans.

Le brigadier sembla réfléchir, soupira :

– Je ne veux pas la mort du pécheur, dit-il en s'adressant à Aurélien, mais il ne faut pas faire des choses comme ça.

– Vous le connaissez, dit Juliette, vous savez bien qu'il est incapable de faire le moindre mal à qui que ce soit.

Elle ajouta, doucement, prenant Aurélien par le bras :

– Et puis maintenant, il n'y a plus de raison, n'est-ce pas ?

Aurélien ne répondit pas : il semblait absent, désespéré, car il entendait encore les cris de Benjamin dans la cour. Pire, même : il se sentait écrasé par le poids de l'énorme culpabilité de n'avoir pas su le défendre.

– Bon ! décida le brigadier, si les parents ne portent pas plainte, j'accepte d'oublier le coup de fusil.

Il hésita encore un peu, reprit :

– Vous vous occupez de lui ?

– Oui, dirent Juliette et Marc.

– Tenez-moi au courant.

Il ouvrit la porte, se retourna sur le seuil, haussa les épaules, referma derrière lui. Quelques secondes passèrent, puis on entendit démarrer la camionnette. Aurélien frissonna, sembla se réveiller, demanda :

– C'est vrai que tu attends un petit ?

– Oui, dit Juliette, il arrivera l'été prochain

– Toi aussi, alors, dit Aurélien en soupirant, mais le tien on ne te le prendra pas.

– Qu'est-ce que vous dites là ? demanda-t-elle doucement.

– Ils me l'ont pris, dit Aurélien, ils me l'ont pris.

– Il reviendra, dit-elle, je suis sûre qu'il reviendra un jour.

Aurélien la dévisageait comme s'il ne la reconnaissait pas. Il se leva brusquement en disant :

– Il n'a pas pu partir comme ça, il doit sûrement se cacher quelque part.

Juliette et Marc l'empêchèrent de sortir, tentèrent de l'apaiser. Ils y parvinrent tant bien que mal, et, pour ne pas le laisser seul, ils l'invitèrent à partager leur repas. Aurélien les suivit sans tout à fait se rendre compte de ce qui se passait. Une fois dans la maison des deux jeunes, il demeura anéanti, le regard absent, ne parlant même pas de Benjamin, les écoutant sans les entendre.

Ce jour-là, ils le gardèrent avec eux, et aussi durant la nuit qui suivit. Mais il fallut recommencer à vivre et à travailler. Aussi le raccompagnèrent-ils chez lui le surlendemain, essayant de lui arracher quelques mots, de se rassurer avant de le laisser seul.

– Vas-y voir chaque fois que tu le peux, dit Marc à Juliette avant de repartir au marché.

Elle s'y efforça pendant deux ou trois jours, lui parla de Benjamin, qui, au dire des gendarmes, avait juré de recommencer, puis ses occupations la reprirent. Quand elle apercevait Aurélien sur le chemin, à peine vêtu malgré le froid, elle courait derrière lui, le ramenait chez elle, le faisait asseoir près du feu, restait avec lui le plus longtemps possible. Il hochait la tête, souriait parfois, mais elle se demandait s'il entendait vraiment ce qu'elle lui disait.

Un matin, dans un froid sec et vif, un rayon de soleil attira Aurélien au-dehors. Comme il était très tôt, Juliette ne l'aperçut pas, tandis qu'il montait vers les Terres hautes balayées par le vent. Tout à coup, au loin, il crut deviner une silhouette qu'il connaissait bien. Il se mit à courir, glissa, tomba, se releva, courut de nouveau, cherchant à appeler, mais aucun son ne sortit de sa bouche. Alors, tandis qu'il s'affaissait, ce fut son père qui vint lui prendre la main pour le hisser vers une jeunesse retrouvée, un avenir de ciel et de grand vent, vers les lèvres du monde qui s'ouvraient en lui disant : « Viens ! Viens ! » Il partit en sentant couler dans sa bouche le jus de la figue qu'il avait mangée à quatre ans, sous les yeux de cet homme dans lesquels il avait aperçu, pour la première fois de sa vie, la flamme d'or aux ailes bleues d'un amour éternel.

Le cœur va où vont les rivières

Sources

AFIN de bien l'apprivoiser et mieux la connaître, j'ai commencé par remonter à sa source, car on veut tout savoir de ceux que l'on aime. Au sommet d'une très vieille montagne, je l'ai vue émerger du ventre de la terre, se faufiler plus bas, entre les gentianes et les campanules, cascader en riant comme une enfant dans un torrent glacé. J'ai protégé, fidèle, sa jeunesse dans les gorges rocheuses qui déchirent et qui font souffir. Là sont les blessures de toute rivière, qu'il faut panser amoureusement, patiemment, pour les rendre plus fortes, les préparer aux plaines, au monde des adultes.

Et puis j'ai étudié son passé, son histoire. J'ai appris qu'elle devait son nom à une divinité fluviale des Celtes, qu'elle avait véhiculé les idées chrétiennes, puis celles de la Réforme, de la République, au fil de son eau limpide, dans le silence et la lumière. J'ai appris bien d'autres choses encore, et j'ai commencé à savoir qui elle était vraiment. C'est alors que j'ai aperçu son âme, qui est la somme de celles des hommes qu'elle a portés depuis la Préhistoire : les bateliers qui descendaient le bois en Bordelais et remontaient le sel ; les pêcheurs, les passeurs, les braconniers, les haleurs, les aubergistes, les matelots, les poètes et les artistes qui ont sculpté son âme romane au fronton des églises et des châteaux perchés sur ses rivages.

J'ai exploré son territoire : ses gorges, ses méandres, ses falaises, ses malpas, ses rapides, ses calmes, ses hauts-fonds, ses forêts, ses vignobles et ses méandres de sable ou de galets. J'ai dormi sur ses berges pour l'écouter la nuit, l'entendre rire, gémir et rêver. J'ai respiré ce qu'elle respire pour mieux la comprendre : la mousse, l'herbe, les algues, les fougères, le calcaire, le granit, les vignes, les champs, la vase et la marée.

J'ai voyagé sur son eau vagabonde et visité les villages qu'elle caresse en soupirant, j'ai pris soin de m'arrêter pour parler aux hommes qui vivent près d'elle, fait connaissance avec ses enfants : les ruisseaux affluents qu'elle accueille, qu'elle protège, et qu'elle aime comme une mère trop pressée. Ainsi je suis entré dans sa famille et j'ai partagé avec elle des moments de bonheur, de fêtes dans les ports. C'est là qu'elle est la plus heureuse, qu'elle célèbre ses amis et parle et rit au monde. J'ai aussi partagé ses chagrins d'hivers pluvieux, ses colères superbes, ses crues couleur de terre et ses folles tempêtes. J'ai aimé ses caprices, ses besoins de solitude, ses tristesses et ses rires sonores dans les étés de feu.

Plus tard, enfin, je me suis réjoui de la voir devenir reine, et puissante, dans la verdure des grandes plaines où elle paresse, s'attarde, plus belle qu'elle ne l'a jamais été. Et puis j'ai souffert de la voir s'assagir, décliner, fatiguée d'avoir trop couru, d'avoir trop aimé, d'avoir trop vécu. Elle s'est mise à flâner, à sommeiller le long des bancs de sable, à profiter du temps comme si elle avait compris qu'il lui en restait peu. J'ai accepté, comme elle, sa vieillesse paisible, et je l'ai accompagnée jusqu'au bout du chemin – « ce chemin qui chemine », disait d'elle Montaigne – et je l'ai vue mourir du haut d'une colline, s'endormir enfin dans les bras de la mer.

Alors, seulement, j'ai commencé à lui parler et elle m'a répondu doucement dans la sincérité, se livrant sans détour, avec des mots d'elle seule connus :

> J'ai ma maison dans le vent sans mémoire
> J'ai mon savoir dans les livres du vent
> Comme la mer j'ai dans le vent ma gloire
> Comme le vent j'ai dans ma fin le vent.

Il m'a fallu du temps pour bien la comprendre, car ses mots ne sont pas ceux que nous sommes habitués à entendre. Je l'ai écoutée longtemps, très longtemps, sans jamais me lasser et toujours sous le charme. C'est alors que m'est venu le désir – le besoin – de faire partager aux hommes un peu de ses secrets.

Enfance

PAS plus que nous, les hommes, une rivière ne connaît le mystère de sa naissance. Surgir de la roche au milieu des gentianes ne suffit pas à percer le secret d'un éclair souterrain qui pousse vers le bleu du ciel un besoin de vivre et de couler vers des horizons inconnus. Elle ignore tout de la nécessité première qui a jailli, là-bas, dans les profondeurs de la terre, ce ventre rond qui s'ouvre, parfois, vers l'espace infini d'une vie.

Ce qu'elle connaît, seulement, la rivière, c'est l'éblouissement au contact de la lumière, et aussitôt non pas son premier cri, mais un chuchotement de plaisir à glisser sur la roche froide, et basculer vers d'autres roches, moins froides celles-là, qui la conduisent vers la première herbe verte, la première caresse. Ainsi la Dordogne naît-elle au plus haut sommet des monts d'Auvergne, dans le rude écrin des montagnes et la douce chanson de son eau vagabonde.

C'est là-bas que commence son enfance enchanteresse et merveilleuse, comme toutes celles qui ont vécu dans l'insouciance et la liberté. C'est pour quoi elle ne les oubliera jamais, ces roches volcaniques du puy de Sancy qui lui servent de berceau, dans l'innocente clarté de son eau cristalline.

Certes, elle est encore fragile et ignorante des dangers qui la guettent, mais quel plaisir elle montre à se précipiter du haut des sommets vers son premier lit de verdure ! Qui la garde, là-haut ? Qui surveille l'imprudence propre à toutes les enfances ? De grands oiseaux d'abord, et des nuages, des brumes, de la neige, nourrices froides auxquelles, déjà, elle ne rêve que d'échapper. Pourtant, née prématurée du petit ru de la Dore, elle n'est pas plus grosse que le poing d'un enfant, mais elle est si frondeuse qu'elle s'amuse à cascader de roche en roche, jusqu'à la rencontre avec sa seconde mère : la Dogne, surgie du flanc de la montagne. Bigre ! Deux mères ! Et son père, qui est-il ? Son père, c'est le vent, qui peut en dire autant ? Un vent couleur de gentiane, un vent qui rameute à grands cris les nuages et la pluie, un vent comme on n'en entend que là-haut, un vent comme en rêvent toutes les montagnes, un vent de premier jour du monde.

Avec de tels parents, elle a tôt fait d'être prête pour le grand voyage. En quelques bonds la voilà déjà livrée à elle-même, jouant avec les petits rus, dans le jardin que les pentes leur offrent. Que de chutes, d'égratignures, de chagrins vite oubliés, de caprices, et bientôt de colères ! Heureusement, les sapins, les bouleaux, les mélèzes et les épicéas continuent de veiller sur elle au milieu des pâturages déserts. Ils la guident affectueusement vers la vie qui l'attend. Déjà ? Oui, déjà, car le temps presse et il n'est jamais trop tôt pour entrer dans le monde.

Elle le sait car elle sait tout d'instinct, étant d'une nature sauvage. Le Ravin-Grand puis la Grande Cascade éprouvent sa vigueur, sa jeune force, tremblent pour elle. Elle passe, elle court, elle dévale si vite que la voilà tout étonnée dans le Mont-Dore. Premières rencontres avec les hommes et leurs demeures. Qui sont ces gens ? Et que font-ils ? Elle pétille au soleil matinal, se fait coquette, regarde de tous côtés, émerveillée. Qu'est-ce donc que ces étranges bâtiments ? Des thermes, petite. Ils sont là depuis l'époque romaine et les hommes y viennent soigner leur asthme. Leur asthme ? Oui, peut-être même leur âme – allez savoir – dans ces hôtels, ces pensions, ces palaces, ces auberges dont la plupart datent du siècle dernier. Du siècle dernier ? Quelle étrange affaire ! Comment comprendrait-elle, elle qui est née dans le vent de toujours ?

Étranges aussi, ces fontaines qui bouillonnent en courant vers elle, froides mais vivifiantes : elle en est toute revigorée. Il faut s'en aller déjà, alors qu'elle aurait bien voulu se reposer un peu, elle aussi. Elle se sent fatiguée, tout à coup. Heureusement, l'eau laiteuse qui descend du lac de Guéry la réconforte, et puis ce sont d'autres torrents qui viennent la nourrir ; cela va mieux, soudain : la voilà repartie.

Deuxième rencontre avec les maisons des hommes à La Bourboule : des thermes aussi où ils soignent leur anémie ou leur surmenage. Leur surmenage ? Mais qu'est-ce donc ? Elle ne le saura jamais. D'ailleurs, ce ne sont pas des choses dont on parle à cet âge. Des quais de granit la conduisent à travers la ville – se méfier toujours des caprices des enfants – le long des édifices à l'architecture bizarre, témoins des époques accueillantes pour des malades desœuvrés qui errent dans des rues froides et pleines de mélancolie. Un clocher, des dômes, des colonnades : un monde de pierres étranges qui ne ressemble guère à celui d'où elle vient.

Qu'importe ! Elle est passée et elle aperçoit déjà l'éperon de Murat-le-Quaire qui veille sur la vallée. Rassurant, tout ça. Elle n'aime pas trop être seule, car elle a peur la nuit. De grandes ombres noires la frôlent, lui susurrent à l'oreille des mots dont le sens lui échappe, l'effrayent, si bien qu'elle accélère en rapides pleins d'écume furieuse jusqu'à ce que l'aube l'apaise. Mais voilà Saint-Sauve qui, à l'exemple des multiples petits bourgs qu'elle va rencontrer sur son chemin, se pelotonne autour de son église comme un troupeau autour d'un pastre.

La peur ? La voilà qui surgit de nouveau dans les gorges d'Avèze aux parois étroites peuplées d'arbres gigantesques aux épines cruelles, versants crépus d'un vert sombre, menaçant, où règnent les fougères millénaires et les bruyères trapues au-dessus desquelles des vols de corneilles inquiétantes lancent leur cri préhistorique. Brrr ! Froid dans le dos ! Vite, franchir ces écueils couleur d'ardoise, accélérer sa course, pétiller, sauter, rebondir, s'enfuir ! C'est ainsi que l'on grandit : en triomphant de sa peur.

Elle se faufile entre Messeix et Singles, elle ne sait rien encore de la folie des hommes qui vont la trahir. Hier, elle les faisait rire dans les hameaux proches de la vallée : celui de Port-Dieu, par exemple, résonnait de cris de joie, des appels d'une vie calme et heureuse. Les bergères avaient le rose aux joues, les jeunes paysans, les yeux rieurs et les muscles solides. Les lièvres couraient sur les plateaux, les truites glissaient dans des eaux claires, les bûcherons chantaient dans les grands bois. Comme c'était bon ! Les vergers, les champs de seigle, les fêtes et les foires ronronnaient de bonheur. C'était un temps où les hommes étaient sages et bienveillants. On voyait bien que le monde tournait rond, que le soleil se levait et se couchait content. Mais ils se sont toujours méfiés de la jeunesse, les hommes. Il faut qu'ils la canalisent, la contrôlent et lui rognent les ailes. Un peu de jalousie, peut-être, pour tant de beauté innocente. Alors ils ont fait leur travail d'hommes et ils ont construit leurs barrages.

Elle ne se doutait de rien, elle, en passant entre ces masses de béton qu'elle regardait, timidement, monter, alors qu'elle se hâtait vers son destin. Quand donc a-t-elle compris que c'était à elle qu'ils en voulaient ? Trop tard, mais elle ne le confessera jamais, elle est trop fière pour ça. Et puis elle savait d'instinct que sa volonté, sa force, sa puissance ne pouvaient pas lutter contre la Grande Menace. Elle le savait depuis toujours mais elle feignait de l'ignorer, et elle les a laissés l'amputer de quelques belles années de sa vie. A-t-elle pensé que le meilleur est toujours à venir ? Peut-être, sans doute – j'espère.

Murée dans son chagrin, elle a refusé la souffrance, s'est repliée sur les murmures, les soupirs et puis le silence. Ce fut le temps de la douleur et de la colère muettes. Pourtant, avant, le Chavanon venait jouer avec elle dans ces parages, c'était la joie partout dans la vallée mais aussi dans le ciel où appareillaient des flottilles de nuages qui caressaient le derme des collines avec des chuchotements de velours :

« Qu'il fut beau le monde au-delà des arbres, au-delà des monts, au-delà de nos mains ; si fine était sa lumière, si droite sa joie, quelle transparente paix y tissaient les jours, qu'il était amoureux le souffe de ses nuits. »

Aujourd'hui, les villages sont noyés et elle en a honte. Elle coule enfouie sous un immense fjord de vingt kilomètres entre des rives devenues inhospitalières où résonnent lugubrement les derniers corridors des forêts, et où des roches mutilées pleurent elles aussi leur bonheur perdu. Sous la masse des eaux, les bouleaux ont laissé noircir leur farine blanche, les épicéas se mutilent dans la nuit tombée sur ce sombre monde où les sapins sont déchiquetés. Parfois, on entend sonner une cloche, celle d'une église enfouie qui se plaint, gémit comme une pauvre femme que l'on aurait abandonnée au seuil de la mort.

Beaulieu et Labaissette écoutent son chagrin, tout comme les ruines désolées du château de Thynières où, dit-on, la reine Margot demeura enfermée quelques jours, s'étant égarée sur la route d'Issoire. Plus bas, le château de Val, farouchement dressé sur son rocher celtique, rêve à ce qui fut et ne sera plus jamais, sentinelle déchue d'une époque où tout le monde l'aimait, elle, la Dordogne, son amie, sa promise.

Car le voilà le grand barrage : Bort. Bort-les-Orgues ! Première grande blessure. Inoubliable. Dix ans de travail pour les hommes. Cent vingt mètres de hauteur glacée. Ils connaissaient sa force, à elle, et ils la lui ont volée. Les hommes sont ainsi : il faut qu'ils prennent, surtout ce qui ne leur appartient pas. Ils l'ont noyée dans le lac de retenue qui domine la ville célèbre pour ses orgues : ces tuyaux gigantesques polis par l'érosion d'où s'élève, dit-on, par grand vent, une musique divine. Divine, la chanson du béton ? Elle soupire, renonce à contester quoi que ce soit, se tait.

Elle s'échappe du piège, trop blessée pour s'attarder devant les ruines du château de Madic, se faufile entre des falaises à vif, frôle les escarpements dentelés de Saint-Nazaire, et fuit, fuit, tout en sachant qu'ils la rattraperont bientôt. C'est déjà fait : à peine accueillie la Diège qu'elle se perd de nouveau sous la retenue de Marèges. Nouvelle plaie. Elle ne verra rien des prés en pente douce, des lointains sommets de l'Auvergne, des ruines médiévales agrippées au flanc des villages qui finissent d'entrer dans un hiver éternel. Elle se cache, s'y refuse. Marèges ! La plaie ouverte à Bort se rouvre de nouveau. Aucune médecine ne pourra la guérir, elle n'oubliera jamais. Seuls l'amour de ses rives et des hommes plus sages atténueront quelque peu sa douleur, un jour, plus loin. Elle passe, pourtant, il le faut bien si l'on veut vivre. Il faut continuer.

Elle respire de nouveau un air brusquement purifié et partage sa peine avec son amie la Triouzoune, qui, elle, ira mourir dans un grand lac, du côté de Neuvic-d'Ussel. Ce confluent que domine la route abrupte des Ajustants lui met un peu de baume au cœur. Leur rencontre a fait se lever les brumes de sa solitude vécue dans la douleur et même si son chagrin frôle le désespoir, comme chez les tout-petits, le monde, ici, prouve dans sa beauté superbe qu'il sait offrir des surprises, consoler les enfants quand ils ont trop pleuré.

Allons ! Ne plus pleurer ! Essayer, au moins. Regarder autour de soi : le pont de Vernéjoux, par exemple, qui relie Champagnac à Sérandon. Champagnac, d'où les hommes s'embarquaient jadis à bord des gabares pour descendre le charbon dans le bas-pays ; Sérandon, fier de sa noble église de pierres grises et de son portail roman dont elle retrouvera l'inspiration à Beaulieu, là-bas, plus tard, plus loin, une fois grande.

Un coup d'œil en arrière pour se rassurer : les sommets enneigés du puy Mary et les cimes miroitantes de sa montagne mère du puy de Sancy continuent, de loin, de veiller sur elle. Et pourtant elle ne chante plus. Elle devine qu'un autre barrage l'attend, dont la retenue commence ici, déjà, si tôt. Encore ! Oui ! La preuve : le pont de Saint-Projet l'enjambe pour mener sur la rive gauche à Mauriac et sur la rive droite à Neuvic. L'ancien pont a été noyé, tout comme le village de Nauzenac et son église antique, qui a longtemps continué de sonner, par jour de grand vent, son désespoir.

Plus haut, dans les pâturages ébouriffés par les frimas, les hommes ont élevé une petite chapelle dédiée à sainte Madeleine. En souvenir de toute cette vie qui a disparu, ici aussi, qui est montée dans les plateaux de ciel et de grand vent où elle s'étiole, s'use, s'ensauvage et finit par s'éteindre.

Le voilà, l'Aigle : un gigantesque mur de dureté, d'indifférence, qui, de nouveau, l'emprisonne, la blesse, la meurtrit. C'est trop ! Désormais, elle ne sera jamais plus la même : ils ont arraché les ailes de l'ange. Elle ne croit plus en rien. En tout cas, elle ne croit plus dans les hommes qui lui ont tout pris : sa force, sa lumière, sa beauté, son enfance. Et son espoir ? Pas sûr. Quand on s'appelle Espérance, que l'on continue malgré tout de couler, de vivre, on se dit qu'un jour, là-bas, dans les plaines, peut-être l'âme humaine aura perdu de la dureté que lui confèrent, ici, les roches et les froidures. Là-bas, la terre est grasse et souple ; là-bas, lui souffle une voix dans sa prodigieuse mémoire, les hommes sont paisibles et amoureux des douceurs océanes.

Elle est passée. Elle saigne, mais elle est passée. Sur sa rive droite, le château de Durfort émerge d'une forêt mouchetée de châtaigniers, sur la gauche, la route mène au coquet village d'Aynes où les maisons se parent de rose, le soir, dans le soleil couchant. À Spontour elle est plus calme, silencieuse, immobile. Serait-elle morte ? Non, elle sommeille et reprend des forces. Une gabare – celle-là même que conduisaient les anciens bateliers de ce qui fut l'un des grands ports du haut-pays – effleure sa joue, évoque de précieux souvenirs. Enfin l'une de ces petites joies dont tout être a besoin pour vivre, et surtout les enfants.

Elle se repose, là, à Spontour où flotte l'odeur des chantiers de merrain et de carassonne, où l'on entend les chants de ceux qui partaient dans le bas-pays quand l'eau était marchande. Qu'elle était belle en ce temps-là, et vive, et vigoureuse ! Et combien elle avait plaisir à les côtoyer, les hommes, porter leurs chargements, vivre avec eux leurs joies et leurs folies sans jamais se plaindre ni gémir, toujours heureuse de leur parler, de les bercer, de les aider.

Voilà comment ils l'ont remerciée : ils l'ont emmurée vivante ! Où sont partis ses rêves d'enfant ? Envolés sur les ailes du vent. Oubliés. Détruits, peut-être à tout jamais. Quelques barques de pêche viennent la distraire de ses malheurs, une brise légère la caresse. Elle laisse voir sa peine avec un abandon désarmant. Elle est lasse, engourdie, résignée. Les pentes plombées des forêts la portent à la mélancolie où ses pensées s'égarent : y a-t-il encore des barrages plus bas ? Combien ? Ici, dans ces contrées, il n'y en a plus que deux : un grand et un petit. Ensuite, c'est fini, elle sera libre. Libre ? Est-ce bien sûr ? Oui, libre, vraiment libre de vivre sa vie comme elle l'espère, comme elle l'imagine dans ses rêves secrets.

Elle a entendu, elle repart, courageuse, vers cette nouvelle épreuve, ce nouveau barrage : le Chastang. Elle écoute à peine les encouragements de la familière campagne, usée par ces batailles perdues d'avance qui ont ruiné les liens qui l'unissaient aux pâtures épaisses, aux coteaux flamboyants de l'automne, aux aubes pâles couturées de gel, aux couchers du soleil qui prenaient plaisir à se refléter dans ses eaux transparentes.

Heureusement, le lit de la Luzège, capté à Saint-Pantaléon-de-Lapleau, renouvelle ses forces. Le village d'Auriac, perché là-haut sur la colline, et celui de Laval s'enchâssent dans la verdure que semble protéger une statue de saint Jacques de Compostelle dressée comme une sentinelle. Plus loin, c'est le même paysage immuable, granitique et têtu, feutré de forêts sombres, crevassé de falaises, de roches acérées, d'escarpements rouillés qu'elle franchit sans broncher en jetant à peine un regard vers les bourgs désolés de La Roche-Canillac, Saint-Martin-la-Méanne, et Darazac.

Peu avant son confluent avec le Teilhet, Glény, fier de son église romane, puis Saint-Martial-Entraygues l'encouragent aux abords du dernier barrage : celui d'Argentat. Là, le sévère château du Gibanel surveille la retenue, de moindre importance ici, puisqu'elle ne s'élève que sur une quinzaine de mètres. Les eaux de ses frères et sœurs : la Glane, la Sombre et le Doustre captés plus haut la soutiennent dans cette ultime épreuve, de même que les hameaux qui lui apportent la chaleur de leurs cheminées qui fument. Ouf ! C'est fini ! La voilà libre enfin, tandis qu'elle repart lentement, dolente, étonnée d'avoir triomphé de tant d'épreuves, de tant de blessures, qui, pour d'autres, eussent été mortelles.

C'est sans regret qu'elle quitte les failles abruptes de la Xaintrie qui l'ont trahie, et qu'elle chemine vers Argentat, le grand port du haut-pays. Il ne peut plus, hélas, se réjouir des eaux de voyage. Pourtant combien de bateaux sont partis d'ici, emportant du charbon, du merrain, de la carassonne, du bois de chauffage et du bois d'œuvre vers Souillac, Mauzac, Bergerac, Libourne, et même jusqu'à Bordeaux. Si l'on écoute bien, on peut encore entendre sur les quais les gabariers évoquer les malpas, les maigres, les dormants, les raysses, les remous, les meilhes, les peissières, ces lignes de pieux que les pêcheurs plantaient jadis dans son lit pour y accrocher leurs filets. Des gabariers, il en venait d'en haut : de Glény, de Chambon, de Spontour, de Saint-Projet, d'Eylac, et des centaines de bateaux passaient à la descente. Les hommes remontaient à pied, contrairement à ceux d'en bas qui utilisaient des chemins de halage jusqu'à Souillac. S'en souvient-elle ? Oui, elle en a entendu parler, mais les hommes, aujourd'hui, elle voudrait bien les oublier un peu.

D'ailleurs elle s'est rebellée souvent, ici. Sa révolte, trop longtemps contenue, a éclaté à maintes reprises et elle a appelé à son secours le vent, les nuages, la pluie, de terribles orages déferlant en déluges, en crues effroyables. Ses peurs, ses souffrances se sont consumées dans de superbes colères car elle n'a jamais accepté d'avoir été privée d'une véritable enfance, celle que les parents réservent dans ce pays à ceux qu'ils aiment vraiment, et qui n'est que tendresse. Tous, du père à la grand-mère, des frères aux sœurs, aux amis, aux voisins, étaient pleins d'égards pour le petit dernier. Il était choyé, consolé, la nuit ; le jour, on le berçait au coin du feu, dans les froidures de l'hiver. Mais elle, pourquoi n'a-t-elle rien connu de cela ? Oubliera-t-elle jamais ?

Sur les quais d'Argentat s'éteignent ses dernières illusions. Pourtant le bourg est agréable avec ses terrasses, ses vieux logis, ses tourelles, ses demeures à balconnets, ses colombages, ses versants tempérés peuplés de jardins potagers fleuris de roses et de lilas. Après tant de pièges traversés, quel plaisir de flâner au bord des quais qui sentent encore le bois, de rêver au temps où Henri IV attendit une semaine avant de pouvoir traverser les eaux en crue. Elle songe alors, vaguement contrariée, que son ancêtre savait mieux se faire respecter qu'elle.

Au diable les regrets ! Elle bouillonne, émerveillée, sous le très beau pont de pierres qui aujourd'hui l'enjambe dans un élan majestueux. Les souvenirs s'estompent et les douleurs aussi. Qu'il est bon de s'attarder dans la douceur des choses et la paix de l'esprit. Est-ce possible ? Elle a peine à le croire. Et pourtant, les toits d'ardoises luisent dans le soleil, lui renvoyant une lumière à nulle autre pareille. C'est donc bien fini ? Qu'elle est douce la liberté, ce matin, dans l'aube de l'été qui rosit les lointains ! Elle se contemple dans un ciel de porcelaine bleue, s'étonne d'avoir si vite grandi. Elle ne sera plus jamais la même, elle le sait, mais c'est peut-être cela, la vie. La vraie vie. Grandir, vivre et courir, et aimer, et pétiller sous le soleil, et vivre, vivre enfin !

Adolescence

ELLE se sent désormais un peu plus forte, parce que cette enfance éclose dans la souffrance lui donne plus d'assurance, et elle se dit que les blessures ne sont jamais aussi profondes qu'il y paraît. Peut-être. Il faut bien croire en quelque chose, surtout quand on entre dans l'adolescence, un âge difficile, certes, mais où la jeunesse croît, pousse et ensoleille les jours. C'est le printemps de la vie. Une flamme timide, toute menue, se met à brûler en elle. Comme il est bon de courir sous le soleil qui fait mûrir les grappes des premières vignes qu'elle rencontre ! Qu'est-ce donc, les vignes ? Des ceps, des raisins, du vin, petite. L'eau ne leur suffit donc pas, aux hommes ? Oh ! Non ! Il leur en faut plus, toujours plus, tu le sais bien. S'enivrer, quelle idée ! Elle comprendra plus tard, en Bordelais.

En attendant, elle flâne, elle prend son temps, jette un coup d'œil complice au château du Bac qui s'éveille lui aussi, resplendissant de rosée. La Maronne, qui a connu les mêmes souffrances qu'elle dans ses barrages d'amont, la rejoint et l'accompagne entre des prairies d'un vert digne des Impressionnistes. Elles chuchotent, murmurent, s'amusent. Dieu que c'est bon de rire, de jouer, de trouver une sœur complice pour partager les secrets !

Car la vallée s'ouvre maintenant, les versants se font moins abrupts, et l'horizon s'élargit. La vie est là, prête à être cueillie. Elle le sent, car la lumière n'est plus la même. Le calcaire, là-bas, remplace le granit. Elle découvre, émerveillée, l'éclat du ciel sur les pierres blanches, un éclat fabuleux qui va l'accompagner longtemps et l'éblouir comme on s'éblouit à cet âge : la tête se met à tourner et on appareille pour les rêves les plus fous, les voyages les plus téméraires.

L'Hospital et le château du Temple l'accueillent en même temps que les premiers noyers. Drôles d'arbres ! Leur ombre est bien froide ! Ne pas s'attarder. À Brivezac, déjà, des prés vernis et des champs blonds l'éloignent des coteaux. Les noyers sont toujours là, mais aussi de fins peupliers qui voudraient, pour lui plaire, la hisser jusqu'au ciel. Un peu plus loin émergent des frênes et des saules où se chamaillent les oiseaux. Où partent-ils, si haut, si loin ? Elle aussi voudrait partir à la découverte de la passion et des plaisirs. Elle veut tout, tout de suite, des couleurs, du soleil, des aubes pures et des crépuscules de soie, des douceurs qu'elle devine là-bas, et qui l'attirent irrésistiblement.

Si bien qu'entre Brivezac et Monceaux, elle songe aux filles qui allaient danser jadis, le dimanche, vêtues de longues robes blanches. Quelle paix ! Quelle lumière ! Ils doivent être heureux ici, l'air est doux, il y a des arbres, de l'herbe, et la terre est fleurie. Pas étonnant qu'ils se soient installés là, les hommes, depuis la nuit des temps. Ils travaillent sans hâte « de l'angélus de l'aube à l'angélus du soir ». Ils n'ont plus ce regard d'ardoise froide, mais des yeux couleur de fontaine. Elle devine que les toits aperçus sur les rives sont ceux de la douceur de vivre et sans doute d'aimer.

Elle ne s'est pas trompée : voilà Beaulieu, le « Bellus Locus » des Romains, où l'accueille la merveilleuse chapelle des Pénitents. Se recueillir, ne pas oublier une prière pour les bateliers ! Elle se fait miroir pour mieux apercevoir l'abbatiale et son fameux tympan, chef-d'œuvre de l'art roman, dont certains poètes affirment qu'il en est le plus beau. Une autre prière en passant, pour que la vie soit belle, mais elle n'a plus peur, maintenant, ici, aux portes du bas-pays. Ici, règne la sincérité même et tout parle de beauté et de sagesse. Ici, personne ne craint le Jugement dernier qui fleurit le tympan. Elle s'arrêterait bien un moment, et même un jour ou deux. Car on ne quitte pas un tel lieu sans regret, mais la force de la jeunesse la pousse vers l'aval, rassérénée, consciente désormais que la beauté peut remettre la vie à neuf, comme les orages le ciel, après les grandes lessives des équinoxes d'automne ou de printemps.

Elle se doit d'être belle et heureuse puisque tout s'oublie et qu'elle a seize ans. Un dernier regard vers la petite chapelle aperçue sur la rive droite, et la voilà partie. Le château d'Estresse l'admire en silence, voudrait bien lui parler, mais on n'approche pas comme ça les filles vagabondes. Elle se réveille soudain et se met à courir, à pétiller, à cascader sous le soleil sans un regard pour Liourdres qui voudrait bien, aussi, lui faire un brin de cour. Trop tard ! Elle entre dans le Lot, c'est là qu'elle va apprendre à écouter, à danser, et sans doute à aimer. Comment, d'ailleurs, ne pourrait-elle pas se plaire dans ce Quercy qui va lui apporter tant de bonheur ?

Des jardins de légumes et de fleurs succèdent aux parcelles semées et récoltées encore selon la tradition, aux champs fertiles, aux vergers riches de pruniers, de fraisiers, de cerisiers. Ici, la nature est prodigue et féconde. Ici, le temps n'existe plus, c'est le paradis sur la terre. Au-delà des demeures paisibles, des granges ouvertes et des fenils pleins jusqu'au toit, des troupeaux de vaches placides qui somnolent dans des pacages d'un vert de premier jour du monde en ruminant leurs rêves d'abreuvoir.

Ce sont les derniers avant les cailloux du causse, les bergeries, et les moutons, mais elle ne le sait pas. D'ailleurs, quelle importance ? Sur ces ultimes terres limousines, elle s'attarde au parfum d'anciennes fenaisons, de lointaines moissons de blé noir. Plus de battage au fléau ni de coupe à la faucille, mais l'odeur demeure la même en cet été si chaud. Une harmonie venue du fond des âges lui fait battre le cœur au même rythme que celui des hommes. Enfin ! Il était temps ! Elle donne, ils prennent, ils rendent, elle s'empare, elle exige, car elle sait ce qu'elle veut désormais. Elle est tout à la fois alerte et fébrile, timide et triomphante. C'est ainsi qu'ils l'aiment, car leur vie est indissociable de la sienne, mais ils ne le lui ont jamais dit car seuls de rares poètes savent dire cela. Et pourtant, ils ne pourraient pas se passer d'elle.

C'est à Girac qu'elle accueille la Cère descendue comme elle des montagnes d'Auvergne. Nouveaux secrets partagés, nouveaux fous rires qu'écoutent, amusés, les gens de Bretenoux sur l'île de la Bourgnatelle ; ceux de Gintrac qui est blotti dans un cirque d'où émergent les ruines du château de Taillefer ; ceux de Tauriac dont la petite église s'orne de fresques évoquant la vie du Christ ; ceux de

Pauliac, enfin, qui veille sur la grande île des Escouanes.

Tous ceux-là, en traversant vingt fois par jour le pont de Puybrun, s'arrêtent encore et toujours pour l'admirer. Comme elle est belle ! Elle aime retrouver cet éclat admiratif et confiant qui brille dans leurs yeux quand ils la regardent ainsi. Que ce soient les promeneurs, les pêcheurs, les riverains, tous devinent que la sève de son adolescence commence à monter là, au plus profond d'elle-même. Ils rêvent d'être fleuve eux aussi, ou rivière, de l'entraîner dans des sarabandes de fête où tournent les jeunes gens dans l'insouciance et le plaisir de vivre.

Elle voudrait bien valser sur ces musiques des anciens feux de Saint-Jean, des braises au cœur, dans le charme de ces étés de feu où les passions s'accomplissent à l'ombre frêle des rivages. Les grands arbres murmurent, frissonnent, puis se taisent. Ils éprouvent, pensifs, cette douceur des choses à laquelle il faut prendre garde lorsque l'on a seize ans. Peut-être qu'ils la surveillent, songeant au temps où s'allumèrent les premières étoiles, les premiers ciels-de-lit.

Ah ! Ces nuits de juin, ces parfums de foin étendu sur les berges ! Comment y résisterait-elle ? Elle se laisse caresser par eux, soupire. À seize ans, on ne risque rien à s'enivrer de parfums. Elle s'endort dans les bras des prairies qui descendent vers elle dans les chuchotements d'amour des saules de la rive. Que les hommes sont loin ! Elle sait d'instinct que c'est le monde qui compte, non les hommes qui l'habitent si provisoirement. Elle sait déjà que ses amours seront de ciel et de vent, d'air pur et de lumière. Elle sait tout ce que les hommes ne savent pas : qu'il y a des sources dans le ciel, des secrets dans le vent, des torrents dans les éclairs du matin, et des paroles dans la lumière. Elle sait que le soleil les aveugle, les hommes, et qu'ils n'apercevront jamais ce germe secret blotti au fond de leur mémoire qui est la vérité de leur vie. Tant pis pour eux ! Car voici l'aube, pâle et fraîche comme un désir assouvi. Elle s'étire, regarde autout d'elle, fait un brin de toilette en se frottant les yeux à l'herbe des prairies, et se remet en route. Il le faut bien, mais quelle nuit ! Un coup d'œil vers Saint-Céré pour s'assurer que la silhouette des tours de Saint-Laurent se fond toujours aussi fidèlement dans le ciel. De là, une petite route conduit aux cascades d'Autoire dont elle écoute un moment le grondement lointain mais familier. Son jeune corps agile et fluide se plie docilement aux courbes qui enserrent les îles.

Là-bas, se dressent les murailles roses du château de Castelnau, ce monument d'une histoire déjà vieille de huit siècles. Pierre Loti y vécut, qui sut si bien l'évoquer dans *Le Roman d'un enfant* : « Cette ruine posée en couronne sur un piédestal garni d'une belle verdure de chênes et de châtaigniers, ce château enchanté de mon enfance qui était bien, dans son site charmant, un des plus somptueux débris de la France féodale. »

L'été, à Castelnau, sous les étoiles attentives, s'élèvent les voix d'or des opéras de Verdi. Heures magiques, éternelles, qui illuminent la nuit d'une étrange beauté. Des échos les propagent jusqu'à ce que l'aurore les éteigne au fin fond d'un horizon rosé. Alors le silence retombe sur ces terres habitées d'âmes un moment ressuscitées, et qui se souvenaient du printemps de leur vie. Le jour se lève, découvrant des routes buissonnières partant vers des petits bourgs clos sur un bonheur jaloux : ceux de Prudhomat, Bonneviole ou Félines.

Ici, même les hivers sont doux. À Noël, les cloches des villages semblent faire fondre la neige tombée imprudemment. Ici, les automnes flamboient et murmurent des chansons de feuilles exténuées, les étés charrient des orages superbes qu'elle accueille avec des frissons de plaisir. Ici, les printemps enluminent les rives sous des rosées dont elle profite en se vêtant de haillons d'argent, comme une Cendrillon en route vers son premier bal. Car c'est l'heure des bals, en effet, et des réjouissances, là-bas, à Carennac, le vieux village fleuron de la vallée.

Elle jette ses bras tièdes autour de l'île de Calypso,

cet essaim de verdure au milieu des courants, apprend que son nom lui vient de Fénelon qui fut prieur, ici, en 1681, où il écrivit le fameux *Télémaque*. Elle y cherche un Ulysse d'eaux vives qui pourrait l'aimer. Un prince à la mesure de ses rêves précieux. Elle pourrait bien s'attarder ici des années, car le village est magnifique : il rassemble ses maisons en pierres de taille aux balcons fleuris autour de l'église – dont le tympan roman, cousin de celui de Beaulieu, représente le Christ et les apôtres – puis les éparpille le long des ruelles pentues qui mènent droit au ciel, pour peu qu'on ait fait halte dans la douceur du cloître dont la douceur invite à la méditation. On y sent le cierge, la fleur fanée, l'encens et la prière.

Ici, tous les hommes et les femmes ont le sens de la fête. Des musiques anciennes circulent dans la nuit, et sur les rives des robes tournent inlassablement. Elle n'est pas la dernière à danser, espérant qu'un Ulysse inconnu la rejoindra dans l'herbe, entre les peupliers. Ici, les étés de la Saint-Martin sont d'une incroyable douceur et inclinent à la paresse, à l'abandon. Comme c'est bon, de se laisser aller, de profiter du temps qui s'arrête, enfin ! Les cris des enfants, les chants des adultes, la musique des violons durent jusqu'au matin. Elle écoute, allongée dans l'herbe, près de son premier fiancé, s'éteindre *La Stravaganza* d'un

Vivaldi assis dans l'ombre, et qui sourit à l'aube en train de naître.

Il faut partir, déjà. Si vite ? Eh oui, si vite, car la vie n'attend pas. Heureusement, après Carennac, les berges ne sont que verdure, prairies, sous-bois de petits chênes, bouquets de châtaigniers, de frênes et de peupliers. Elle peut s'y blottir à son aise, pour penser à cette nuit dans l'île, à cet Ulysse aux cheveux blonds dont elle sent encore l'odeur de la peau : odeur de sable, d'herbe sèche, de doux limon qu'elle n'oubliera jamais.

À Mézels, les toits bruns des maisons désuètes s'accrochent désespérément à la pente qui les trahit parfois. Des métairies isolées dorment les yeux ouverts dans des champs de tabac ou de blé, l'air a le goût des prunes chaudes. On croit voir tourner les ailes d'un moulin. Des oiseaux passent, un brin de paille dans le bec. Ici, les hommes n'ont pas oublié la saveur du pain pétri à la main et cuit au feu de bois. Les barrages ne les intéressent pas. Ce qu'ils aiment, c'est la pêche et le travail des champs. Blé, maïs et tabac carrellent la vallée à l'approche des causses. Un ciel en duvet de grive filtre amoureusement les rayons du soleil.

Sur la rive droite, dans la courbe d'un harmonieux méandre, elle effleure les coteaux de Vayrac, un petit bourg que traverse la Sourdoire venue de La Chapelle-aux-Saints où fut découvert un homme de

Néandertal – preuve supplémentaire, s'il en fallait une, que cette vallée verte fut refuge et berceau pour les hommes, il y a des millions d'années.

Toujours sur la rive droite, elle jette un coup d'œil vers le rocher de l'Ambard qui délimite le site du puy d'Issolud : l'ancien Uxellodunum, assurent certains historiens, qui fut la dernière place forte gauloise à se rendre à Jules César, après Alésia. Ici commence le territoire cadurque, autrement dit les causses, dont elle aperçoit maintenant devant elle, un peu inquiète, les failles abruptes. Il va falloir se faire menue pour se faufiler entre ces masses calcaires où règnent les chênes nains et les genévriers. Ce pays de solitude, de grands espaces, est propice à la méditation. Les sons et les couleurs ne sont pas les mêmes qu'ailleurs : ils enivrent et ils éblouissent en même temps. Ne pas trop lever la tête vers le ciel : il est trop grand, trop vaste, trop bleu. Sous lui, des bergers sans voix et sans âge somnolent près de leurs moutons sur des grèzes encombrées de broussailles, d'arbustes faméliques et de pierraille. Des cazelles les abritent en cas d'orage, de ces orages furieux qui se fracassent en éclairs fauves et bleuissent les roches dans des odeurs fulgurantes de soufre. Allez savoir d'où vient cette fureur ? Peut-être de se savoir inutile devant tant de grandeur impassible. L'eau n'y ruisselle pas : elle se perd aussitôt dans des crevasses qui l'avalent goûlument avant de la rendre plus loin en claires résurgences comme celle, magnifique, de l'Œil de la Doue.

Pour se rassurer, elle écoute les sonnailles des brebis sans même songer à saluer Martel, qui n'est qu'à une portée d'arc-en-ciel, et qui garde ce domaine farouche du haut de ses septs tours dressées à l'horizon. Des falaises grises hantées par des choucas préhistoriques et des faucons pèlerins avides de proies dévalent vers la vallée et ne s'arrêtent que les pieds dans l'eau. Elle s'écorche la peau à ces à-pics à vif, ces tertres blanchâtres comme des ossements qui voudraient bien la retenir prisonnière, peut-être même la marier. Elle s'échappe en riant, abandonnant des haillons de lumière aux rochers de ses rives.

Ouf ! Sauvée ! Sur sa droite, le belvédère de Copeyre dominé par la croix de Mirandol surveille des plages blondes de galets, tandis que sur la gauche, Floirac, avec son église flanquée d'une surprenante tour carrée, ouvre la porte étroite du causse de Gramat. Un peu plus loin, elle effleure Gluges blotti au creux d'une falaise de cent vingt mètres de haut, et son église qui dort au sein d'un petit cimetière où les morts, imagine-t-elle, rient encore dans leur sommeil. Trop beau, tout ça, trop tentant ! Elle comprend que, si elle s'arrête, elle risque de ne jamais repartir.

Passé ce piège ensorcelant, la vallée s'élargit quelque peu et reverdit en s'approchant de Creysse, bourgade aux tuiles brunes dominée par les restes d'un imposant château et par une superbe église à deux chevets. Un petit chemin mène à l'ancien port où faisaient halte les gabariers de jadis. Elle s'attarde, séduite par ces lieux à la fraîcheur paisible, et elle écoute une voix qui récite ces vers : « C'est un trou de verdure où chante une rivière, accrochant follement aux herbes des haillons d'argent. » Qui parle ? Ici, c'est le refuge de tous les poètes de la terre, un lieu où l'on ne songe qu'à s'allonger pour rêver à ce qui fut et ne sera plus jamais.

De l'autre côté s'arrondit le cirque de Montvalent aux roches lustrées par le soleil, qui réverbère la lumière de l'eau et du ciel confondus. L'herbe des rives est de velours. Dormir. S'arrêter de couler et arrêter le temps. Ne plus bouger. Écouter battre son cœur. Se sentir vivre. C'est là qu'il aurait fallu naître, au creux de ce profond berceau d'herbe et de vergers, au sein d'une conque de calcaire blond, chaude comme une mère attentionnée. Regrets. Soupirs. Un court somme et elle repart avec en elle, profondément ancrée, une nostalgie de ventre maternel. Car elle n'a pas tout à fait oublié son enfance. Elle est fragile encore, elle le comprend, s'en réjouit, mutine, comme d'un jouet que l'on retrouve un jour de pluie au fond d'un grenier.

Les oasis de Saint-Sozy et de Meyronne, dont les

toits crépitent sous le soleil, invitent aux baignades et aux jeux d'eau. Aux promenades aussi, car nous sommes sur la « Terre des merveilles » : grottes, gouffres, gisements préhistoriques, villages magdaléniens la tenteraient assez, mais non : trop dangereux, trop loin de son lit familier, elle risque de s'égarer. Elle écoute, pourtant, apporté par un vent né aux frontières de l'an mil, un grand bouleversement de ciel et de nuages venu de Rocamadour, qu'accompagnent des cantiques et des psaumes.

Elle comprend pourquoi un peu plus loin : sous le château aérien de Belcastel, l'Ouysse, qui a parcouru la faille profonde des lieux saints, lui apporte le souffle des grands tremblements du Moyen Âge et la parole divine de la Vierge noire. Le confluent est magnifique, lumineux. Voilà un soupirant qui sait parler, et qui l'enjôle, la charme, l'éblouit. L'Ouysse ! Quelle douceur à la fois dans son nom et dans ses caresses ! Et comme il chante bien ! Elle accepte des fiançailles, aussitôt célébrées dans une union couleur de lin, sous la bénédiction de Belcastel, le bien-nommé, serti dans le rocher comme un diamant dans une châsse.

Elle n'est plus seule, donc, pour le moment. Un fiancé l'accompagne, au creux des grandes combes et des coteaux boisés qui mènent sur la rive droite à Pinsac, et sur la rive gauche à l'harmonieux château de la Treyne qui interroge les nuages. Elle ne peut s'empêcher d'admirer les terrasses, le parc, la chapelle romane où il ferait bon célébrer un mariage. Mais non, elle a le temps, d'autant que l'Ouysse parle bien, mais il est volage et ne tient pas en place. Où a-t-il disparu ? Elle soupire. Se méfier désormais des beaux parleurs. Elle rit, se moque d'elle : pour un peu elle se serait laissé passer la bague au doigt.

Un long méandre la rapproche de Souillac, la grande ville où elle va pouvoir s'amuser, oublier tout cela. À droite la roche mère, à gauche les prairies. Elle se sent bien en passant sous le pont de Lanzac qui porte la grande route de Paris à Toulouse. Décidément, les hommes ont toujours besoin de voyager, comme elle. Elle regarde leurs voitures défiler sur le pont, ralentit contre les prés de la rive gauche plantée de fins peupliers. La ville se prélasse de l'autre côté : belle ville, riante, fleurie, riche de jeunes gens et de jeunes filles qui fréquentent les berges et viennent s'y confier. Elle se sent complice, aime leur compagnie, elle les écoute, surtout la nuit dans l'ombre, elle leur ressemble.

Là-bas, le clocher de la vieille église voisine avec la superbe abbatiale Sainte-Marie : nef à file de coupoles, ancien portail roman portant les bas-reliefs du miracle de Théophile et le prophète Isaïe dans toute sa grandeur. C'est le troisième portail roman après celui de Beaulieu et de Carennac. Car les rivières transportent aussi bien les hommes, les marchandises, que les idées ou l'art.

Elle s'en doutait mais n'en était pas très sûre. Maintenant, elle le sait : non contente d'être belle, elle transmet ausi la beauté. Qui s'est penché sur son berceau, là-haut, dans les montagnes ? Dieu, peut-être, ou l'image de Dieu. Elle est née riche de dons, mais se garde modeste. C'est le propre des grands. Ne pas s'attarder, donc, et respirer les effluves de cette ville qui sait si bien mêler les parfums ; lilas et fleurs d'acacia embaument même jusqu'aux ruelles et aux murs centenaires. Ici aussi ils sont heureux, les hommes, et c'est un peu grâce à elle.

Voilà une étape de sa vie qui s'achève. Était-ce la plus belle ? Elle ne sait pas. Elle doit encore grandir, s'épanouir, entrer dans une glorieuse jeunesse. Des fanfares de rossignols s'agitent dans les branches. Un peu de nostalgie voile son âme : et si demain était moins beau qu'hier ? Allons ! Comment cela pourrait-il être possible ? Ici tout est vert, tout s'anime au vent d'un printemps dont les foucades ne s'épuisent jamais. Quand on a la vie devant soi, on ne regarde pas en arrière. On s'élance, les bras ouverts, le sourire aux lèvres, les cheveux dans le vent, et on court et on court sans peur vers le futur, comme ces blancs nuages qu'inlassablement brassent les grands moulins du ciel.

Jeunesse

LÀ-BAS, les collines sont groupées comme les bêtes d'un troupeau venues boire au bord de l'eau. D'un vert profond l'été, elles virent au gris cendré l'hiver et font le gros dos sous les averses couleur d'ardoise qu'amène ici le vent d'ouest. C'est que le Périgord est proche : moins de trois kilomètres. Mais avant, comment ne pas s'arrêter dans l'ancien port des bateliers de Souillac, au lieu-dit « les Cuisines », d'où partaient les hommes qui descendaient le bois en Bordelais et remontaient le sel et les denrées coloniales ? La mémoire de Benjamin, de Victorien, de Marie et d'Élina Donadieu, les héros de ma trilogie *La Rivière Espérance*, hante encore ces lieux qui, pourtant, n'ont rien conservé d'une époque magique où la rivière était reine. Ni la route ni le chemin de fer n'avaient encore attenté à sa gloire. Qu'importe ! Elle ne veut pas se souvenir de cela. Ce qui l'intéresse c'est de parler en secret à

Benjamin et à Marie, de les inviter à partager les fêtes de l'eau, de les voir s'aimer jusque dans les grands fonds où ils jouaient à se perdre.

Face au port, le château de Cieurac l'appelle, et elle reconnaît avec plaisir sa façade apaisante et familière. Elle a beaucoup de mal à repartir, car sa mémoire lui souffle qu'ici a existé quelque chose d'une éternité heureuse, une manière d'être qu'elle ne retrouvera que de l'autre côté du temps… Soupirs… Mais l'âge n'est pas encore venu de se retourner afin de revivre, et si peu et si mal, ce que l'on a connu et peut-être perdu.

La voilà repartie ! Elle galope vers le pas du Raysse, qui constitue la frontière naturelle entre le Quercy et le Périgord, longeant cette maudite voie ferrée qui ruina ses ancêtres. Ce départ pour une nouvelle province l'inquiète un peu. Mais elle devine qu'approche le temps de véritables aventures, peut-être aussi celui du grand amour. Où ? Quand ? Elle a hâte, soudain, se dépêche de dépasser Mareuil, Cazoulès, puis Peyrillac. Elle ne sait pas encore qu'elle est entrée dans le Périgord noir, un pays où règnent les châteaux, les bois d'yeuses et de châtaigniers au vert sombre, les vallées claires et accueillantes aux hommes. La sienne, certes, mais aussi celle de la Vézère, sa fille aînée, qui lui parlera des grottes de Lascaux, du Moustier, de la Roque-Saint-Christophe, de Tursac et des Eyzies.

Elle a cru tout connaître de la beauté, et elle découvre, éblouie, que la beauté n'a pas de frontières. Aveuglée, soudain, elle musarde le long des vieux villages qui se cachent pour protéger leur bonheur de somnoler dans une paix secrète : Saint-Julien-de-Lampon, d'abord, qui, à l'ombre de son clocher carré, fait face à Rouffillac dont le château émerge à peine de la verdure. Sainte-Mondane, ensuite, et son château sobre et massif, au toit de lauzes, où est né Fénelon dont elle a fait la connaissance à Carennac. Puis ce sont Calviac et ses berges de soie, Carsac et sa délicate église à l'étrange chemin de croix, Aillac et ses falaises qui plongent leur blondeur souveraine dans une eau soudain ralentie. Quel piège s'y trouve caché ? Passer vite. S'éloigner. On ne sait jamais.

Sur la rive gauche, c'est Veyrignac et son manoir dont le parc et les jardins évoquent l'Angleterre lointaine, puis Groléjac qui rassemble autour de son château de nobles maisons périgourdines et veille jalousement sur son église romane. Des châteaux, des châteaux, des châteaux ! L'Histoire, ici, est présente partout, mais elle se moque de l'histoire des hommes et de leurs folies. Ce qui l'intéresse à présent, c'est sa jeunesse, qu'il ne faut pas perdre mais qu'il faut vivre, au contraire, éperdument.

Elle écoute le vent, le murmure des feuilles et des branches dans les forêts hantées par les chercheurs de cèpes et de girolles, elle respire à pleins poumons les odeurs de ces bois sombres et lourds qui dévalent vers des villages antiques, figés dans une torpeur géologique, qui retiennent la vie prisonnière comme la roche a emprisonné les fossiles du début des temps.

Ces pierres immuables parlent des siècles passés, mais ici les hommes semblent avoir oublié les guerres. Ils sont demeurés fiers et cependant pleins de modestie. Pourquoi ? Parce que lorsqu'on vit au milieu de pareilles merveilles minérales, on se sent tout petit. Ils vivent donc au rythme des saisons une existence humble mais dénuée de peurs, car ici la terre est riche et s'ouvre en sillons fertiles. C'est une race gaie, fidèle, brune, têtue, dont les enfants aux joues couleur de pomme se penchent très tôt sur la terre et rêvent, hélas, d'en partir. Ils s'en vont, du reste, comme elle, pour vivre une jeunesse vigoureuse et superbe vers un ailleurs dont ils savent – dont elle sait – qu'il ne sera jamais plus beau qu'ici.

Mais c'est ainsi : il faut partir. Toujours. Quelqu'un attend quelque part. En ce qui la concerne, elle en est sûre. C'est pour cette raison qu'elle est si pressée et qu'elle dédaigne de s'attarder sous le cingle de Montfort qui la domine de toute sa splendeur, poudré d'or sous l'encensoir des rayons du soleil couchant. En face, une noiseraie émerge des saules, des trembles, de quelques hêtres qui habillent d'un vert plus tendre les pâtures et les champs.

Montfort ! Étrange citadelle construite sur un à-pic qui semble ne compter que les nuages et non les troupes de Richard. Car ici, au Moyen Âge, si la rive droite était française, la rive gauche était anglaise, et les citadelles sont légion. Et elle n'est pas au bout de ses surprises, mais la curiosité étant le propre de la jeunesse, elle ne demande qu'à s'étonner. Elle passe donc le cingle, frôle le délicieux petit village de Vitrac, et soudain s'arrête, stupéfiée, foudroyée par l'éperon bleuâtre qui vient de surgir du ciel. Domme ! Domme ! L'acropole du Périgord ! Un des seuls lieux sur la terre des hommes où Dieu a daigné poser le pied.

Elle s'approche sans bruit, contemple, émerveillée, les murs de cette forteresse où sont inscrites à jamais les batailles de l'Histoire. Combien de guerriers, combien de conquérants d'hier, dans les nuits bleues ou les jours triomphants, ont parlé à ses ancêtres, vaincus ou victorieux, comme lui parle, aujourd'hui, une voix qu'elle connaît bien.

Cette voix lui murmure à l'oreille que ce bastion aérien n'a pas été bâti pour la guerre mais pour le bonheur et pour la paix. « L'approximation la plus voisine du paradis », a écrit Henry Miller foudroyé lui aussi par la beauté des lieux le jour où, en route pour la Grèce, il fit halte sur cette île ancrée dans le ciel. Comment ne serait-elle pas frappée à son tour par la luxuriance des lieux, sous ce ciel glorieux qui resplendit, la séduit, l'envoûte, la subjugue et l'emporte ?

Le voilà son époux : ce sera donc le ciel, ici, tout de suite. Noces éblouissantes, fulgurantes, dans une robe d'un bleu de myosotis fondu dans le miroir des eaux. Pure lumière que les matins emperlent de rosée, qu'émaillent les journées et que rosissent les soirs. Tous, à perte de vue, sont témoins de cette union sacrée : les fontaines, les bourgs, les clochers, les arbres, les champs, l'horizon, même, qui se rapproche pour mieux voir. Et la musique, donc ! Toujours ces violons dans le vent : *L'Amoroso* d'un Vivaldi céleste dont les notes s'éparpillent jusqu'aux collines lointaines.

Allongée au milieu des prairies d'un vert de premier jour du monde, elle sait bien qu'elle ne pouvait pas mieux choisir : il lui fallait un époux à sa mesure. À son image. Le ciel et l'eau. La terre leur sert de lit. Coup de foudre pour l'éternité. Qui fera mieux ? Personne, et surtout pas les hommes que leur petitesse et leur ignorance de l'univers cosmique éloignent des grands secrets.

Elle ne bouge plus. Elle s'endort les yeux ouverts sous cet amant superbe qui la contemple et lui sourit. Ses frissons courent jusqu'aux chênes tapis sur les rives. Une cloche brise le cristal du silence. La nuit tombe. Ils dorment dans les bras l'un de l'autre étroitement unis : le ciel et l'eau, l'eau et le ciel. C'est bien de cela qu'elle rêvait. De la gloire de sa lumière, de l'édredon de ses nuages, de ses yeux de lavande, de la soie de sa peau. Elle en rêvait depuis toujours mais ne savait pas que c'était lui. Et cependant il était là depuis toujours. Il est grand, il est beau. Il lui ressemble. À tout jamais.

La femme qu'elle est devenue ne se presse plus maintenant. Le jour qui coule sur la plaine l'invite seulement à la paresse. Pourquoi partir ? Parce que la vie, lui dit-il, est indispensable à l'amour. Et le voyage. Et l'horizon. Il aime, lui, les horizons. Il y fait courir ses nuages, il les façonne à sa manière, les colore selon son humeur, et s'y cache parfois. Il veut lui faire connaître tout ce qu'elle ne connaît pas. Elle ne sera plus jamais seule. Pieds nus dans la rosée, ils partent dans la lumière magique du matin, des lambeaux de nuit dans les cheveux.

Ils passent sous le pont de Cénac sans même le voir. Ils rient. Ils flânent, inventent ce que doit être un voyage de noces. Ils ne pouvaient pas mieux choisir. Ici, c'est bien la région la plus voisine du paradis. Et c'est tellement vrai à La Roque-Gageac, dont les maisons sont arrimées miraculeusement à la falaise et se fondent en elle en une harmonie de couleurs. Le village ne lui en veut pas de ses poussées de fièvre d'autrefois : il est bâti, confiant, entre le roc et la rive droite, et ronronne comme un chat dans son coussin. À son extrémité, le château de la Malartrie évoque la Renaissance, tandis que sur la rive gauche ceux de Castelnaud et de Fayrac semblent défier celui de Beynac, en face, qui demeura français quand les deux autres succombèrent à l'Anglais.

Un peu plus loin, les Milandes perdues dans la verdure veillent précieusement sur le souvenir de Joséphine Baker qui sut si bien déployer l'éventail coloré des races en gommant, dans ces murs, le malheur des orphelins d'un monde en partance vers la déraison. Quel pays peut se vanter de posséder de telles richesses ? Des châteaux, des manoirs, des églises, des parcs profonds, des chapelles, des clochers, des gentilhommières hantent les coteaux crépus qui s'inclinent vers des champs de maïs et de tabac. Elle, en bas, les contemple, tend son miroir à la muraille de Beynac qui la surplombe du haut de ses cent cinquante mètres couleur de sable et tremble dans les eaux frissonnantes.

Là-haut, depuis les remparts, même illumination qu'à Domme : une buée bleue enveloppe la vallée où s'assoupissent les villages de Bézenac, de Vézac, d'Allas-les-Mines, au loin, qui est adossé à la colline et où peinèrent, jadis, les hommes qui eurent l'imprudence de s'éloigner de la rivière. Les terres, pourtant, sont fertiles, et riches, et belles, mais tous n'en possédaient pas. Alors ils travaillaient dans les mines et l'oubliaient, elle, qui, dédaignant aujourd'hui comme hier ces trahisons futiles, s'en va frôler Saint-Cyprien dont les maisons cadenassent l'église : une ancienne abbaye de chanoines réguliers.

Son fondateur fut un ermite qui vécut au VIIe siècle dans une grotte voisine des somptueux panoramas de Pey-Guilhem ou de Sinzèle, mais aussi du fort troglodytique du Roc-de-l'Angle ou de l'oppidum du champ de Berteil. D'aucuns prétendent que près de ces trésors géologiques le château de Fages, aujourd'hui en ruine, vit la naissance de Boson de Fages, qui fut un valeureux compagnon de Jeanne d'Arc.

Elle s'en moque comme de sa première crue. C'est à peine si elle les aperçoit, là-haut, sur les collines qu'éclaircissent des bois de châtaigniers. Pourquoi lèverait-elle la tête, puisque le ciel est descendu jusqu'à elle ? Ils poursuivent paisiblement leur voyage, atteignent Siorac où la silhouette imposante du château commande, curieusement, à deux dolmens : celui de Cayreleva et celui de Bonarme.

Dans cet après-midi de feu, elle se sent fraîche comme une source et rayonnante comme un midi d'été. La conscience du bonheur l'embellit davantage.

Pour plaire au ciel, elle colore ses rivages où se succèdent des symphonies d'oiseaux, les caprices du vent jouant dans les feuillages, les poèmes des hommes qui révèrent à voix haute en ces lieux. Si le vent les porte un peu, Sarlat les entendra, de même que La Boétie dont la statue trône sur la place de la Grande-Rigaudie. Il sut en son temps déclarer son amour à la rivière en marchant sur les chemins qui le conduisaient vers son ami Montaigne :

> Laisse, laisse-moi faire et un jour ma Dordogne
> Si je devine bien on te connaîtra mieux
> Et Garonne et le Rhône, et ces autres grands dieux
> En auront quelque envie et possible vergogne.

L'entend-elle, cette voix qui sut si bien dire « parce que c'était moi, parce que c'était lui » ? Oui, non seulement elle l'entend, mais elle répète ces mots, songeant à celui, qui, désormais, partage sa vie : le ciel endimanché seulement pour lui plaire.

Tout près d'eux, aujourd'hui comme hier les moissonneurs partent au lever du jour et rentrent au crépuscule, les jambes et les bras griffés par les épis, poussiéreux sous leur chapeau de paille qui retient des perles de sueur dans les cheveux. Des chars tirés par des bœufs, le mouchail sur les yeux, témoignent d'une vie venue du fond des âges. Ils transportent des épis blonds criblés de sauterelles, des chiens les suivent, tirant la langue, exténués. Perchés sur ces chars bringuebalants, des hommes à la peau couleur de brique lorgnent vers l'eau qui scintille là-bas, entre les peupliers.

Elle aussi les aperçoit, les appelle. Non, plus tard ! répondent-ils, mais ils n'iront jamais. Pas le temps. Le travail n'attend pas. Seuls les enfants vont vers elle en courant. Elle les surveille, heureuse de pouvoir s'associer à leurs jeux d'eau, s'amuse à les éclabousser, à les rouler vers les grands fonds. Ah ! Les enfants ! Il serait temps d'y penser. La nuit prochaine, peut-être, si la lune éclaire assez la vallée pour que la voûte céleste descende jusqu'à elle. Oui ! Des enfants, et vite ! Elle en a tellement envie, soudain, qu'elle interroge le clocher de Cabans qui se dresse sur la rive gauche. Certes, répond-il, mais lui en as-tu seulement parlé ? De ces choses-là on parle à son époux. Cette nuit, dit-elle, c'est promis.

En fin d'après-midi, ils arrivent au Buisson, qui précède les grands cingles de Limeuil et de Trémolat. Des ponts, des mares, des vergers, des cultures maraîchères, mais aussi des berges où des femmes lascives prennent des bains de soleil. Elle les observe, étonnée, les trouve belles. De ce fait, elle paresse sur une plage de galets, se chauffe au soleil, les écoute se raconter des histoires de femmes, d'amours impossibles, de soupirs et de regrets.

L'ocre et le bronze des feuillages d'automne l'invitent ici à la nonchalance. Elle reprend les forces qu'elle a généreusement dispersées tout au long de l'été, pour le plaisir de tous. Elle se ressource aux moiteurs épaisses des sous-bois, aux senteurs des fougères. Des écureuils, dans une trouée de soleil, croquent des noisettes au flanc des coteaux, des merles se poursuivent dans la rousseur des arbres, les derniers lézards s'assoupissent sur les pierres encore chaudes, les bêtes se rapprochent un peu plus des maisons où l'on commence à allumer les feux de cheminée. Les nuits sont épaisses et douces comme de la mousse sous une ondée de printemps.

Une lune d'opaline éclaire la vallée. Le ciel pèse sur la terre. Un silence ouaté feutre les rives. Elle s'arrête de couler. Le ciel descend et s'allonge sur elle. Elle pourrait décrocher de la main les étoiles. Elle écoute battre follement son cœur dans les grands fonds et s'abandonne. Le cœur du monde lui répond. Le temps s'arrête... Quand elle revient à elle, un petit vent retrousse les feuilles des chênes. Cela fait comme un froissement de lin et de soie. Puis toutes les feuilles, toutes les branches se penchent vers elle et demandent : Un enfant ? Oui, un enfant ! Pour quand ? Pour demain, répond-elle, étonnée mais ravie.

C'est le privilège des rivières et des cieux que de concevoir et de donner naissance à un enfant en une nuit. Ce sera une fille, et déjà la voilà, là-bas, sous la colline. Elle s'appelle Vézère. Elle lui donne le jour dans un cingle parfait, sans souffrir, sous le regard complice de Limeuil dont les ruelles, les terrasses, les remparts, le donjon, les vieilles demeures semblent des témoins émerveillés penchés sur un berceau béni des dieux. Tout, ici, est mesure et harmonie. La petite route en corniche qui conduit au Bugue veille sur les champs de tabac. De l'autre côté, vers Sors et ses falaises calcaires, on aperçoit le méandre d'Alles et les lisières claires de la forêt de la Bessède, en direction de Cadouin. À la passée de l'aube, la lumière est adoucie par les lambeaux de la nuit qui restent accrochés à la cime des arbres.

Elle a tout : un époux, une enfant, et la beauté du monde pour demeure. Elle pleurerait bien de bonheur dans sa jeunesse triomphante, mais la vie l'entraîne malgré elle et elle ne peut s'attarder davantage car le courant des fleuves file comme le temps. Il va, il va et vous pousse en avant, nul n'y résiste jamais. Elle murmure déjà des mots d'au revoir, bégayant des douceurs, esquissant des caresses. Elle repart, riche d'un bonheur tout neuf, bouleversant, emplie de projets, de désirs de son âge, adulte, déjà, ou presque. Car elle connaît maintenant le grand secret : c'est le ciel qui révèle les mystères du monde.

Maturité

PASSÉ Limeuil, donc, elle prend les rondeurs de la maturité. Avant, elle avait des frères et des sœurs, maintenant elle aura des enfants. Son ventre rond se noue en cingles et en méandres dans lesquels se dilue sa jeunesse. Elle fait connaissance avec la nostalgie, s'attarde, flâne, prend soin des eaux de sa fille la Vézère. Son sang coule moins vite dans ses veines. Elle est devenue mère nourricière et protectrice. Elle veille sur ces vies qui s'endorment près d'elle, à la nuit tombée, songe à ces paysannes de jadis qui recouvraient les cendres de l'âtre pour les réveiller au matin avant le lever des hommes. C'est ainsi quand on a charge d'âmes : il faut penser aux autres avant de penser à soi.

Elle offre déjà en héritage à ses enfants la douceur, la générosité, l'abnégation des « mères courage », à l'image de ces terres blondes de blé et de pâturages qu'ont enrichies des siècles d'alluvions. Ici, la nature est « grosse » comme la rivière. Nul ne songe à se presser, désormais. Et surtout pas elle, qui dessine l'interminable cingle d'où l'on aperçoit le village de Trémolat à l'étroit entre ses deux églises, dont l'une, dit-on, aurait abrité la chemise de l'enfant Jésus. Bigre ! L'enfant Jésus, ici, si loin de la Palestine ? Et pourquoi pas ? Les miracles sont toujours fils de l'eau.

Du belvédère, la vue plonge sur une campagne pacifiée, à l'image de la rivière. On se sent au-dessus de tout, et l'on entend la voix d'un poète éternel qui murmure dans l'ombre : « Ce toit tranquille où marchent des colombes, entre les pins, palpite, entre les tombes. » Pas le moindre cimetière marin, pourtant, ici, mais la houle de la mer est celle des prairies, les colombes sillonnent la faïence bleue du ciel sans jamais se poser, et les pins maritimes frissonnent dans le vent.

Une fois la boucle refermée, elle en amorce une autre, presque aussi large. Qu'est-ce qui lui prend ? On dirait que quelque chose la retient ici, qu'elle ne peut plus partir. Peut-être parce qu'elle vient de passer la trentaine et que ce cap franchi, soudain, lui donne envie de faire halte, de s'accorder le temps de vivre. Alors elle visite les terres d'alentour, s'attarde auprès des fermes blotties au milieu des champs, s'allonge dans les éteules et les chaumes, écoute les voix des enfants qui s'échappent d'une école cachée dans un bosquet de frênes. Elle se sent vivante. Dieu que c'est bon, ces matins qui sentent la paille et le foin ! « J'ai embrassé l'aube d'été, rien ne bougeait encore au front des palais », a écrit un poète maudit. Il savait ce que c'est qu'exister, comme elle, ce matin, au sein d'une vallée, dans un lit de verdure. C'est si bon de sentir contre soi passer la fraîcheur de l'air et du vent, d'écouter cogner son cœur dans sa poitrine et faire intensément vibrer chaque fibre de son corps.

Elle ne coule plus, ou à peine. Elle entend une musique de bal populaire sur la place d'un village assoupi dans une buée bleue, se demande si elle saurait tourner au rythme des valses d'autrefois. Est-ce bien raisonnable ? Désormais, si elle ressent encore le besoin de regards posés sur elle, elle n'éprouve plus le désir d'être admirée et encore moins celui, plus lointain, d'être protégée comme elle l'était à l'aube de sa vie, dans ses froides montagnes. Aujourd'hui, c'est elle qui jette de tendres regards vers les siens, c'est elle qui les protège. De combien de vies est-elle à présent responsable ? Elle ne sait plus, déjà.

Ses enfants sont à l'image de ceux des hommes : fiers et droits comme les peupliers dressés le long des berges, tremblants quelquefois mais toujours pleins d'espoir. Ils ont appris à cueillir des mûres dans les ronciers, à récolter les fruits dans les vergers, à pêcher, à nager, à s'attabler devant des compotes de pommes ou des tartes aux prunes. Leur appétit de vivre ressemble à celui qui fut sien autrefois. C'est pour cette raison qu'elle les aime.

Elle ne s'offusque même pas du barrage de Mauzac qu'elle franchit sans efforts, car sa force lui autorise désormais toutes les indulgences. Ce barrage avait été construit pour permettre l'alimentation du canal de Lalinde, grâce auquel les bateaux évitaient les écueils de la Gratusse, mais le chemin de fer l'a rendu inutile. Il fait aujourd'hui la joie des pêcheurs et des randonneurs qui tentent d'apercevoir, de l'autre côté, le village vigie de Calès planté sur un tertre boisé qui tremble dans la lumière.

Les châteaux de Sauvebœuf sur la rive droite et de Badefols sur la rive gauche la regardent, étonnés, accélérer brusquement sa course. Que se passe-t-il ? Elle ne le sait pas elle-même. Les derniers feux de la jeunesse, peut-être. Comme ça, brutalement, après ces longs et sages méandres ? Oui : le calme a précédé la tempête, et cette tempête est d'autant plus violente que c'est sans doute la dernière. Alors elle s'étourdit, pétille, cascade le long du rapide du Grand-Thoret, s'égratigne le cœur sur les rochers effilés, et saigne. Pourquoi ? Pourquoi cette folie subite ? Parce qu'il ne faudrait pas vieillir, dit-elle, et que la jeunesse est une source à laquelle on ne peut se déshabituer de boire.

Lalinde, qui veille ici depuis sa fondation, en 1267,

par Henri III d'Angleterre, se garde de cette fièvre soudaine qui la fait bouillonner dans la Gratusse, piège redouté des anciens gabariers. La légende veut que saint Front, disciple du Christ, apôtre du Périgord, ait vaincu le dragon – la Gratusse – qui symbolisait les forces du mal en surgissant du rapide où se fracassaient les bateaux. D'où, sur la gauche, une chapelle romane dédiée à ce sauveur des bateliers qui croyaient là en avoir fini avec cette capricieuse colère. Mais non : il fallait encore passer les rapides des Pesqueyroux, avant de la voir s'apaiser, enfin, et pouvoir lui parler : « Qu'est-ce que cela signifie ? Je ne sais pas, répond-elle. J'ai voulu voir si je pouvais encore danser, courir, sauter. Le démon de midi ? Non, ce n'est pas ça, c'est plus profond, plus douloureux, c'est revenir vers les cascades de l'enfance, l'insouciance de ces jours à jamais perdus, passionnément retrouver ce que le temps a dévoré, remettre ses pas dans ses pas, rêver comme rêvent les adolescents à ce qui un jour adviendra… C'est passé, ça va mieux maintenant. »

Elle repart, apaisée mais meurtrie, et, pour oublier ces moments de folie, elle s'apprête à accueillir un autre enfant : ce sera la Couze descendue des plateaux voisins, épuisée d'avoir fait tourner les moulins à papier depuis le XVe siècle. Il y avait d'ailleurs autrefois douze papeteries à Couze, trois à Creysse, deux à

Mouleydier. Voilà une enfant dont il va falloir bien s'occuper. Elle la cajole, lui parle, demeure près d'elle, la rassure tandis qu'elles passent entre les papeteries modernes et les usines nombreuses entre Lalinde et Saint-Capraise.

Finies les révoltes, les colères ! Elle est sage, maintenant, dans la grande plaine, tenant ses enfants par la main. Il n'est plus temps de dessiner des méandres, de cascader sur des rapides : elle les perdrait. Elle va droit, donc, et doucement, elle leur montre l'église romane de Varennes, le château de Lanquais, et les aide, à Tuilières, à franchir un barrage qui ne ressemble en rien à ceux du haut-pays. Il faut bien donner un peu de sa force aux hommes qui ont besoin d'électricité. Pourtant elle songe qu'ils sont bizarres, les hommes ! À croire qu'ils ne peuvent pas, comme elle, se contenter de la lumière du soleil ! Enfin ! Chacun vit comme il veut, et puis elle croit maintenant, sans doute grâce à ses enfants, que tout ce qui n'est pas donné est perdu. Alors elle donne un peu d'elle-même, de sa vigueur, et elle s'en va, libre et fière, sereine, hâlée par le soleil, elle glisse entre Mouleydier et Saint-Germain, puis entre Creysse et Cours-de-Pile, non sans s'arrêter un instant devant les châteaux de Pile et de Tiregand.

Ils sommeillent derrière leurs lourdes portes rouillées, leurs parcs inondés de fleurs, leurs lourdes frondaisons où « tant de ciel est tremblant sur tant d'ombres ». Elle repense le bonheur en lentes flâneries, vagabonde le long des sentiers herbus qui partent de ses berges et se perdent en campagne. Elle s'efforce d'oublier le canal de dérivation qui s'est arrêté à Tuilières, ne veut même pas penser qu'un jour, jadis, les hommes n'eurent plus confiance en elle. Ils en ont été bien punis, puisque le chemin de fer l'a vengée. Mais à quoi sert de ressasser le passé ? Quand on a tant d'enfants, c'est à l'avenir que l'on pense.

D'ailleurs, voici les vignes qui apparaissent, d'un vert pâle et huilé dans le matin brumeux ; des vignes qui ne la quitteront plus, ou presque. Bergerac est là-bas, dont l'église Saint-Jacques égratigne le ciel. Des vignes ! Une mer de vignes ! Elle n'en avait jamais tant vu. Aussi s'élargit-elle à l'approche de la ville pour mieux faire connaissance avec les Monbazillac au sud et les Pécharmant au nord.

Elle approche lentement, comme avec méfiance, de l'une des plus grandes cités qu'il lui sera donné de rencontrer au cours de sa vie. Elle imagine la bannière des rois d'Angleterre qui flotta sur le donjon dès le milieu du XIVe siècle. Les Français reprirent la ville puis la perdirent. Pillages, combats acharnés, tueries durèrent jusqu'à la bataille de Castillon. Ah ! Ces hommes ! Que ne mettent-ils autant d'énergie à être heureux ? Délivrés de la guerre de Cent Ans, ils se lancèrent dans les guerres de Religion. Bergerac, capitale de la Réforme, en souffrit plus que d'autres, et bien au-delà de la révocation de l'Édit de Nantes.

Que de dérisoires gesticulations ! Quand comprendront-ils que c'est le monde qui compte, et non leurs misérables querelles de vivants qui ne sont même pas capables de lever les yeux vers le ciel ? Ils savent pourtant ce qu'est la beauté, puisqu'il leur arrive de la célébrer : avec cette église Saint-Jacques, précisément, qui fut un relais sur la route de Compostelle ; ce château d'Henri IV, merveilleuse et paisible demeure ; ce cloître et ces caves voûtées des Récollets ; dans ce port, enfin, situé en plein cœur de la ville, dont les quais retentissent encore des cris joyeux des pêcheurs et des gabariers.

Elle s'arrête, regarde avec envie vers les ruelles qui montent dans la vieille ville, lorgne vers le musée de la batellerie et de la vigne, s'attarde au faubourg de la Madeleine, s'apprête à franchir la grande digue qui sert de miroir à la ville en relevant le niveau de ses eaux. Nulle blessure, ici : le barrage, au contraire, la hausse doucement vers le ciel pour lui permettre d'apercevoir les coteaux carrelés de vignes qui resplendissent sous le soleil. Depuis son lit, elle devine le château de Monbazillac dont les étranges mâchicoulis dominent des douves austères. Ici, on célèbre le vin mieux qu'ailleurs, en confréries fidèles à une tradition antique. C'est un peu grâce à elle, qui fertilise la terre avec ses alluvions séculaires.

Elle le sait, s'en réjouit, amorce un méandre entre les collines où les vignes, le soir, se poudrent d'or. Sur la gauche, le petit cimetière de Lamonzie sommeille à l'ombre de son église, et, sur la droite, le village de Saint-Martin sert de sentinelle à la bourgade de La Force qu'ont beaucoup malmenée les guerres de Religion.

Pourtant, ici, se succèdent vignes et vergers opulents. La plaine est riche de faveurs consenties par le ciel. On se demande comment les hommes ont pu penser à la guerre quand les couleurs et la douceur de l'air n'incitaient qu'à une paisible existence. Une sorte d'Éden. Et si Henry Miller était venu jusqu'ici, il aurait succombé comme à Domme à la beauté pacifique des lieux. Douceur et mesure. Verdure et langueur. Elle s'étire, gémit, demeure tout le jour allongée dans son lit d'herbe verte, épanouie parmi les fleurs. Sous le manoir de Riandolle les primevères, ces « clefs de Saint-Pierre », lui ouvrent les portes d'un bonheur épais comme un sirop de fruits, dans le parfum de miel que dispensent les abeilles autour des tilleuls. Elle incline sa course vers le sud, étreint un îlot solitaire, s'arrête un instant pour saluer sur sa gauche le château de Saint-Martin qui fut reconstruit à la Renaissance sur un ancien castel dont témoignent encore des échauguettes et des mâchicoulis.

Deux nouveaux enfants viennent à elle, jumeaux ceux-là. Un garçon, l'Eyraud sur la rive droite, et une fille, la Gardonnette sur la rive gauche. Jumeaux, mais ils ne se ressemblent pas : la Gardonnette a parcouru paisiblement tout le Monbazillacois et l'Eyraud, plus farouche, descend de la forêt du Landais. Elle se sent fatiguée, tout à coup, paresse sous le pont de la Gardonne, se demande si elle aura le temps de s'occuper de cette descendance. C'est l'âge des soucis pour les plus petits qu'il faut conduire par la main avant de les laisser vivre leur vie.

Elle soupire, s'arrête le long des îles peuplées d'aulnes et de peupliers fins comme des cierges, d'un vert à la pâleur étrange, jette un coup d'œil vers le clocher aigu de Saint-Pierre-d'Eyraud, s'accroche aux frondaisons des rives pour avancer moins vite. Des vignes et des vergers hantent ces parages où les automnes sont poisseux de brumes matinales et du moût des vendanges. Ici, on couperait l'air au couteau tant il est saturé de parfums de fruits. Ici, le ciel tremble comme une gelée de groseilles, et le vent sent la confiture qui bout dans des chaudrons au plus profond des cheminées séculaires matelassées de suie.

La tête lui tourne un peu mais c'est bien agréable. Est-ce pour cette raison qu'elle esquisse une volte sur elle-même sous le coteau du Fleix ? On en jurerait. Les rayons dorés du soleil couchant éclairent quelques-unes de ses mèches rebelles qu'étire le courant, sous la ville qui date de l'époque romaine : Flexus ! disaient les Latins à propos d'une courbe de fleuve. Va pour Le Fleix, surtout célèbre par le traité du même nom conclu à l'époque des guerres de Religion. Le temple protestant est abrité par un manoir à mâchicoulis, et toute la colline recèle des vestiges d'armes gauloises et de villas gallo-romaines. Ici ? Qui l'eût dit ? Qui l'eût cru ? Surtout pas elle, qui se fatigue à heurter la colline comme pour l'ébranler. Oui, on le sait : la violence des hommes a le don de la mettre en fureur.

Heureusement, ses colères durent peu, maintenant, avec l'âge. Mon Dieu ! se dit-elle en s'arrêtant brusquement, mais quel âge ai-je donc ? Est-il possible que la vie coure si vite ? Et suis-je encore jolie ? Non, elle n'est plus jolie, elle est belle. « Ah ! Ce besoin qu'elles ont toutes d'être rassurées », murmure le ciel, qui aussitôt sourit pour que l'on ne s'y trompe pas. Le soleil perce les nuages tandis qu'elle repart lentement, à peine rassérénée, cherchant quand même un miroir vers Sainte-Foy-la-Grande.

C'est une ancienne bastide aux rues orthogonales qu'aimait beaucoup Montaigne. Elle fut longtemps citadelle du protestantisme puisque l'Édit de Nantes en fit une place de sûreté. Cette ancienne cité qui n'est plus aujourd'hui cernée que par des vignobles possède encore des tours, des remparts, des vieilles demeures, des mosaïques de villas gallo-romaines et une fontaine pétrifiante et magique dite de « la fosse d'eau ». Les hommes y font grand commerce de vin, blancs ou rouges. Sur la rive droite, le port est devenu une commune : Port-Sainte-Foy. C'est là que la rivière se sent le mieux, qu'elle rêve au temps où les routes ou le chemin de fer n'avaient pas encore dépeuplé les cours d'eau comme ils dépeuplent aujourd'hui les campagnes au profit de la ville. Le progrès, disent-ils. Quel progrès ? Ils vivent donc si bien dans leurs banlieues surpeuplées où on leur fait parfois l'aumône d'un travail, mais rarement celle du bonheur ?

À oublier, tout ça. Il faut tâcher de vivre et de mourir dans les lieux que l'on aime, avec ses premières rides, ses regrets, ses nostalgies, surtout à l'heure où la nuit tombe, révélant des seuils inconnus. Mais il sera bien temps, un jour, de tenter de percer les mystères de ce qui se cache derrière ces ombres. Car elle est jeune, encore, et ce soir, à l'ancre dans le port, elle ne veut songer qu'aux caresses du printemps, aux chaleurs de paille des étés, à la douceur feutrée des automnes. Les beaux jours reviendront, car elle sait que le meilleur de la vie est toujours à venir. Elle a mordu à pleine bouche les grappes sucrées de l'existence, elle a forcé les barrages, elle a aimé toutes les villes rencontrées, et si elle a moins d'énergie aujourd'hui, une heureuse sagesse l'habite. Elle devine le long trajet qui l'attend, peut-être des peines et des chagrins inoubliables, mais elle n'a pas peur des démons qui vont surgir un jour pour se disputer les morceaux de son cœur. Elle n'est pas pressée de souffrir. Elle s'endort tandis que le ciel s'allonge près d'elle et lui souffle à l'oreille que chaque chose en ce monde vient à son heure, « les souvenirs et les regrets aussi ».

Plénitude

HIER encore, elle avait vingt ans. Aujourd'hui, sa jeunesse s'envole sur les ailes d'un vent venu de la mer, tandis qu'elle entre doucement dans la saison où le soleil décroît trop vite. Sage, sereine, elle caresse la colline d'Appelles au pont de la Beauze, se met à flâner entre les opulentes plaines du Périgord qui dorment sur la rive droite, et les collines boisées de la Gironde qui moutonnent sur la rive gauche.

Libre. Elle se sent libre de toute entrave dans la vallée qui somnole sous le bleu d'encens d'un ciel apaisé, elle s'accorde une visite au village d'Eynesse, frôle Saint-Avit-de-Soulège, paresse dans le cingle que domine un château de style Renaissance. Comment s'appelle-t-il ? Elle ne sait pas. Qu'importe ! On dirait que, comme les autres, il est là depuis toujours et pour toujours. S'appuyant sur la rive gauche, elle s'approche de Pessac, se réjouit devant un paysage immuable d'où émergent une petite église romane, un cimetière planté de cyprès, un port qui vit passer tant de bateaux et se mure désormais dans ses souvenirs. Tout cela est forgé dans une sorte d'éternité qui lui fait battre le cœur plus vite. Et si rien n'était perdu, jamais, de ce que l'on porte au plus profond de soi ?

Car si l'on ne rince plus le linge au lavoir, si l'on ne cuit plus le pain au feu de bois, si les hameaux s'endorment, on peut entendre, si l'on écoute bien, le bourdonnement des marchés colorés et heureux qui hantent encore, parfois, les places séculaires. Certes, ce ne sont pas les foires d'antan, mais la vie y éclate quand même en bouquets d'insouciance et de joies partagées. Il n'y a plus que les ports pour être silencieux. Une terrible nostalgie l'étreint tout à coup, au souvenir de ce qui fut et ne sera plus jamais. Elle soupire. Jusqu'à ce jour les enfants lui avaient épargné ce genre de pèlerinage, elle avait tant à faire ! La voilà désœuvrée, soudain, et vacante, incapable d'admirer sur sa rive droite l'église de Saint-Aulaye-de-Breuilh et le château coiffé de cèdres d'où s'envolent des ramiers voyageurs. Elle aperçoit quand même, scellée sur le mur du cimetière, une madone qui protégeait jadis les gabariers.

Voici donc venu le temps des prières… « Faites, belle madone, murmure-t-elle, s'il vous plaît, faites que, dans cette vie qui s'en va, qui s'en va, rien ne soit jamais perdu. Faites que l'on retrouve intact, quelque part, ce que l'on a aimé. Parce que ce serait intolérable, comprenez-vous, que rien ne compte, que tout ne soit que vent, que l'on ait quelquefois l'impression d'être une pauvre brindille malmenée par les caprices d'un univers insondable. Parce que vivre ne peut pas se résumer à perdre mais à garder. Faites, s'il vous plaît, belle madone, que lorsque j'irai me fondre dans l'océan, je retrouve intactes la roche dont je suis née et la caresse du premier brin d'herbe de ma montagne sacrée. Faites que le dernier nuage que j'apercevrai soit celui qui m'a souri là-haut, quand j'ai levé la tête vers la lumière pour la première fois. »

La madone sourit. Est-ce trop demander ? C'est beaucoup, en tout cas. Allons ! Il faut repartir. Et elle repart donc, non sans apercevoir dans le miroir du ciel son premier cheveu blanc. Des soupirs l'accompagnent jusqu'à Saint-Seurin-de-Prats, où elle distingue un parc et un château bizarres. Nouveaux soupirs. Plus loin, dans chaque haie, chaque arbre, chaque bosquet, des fanfares d'oiseaux célèbrent la vie dans la gloire du soleil qui refuse de descendre et transperce les frondaisons, confirmant la beauté de ce monde qui n'appartient qu'à lui.

Oublier qu'il faudra le quitter. Il n'est pas encore temps d'y songer. Elle se met à flâner sous le château de Montvert qui date de Louis XIII, se dit qu'elle devrait visiter le musée gallo-romain de Montcaret puis décide que l'existence est trop brève pour se disperser, et elle arrive à La Mothe-Montravel que hante encore la présence de Montaigne. Il s'y rendait sur son baudet pour prêter hommage à son suzerain, descendant de son château situé plus au nord sur un coteau planté de vignes, dans le voisinage de Saint-Michel devenu aujourd'hui Saint-Michel-de-Montaigne. La tour de la librairie existe toujours, où le grand homme écrivit les *Essais*, ce bréviaire de grande sagesse : « Il est possible qu'à ceux qui emploient bien le temps, la science et l'expérience croissent avec la vie. Mais la vivacité, la promptitude, la fermeté et autres parties bien plus nôtres, plus importantes et essentielles, se fanent et s'alanguissent. Parfois c'est le corps qui se rend le premier à la vieillesse, parfois aussi c'est l'âme… »

On ne saurait mieux dire. Faire qu'au moins ce soit le corps qui se rende et non pas l'âme. Forte de cette résolution, elle repart vers le Libournais dont elle devine dans le lointain les aimables collines. À l'image du petit village de Flaujagues, les hameaux épars abritent tous les mêmes chapelles, les mêmes ruines moyenâgeuses, les mêmes tympans au fronton des églises. C'est la Lidoire qui va l'accompagner vers Castillon. Les affluents ne sont plus désormais des enfants mais des amis avec lesquels on peut parler de la vie, s'entraider, égrener des souvenirs dont on connaît trop bien la dérisoire et furtive caresse.

Les voilà donc à Castillon. Plus exactement Castillon-la-Bataille depuis que les champs furent couverts d'Anglois. 1453, fin de la guerre de Cent Ans ! En avaient-ils tellement besoin, de se battre, les hommes, qui célébraient encore, il y a peu, le 15 août, la victoire sur la rive où Talbot entendit sa dernière messe ? Et sur l'emplacement de l'ancienne chapelle, ils remerciaient le ciel d'avoir libéré la région de l'envahisseur d'outre-Manche. On n'oublie jamais les victoires, seulement les défaites.

Elle sait bien, elle, pour le connaître intimement, que le ciel se moque éperdument de toutes ces gesticulations guerrières. Le ciel, il s'occupe des nuages, des rivières, des oiseaux, et parfois aussi des vignes. Heureusement, car les coteaux en sont couverts depuis Montravel, célèbre pour ses vins blancs. Elle sait que le problème, avec le ciel, c'est qu'il vieillit beaucoup moins vite qu'elle. Il n'est pas infidèle, non, mais il s'éloigne vite. Il court vers des pays qu'elle ne verra jamais, revient, repart, la désespère.

Mais il n'est pas seul en cause, le ciel. La vérité, c'est qu'un peu avant Castillon, au pas de Rauzan, remonte la marée : la fille rebelle de la mer. La mer – la mort. Ou du moins, sa caresse. Ce qui tout simplement signifie qu'elle n'est plus si lointaine, qu'elle se rapproche imperceptiblement, qu'il va falloir composer avec elle. D'ailleurs elle sent bien, maintenant, la rivière, que son corps a changé pour n'avoir pu se refuser aux vagues couleur de vase qui insidieusement se mélangent à ses eaux, à son sang. Elle sait qu'elle vient de s'engager sur le versant descendant de sa vie, et la charmante bourgade aux jardins pleins de fleurs qui s'inclinent jusqu'à elle en terrasses ne parvient pas à le lui faire oublier.

Elle repart lentement, doucement, se prélasse le long des îles hantées par des saules cendrés, se laisse aller, grossit, peine à se faufiler entre Civrac et Sainte-Terre qui furent des ports et qui aujourd'hui ruminent leur nostalgie au milieu des vignes, des vergers et des champs de maïs.

Une grande lassitude l'envahit. Au lieu de continuer tout droit, elle incline son cours devant Saint-Jean-de-Blaignac qui fut un vivant village de pêcheurs où l'on dégustait la matelote d'anguille arrosée d'un vin du pays. Un regard pour le pont qui unit les rives d'un seul élan et témoigne du fait qu'ici il y eut toujours un passage, même aux époques les plus reculées. Des traces de fortifications l'attestent, sur les crêtes voisines, de même que l'église romane au remarquable clocher-mur.

L'Engranne, une nouvelle amie, la rejoint près du château de la Mothe-de-Chaune, lui parle des

Solminihac, parents du bienheureux Alain qui fut abbé de Chancelade avant de devenir évêque de Cahors, et l'accompagne vers le tertre de Cabara qui, de nouveau, l'oblige à incliner sa course, mais cette fois vers le nord-est. Depuis l'époque romaine, le village est tourné vers la rivière, comme un amant jadis voué à elle et aujourd'hui déçu.

Un grand cingle la ramène plein ouest vers Vignonet, dont la merveilleuse petite église romane somnole au beau milieu de son cimetière. De là, il s'ouvre vers Saint-Sulpice, le domaine des vignobles de Saint-Émilion, dont on distingue les coteaux que Montaigne comparait à ceux de l'Italie. Elle voudrait bien s'en approcher, mais ses berges la ramènent vers Branne, un gros bourg dont le pont supporte une route qui fut celle des pèlerins de Saint-Jacques attirés par l'abbaye bénédictine voisine de La Sauve-Majeure. On croit encore entendre sur les quais les pêcheurs qui les hantèrent jadis et dont subsistent quelques barques et quelques filets.

Elle erre dans la riche plaine dont la rive gauche est celle de l'Entre-Deux-Mers, frôle Moulon, regarde avec envie vers la cité médiévale de Saint-Émilion dont l'église monolithe abrite la Jurade et dont le cloître des Cordeliers, la collégiale romane, le donjon carré du Château du Roi sont autant de richesses chargées de secrets. Elle ne les percera pas, elle les devine seulement. Désabusée, elle remonte alors jusqu'à Libourne dont elle s'approche puis renonce brusquement à entrer dans la ville. Elle ne sait plus ce qu'elle veut. Le temps des remises en question est arrivé. Heureusement, elle se souvient de Montaigne : « Surtout faire que ce ne soit pas l'âme qui renonce. » D'ailleurs le ciel, lui, est toujours là, qui la caresse et lui parle. Ses enfants l'ont quittée mais elle reçoit toujours de leurs nouvelles : ils vont bien. Alors ? Qu'est-ce qui ne va pas ? Ce qui ne va pas, c'est qu'elle fatigue, que ses membres lui font mal le soir, et que le matin elle se voit déformée dans le miroir de ses eaux devenues glauques. Elles furent si claires, si transparentes, si pétillantes sous le soleil de sa jeunesse ! Aujourd'hui elles sont lasses, lentes, couleur de terre et non pas de fontaine. C'est la vie. Oui, c'est la vie, mais n'oublie pas : si le corps décline, il ne faut pas que l'âme renonce. Elle sourit. Elle ne renoncera pas.

Elle décrit un grand cingle et revient vers le petit port de Génissac qui tente de survivre grâce à la pêche, remonte de nouveau vers Libourne sans guère s'arrêter à Condat. Non ! Elle préfère contempler les vignes paisibles sur lesquelles flottent éternellement des odeurs de moût et de futailles, en toute saison. Elle respire le parfum unique de cette terre friable et souple aux mains qui délimitèrent des allées, des chemins réguliers menant aux châteaux des domaines. Ils sont blottis à l'écart des grandes routes, vivent une vie solitaire et feutrée dont François Mauriac sut si bien écrire. Là, naissent et meurent des passions auxquelles elle n'est pas étrangère. Car si elle a toujours su confier aux hommes le témoignage de la beauté du monde, elle leur a aussi donné le goût de la possession. D'où ces passions souterraines qui éclatent parfois en folies, puis s'éteignent à l'ombre des murs séculaires. Les vignes, les caves, les domaines se rendorment au sein des traditions très anciennes et des rites secrets.

Sur les rives, les « peyrats » témoignent encore du commerce du vin que l'on chargeait un peu partout pour l'emporter à Libourne et ensuite à Bordeaux. Elle se souvient du temps où la rive droite était envahie par les barriques et les fûts sur le devant des chais. C'est à peine si elle avait le temps d'apercevoir le clocher aigu de l'église de Libourne, la tour de l'Horloge, et le pont sur la route de Bordeaux à Lyon qui l'enjambe de ses neuf arches superbes surmontées de corbelets de pierre.

Des voix venues de loin lui parlent des cargos, des bricks, des goélettes, des couraux, des gabares qui transportaient le vin mais aussi le bois indispensable aux tonneliers. Les quais grouillaient de monde : une foule affairée, industrieuse, que Montaigne observait de son œil d'aigle chaque fois que, venant de Bordeaux, il regagnait son château. La ville est encore bien vivante, depuis son cœur où les échoppes se terrent sous des arcades moyenâgeuses, jusqu'au quai qui lui amène l'Isle dont elle va se faire une nouvelle amie.

Dès leur rencontre, en effet, l'Isle lui fait ses confidences périgourdines, et, plus jeune qu'elle, lui insuffle un peu de son énergie. Elle aime s'amuser, l'Isle, dans les guinguettes et les cabanons des rives, et elle l'invite à la suivre. Elle danse de nouveau. Comme c'est bon ! Quand elle s'arrête, son cœur cogne à se rompre. Vertiges, frayeurs. Allons-nous-en ! Elles quittent Libourne côte à côte, rient aux éclats jusqu'à ce que la vague du mascaret leur rappelle que la mer les attend. Bientôt leurs eaux se mêlent, et elles ne font plus qu'une.

Le tertre de Fronsac, où le château qui surveillait autrefois le passage a disparu, la regarde flâner, lente et majestueuse, de même que le village accoudé sur la butte ombragée de cyprès. Ayant décidé de musarder, de goûter chaque minute, chaque seconde d'une vie qui lui file entre les doigts, elle dessine deux immenses cingles quasi refermés sur eux-mêmes : celui de Fronsac, donc, puis celui de Vayres. Villages et châteaux se succèdent, comme il se doit, mais seules les murailles de Vayres sont toujours intactes, peut-être pour avoir été achetées par Henri IV au XVIe siècle.

Des vignes, des vignes à perte de vue, dont le vert est celui de Cézanne, et qui dispensent les fameux vins « Côte-de-Fronsac » et « Graves-de-Vayres ». Un peu plus loin, c'est Saint-Pardon sur la rive gauche et Perpignan sur la rive droite, puis les clochers de Saint-Germain, de Lugon, de La Lande-de-Fronsac, de Saint-Romain-la-Virvée. Asques, qui la surplombe, semble tout étonnée de tant de noblesse paisible. Paisible mais déclinante, a-t-elle envie de répondre. Allons donc ! Comment peut-on paraître si épanouie et parler de déclin ? C'est parce que si l'âme ne renonce pas, c'est le corps qui trahit. D'ailleurs elle a grand-peine à le faire avancer, ce grand corps qui lui paraît parfois étranger. Heureusement, elle n'a à affronter nul barrage, et pas le moindre obstacle, à l'inverse du haut-pays. Ici, les rives sont plates et monotones, propices à la mélancolie.

Il lui arrive de sourire à tous ces oiseaux dont le ciel lui fait présent pour la distraire, un ciel où roulent des nuages porteurs de pluie et de grisaille. Ils surgissent le plus souvent avec la marée qui l'empêche d'avancer, l'épuise. C'est pourquoi elle arrive à Cavernes découragée, se sentant le jouet du flux et du reflux de la mer qui se plaît à la persécuter. La proximité de la vieillesse la rend moins libre, sa volonté s'émousse. Elle rêve, récitant pour elle-même ces vers qui, elle ne sait pourquoi, lui font du bien :

> « Je vais, je ne sais rien de ma vie mais je vais,
> Au bout de tout sans me soucier du temps qu'il fait. »

Voire. Ce début de résignation ne lui épargne ni les soucis du quotidien ni les souvenirs. Comme elle préfère, et de beaucoup, les seconds, elle pense aux violons de Carennac, à son mariage à Domme avec le ciel, et c'est *La Stravaganza* d'un Vivaldi vieilli qui la transporte là-bas. Puis elle rêve aux forêts du haut-pays, aux falaises crayeuses des causses, aux éteules blondes de l'été, aux feux de Saint-Jean dans les nuits bleues. Elle sourit. Rien n'est perdu puisque tous ces trésors continuent de vivre en elle. Alors, foin de mélancolie ! La vie est là, que diable ! Le temps de la quitter viendra bien assez tôt.

À Cavernes, elle fait danser les bateaux qui étaient si nombreux autrefois et qui pleurent aujourd'hui sur des rives désertées, puis elle passe sous le pont de Cubzac qui la domine de quarante mètres, aperçoit Saint-André sur la rive droite, dont les maisons se serrent autour d'un clocher roman, et un peu plus loin le pittoresque château du Bouilh aux colonnes doriques, prudemment tapi sous des platanes aux feuilles d'un vert pâle que le soleil foudroie. Passé ce noble témoignage d'une architecture oubliée, elle s'arrête avec plaisir dans chaque petit port qui dessert les villages en aval : port de Plagne sous Saint-André, Port-Neuf sous Saint-Gervais, port d'Espeau, port de Mille-Secousses dont elle se demande d'où lui vient ce nom si étrange ; tous sur la rive droite.

À gauche, ce sont les marais de Saint-Louis-de-Montferrand qui précèdent ceux d'Ambès. Jadis pâturages – on y conduisait les troupeaux en bateau –, ils sont aujourd'hui envahis par les installations pétrolières qui parviennent à peine à s'opposer aux crues. Cet asservissement aux hommes l'embrase toujours, comme dans le haut-pays, de colères dans lesquelles, hélas, se consument ses dernières forces.

Quand on a vécu près du ciel, qu'on a traversé tant de pièges, tant de forêts, de défilés rocheux, de champs, de prairies, comment pourrait-on accepter de vivre encerclé de ferraille ? Elle qui a toujours été fille des campagnes, elle a soudain l'impression d'être brutalement jetée dans un univers de banlieue industrielle, se sent trahie, abandonnée, et elle en souffre.

Alors elle s'étend résolument vers les coteaux de la rive droite, qui, grâce au ciel, sont encore couverts de vignes. De nombreux petits châteaux les habitent, précédés de terrasses aux balustres de pierre, veillées par un pin parasol. Il doit faire bon, là-haut, se dit-elle, mais décidément le vent qui souffle ici lui amène trop de nuages dont le derme lui cache le ciel. Et ces nuages-là, hélas, n'apportent plus cette pluie fraîche et fertile qui la régénérait jadis : ces nuages pleurent des larmes de vase. Ils creusent des rides profondes, des cicatrices qui parlent mieux de ses doutes, de ses peurs, de ses regrets que ne le feraient des cris.

Désormais, elle avance à petits pas, guette des visages aimés dont l'image fidèle ferait repartir son cœur fatigué et courir de nouveau un sang pur dans ses veines. En vain. Désormais, les plaisirs comme les saumons ou les esturgeons se font rares. De même que les gabares, les couraux, les yoles ou les filadières. C'est le début de l'hiver, mais les matins glacés et lumineux de son enfance sont loin. Ici, la brume dissimule parfois même les rives où, d'ailleurs, l'industrialisation a ruiné tous ses rêves.

Les yeux obstinément baissés, elle entre dans Bourg-sur-Gironde, bien mal nommé puisque c'est elle encore, la Dordogne, qui le fait vivre. Courageuse, elle se fait belle, offre au regard des hommes une ultime toilette, d'un vert-gris qui lui glace le cœur. La ville sent le goudron et les embruns du grand large – déjà, soupire-t-elle. C'est une ville de quais et d'entrepôts, de moûts et d'effluves où, écrivait Baudelaire, « les parfums, les couleurs et les sons se répondent ». C'est une ville qui vit moins bien qu'elle a vécu, mais qui demeure tournée vers l'eau comme dans l'espoir insensé d'une improbable renaissance.

Des terrasses du château de la Citadelle, on aperçoit au loin le Médoc qui sommeille, pétrifié dans une brume épaisse que le soleil s'évertue vainement à dissiper.

Elle repart, jette un coup d'œil au Pain de sucre qui lui rappelle vaguement l'épaule d'une montagne. On dirait qu'elle n'avance plus, que toute vie l'a quittée. C'est parce qu'elle récite ces vers qui l'apaisent :

> « J'ai peu de souffle, et moins de force, et moins d'élan
> Mais je ne me presse plus, j'ai bien le temps d'attendre
> Depuis qu'il se fait tard, j'ai du temps devant moi. »

Elle entre dans la vieillesse la tête droite, belle encore dans son désespoir inavoué, et pathétique dans son apparence de fleuve puissant qui n'est plus que faiblesse, comme ces colosses dont les parois du cœur sont plus fragiles que le cristal.

Vieillesse

Le bec d'Ambès. Une langue de terre exténuée et aujourd'hui défigurée par des blockaus d'acier. Décidément, les hommes ont beaucoup à se faire pardonner. Elle détourne son regard quand une voix l'appelle, une voix gaie, sonore, qui la surprend. Comment se fût-elle attendue à rencontrer ici une nouvelle amie : la Garonne ? Et cela sous le regard sans éclat et sans chaleur des raffineries de pétrole. Les oublier vite, et écouter la voix complice qui lui parle de ses voyages depuis les montagnes des Pyrénées. Elle lui raconte aussi Bordeaux, le port de la Lune où accostèrent tant de bateaux venus des Îles Sous-le-Vent.

Bordeaux la fière, l'Aquitaine, qui garde en son sein les ruines du palais Gallien pour mieux se souvenir d'une époque où elle fut capitale de la Gallia Aquitania. Cathédrale, églises, hôtels particuliers, parcs profonds, grands boulevards témoignent de ses fastes d'antan. La suzeraineté des Plantagenêts y est encore inscrite dans les mœurs et dans les esprits. Montaigne en fut maire et Montesquieu conseiller au parlement. Garonne évoque aussi les Chartrons d'où partait le clairet pour l'Angleterre et l'Europe du Nord, les quais de la Bastide où accostaient les bateliers qui transportaient le bois.

« Je les connais, répond la Dordogne, c'est moi qui les conduisais jusqu'à toi. » Elles se confient leurs secrets, unissent leurs eaux, se soutiennent, s'aident, déjà sœurs, à éviter les bancs de sable – ces mangroves tellement redoutées des bateaux –, s'attardent sur les îles ombreuses dont l'archipel commence dès après leur rencontre. L'île Cazeau, d'abord, où s'abritaient les gabariers pour attendre le portant qui les conduirait jusqu'à Bordeaux ; l'île Margaux, ensuite, puis l'île Macau, l'île Verte, d'autres encore dont le nom chante aux oreilles des deux amies devenues inséparables.

Jadis, ces îles étaient plantées de vignobles, mais aujourd'hui il n'en subsiste que sur l'île Verte. Sur les autres, on cultive plutôt du maïs, ce qui réjouit la Dordogne qui n'en avait plus vu depuis le Périgord. Cette découverte l'enchante. Nostalgie. Rien ne serait donc perdu ? Peut-être pas, et surtout pas le ciel qui, ici, dans cette lumière unique de l'estuaire, pèse sur la terre et les eaux, resplendit comme un lustre. Ce sont leurs noces de diamant. Elle n'en avait pas rêvé de plus belles. Il lui semble tout à coup qu'autant l'approche de la vieillesse a été douloureuse, autant la vieillesse elle-même peut parfois être heureuse.

Elle caresse les côtes du Médoc, où les paluds donnent des vins uniques, célèbres dans le monde entier. Cette terre qui ne songe, dirait-on, qu'à disparaître dans la mer consent à dresser quelques clochers qui signalent la présence incertaine des hommes à Margaux, Arcins, Lamarque, Cussac. Sur l'autre rive, les coteaux du Blayais rompent la monotonie d'un espace qui s'ouvre devant elle comme un néant redoutable. La citadelle, qui date de Louis XIV, veille sur les eaux limoneuses. Son histoire est aussi riche que la beauté de ces lieux inquiétante. Ici passait le chemin des pèlerins de Saint-Jacques-de-Compostelle. Quelque chose en elle se souvient de ces hommes de foi qui ne lui mesuraient pas leurs bénédictions. Elle peut aussi entendre ces vers de Jaufré Rudel, seigneur de Blaye, qui rôdent encore le long du rivage :

> Quelqu'un m'appelle et c'est bien vrai
> L'homme au désir d'amour lointain
> Car nulle autre joie ne me plaît
> Comme jouir d'amour lointain.

Qu'il est long, le chemin, soupire-t-elle en suivant du regard les sarcelles, les tadornes, les hérons, les avocettes qui déchirent le ciel de leur vol libre et fier au-dessus de Pauillac, véritable porte de l'estuaire. Des raffineries font face à la centrale nucléaire du Blayais. Dérisoire, tout cela : elle ne les aperçoit même pas, préoccupée qu'elle est par ce qui l'attend là-bas, au bout de son chemin. Heureusement, le ciel demeure près d'elle, lui parle doucement, et trouve encore des mots d'amour : « N'aie pas peur, ma toute belle, ma reine, n'aie pas peur, je suis là. » Sa conscience diminue lentement car la mer diffuse dans ses veines une marée sournoise qui agit comme une drogue anesthésiante.

Sommes-nous en automne ou en hiver ? demande-t-elle à l'île de Patiras. En automne, répond l'île. Ne vois-tu pas ces vols de grues et d'oies sauvages descendues de Scandinavie ? Non ! Elle ne voit plus grand-chose, elle se sent ballottée par un clapot qui lui donne mal au cœur. Elle voudrait bien faire halte sur l'île, mais le jusant l'entraîne inexorablement vers les collines de Saintonge qui, pourtant, semblent s'éloigner au lieu de se rapprocher. Des marais la cernent, dans lesquels s'enlise son esprit. Saint-Estèphe, Saint-Christoly-Médoc, elle ne les devinera pas plus que sur la rive droite Mortagne-sur-Gironde ou Barzan.

Cependant, elle devine Talmont, qui, tout comme

Blaye, fut aussi une halte sur la route des hommes de Dieu. L'église Sainte-Radegonde est toujours là pour témoigner de leur passage en ces terres girondines. Cette sentinelle damassée de remparts domine l'estuaire du haut de sa falaise et de son petit cimetière où les vagues viennent se briser. Fusent des parfums de roses trémières dont les rues de la petite cité sont festonnées comme d'une dentelle précieuse.

Des hommes pêchent encore, ici, et si les saumons et les truites de mer ont presque disparu, les esturgeons se cachent au fond du grand canal qu'on a creusé pour permettre aux forteresses flottantes d'atteindre le port de Bassens. Ils pêchent aussi les aloses et les pibales, ces alevins d'anguille dont sont si friands les gourmets. Les courants redoutables des marées creusent en elle des sillons douloureux. À droite, les derniers coteaux de Saintonge épaulent Meschers qui cherche à se dissimuler dans de trop rares bouquets de verdure. Dans les lointains, les vignes du Médoc défient celles du Cognac sous le regard paisible de quelques églises étrangement nichées dans des rochers couleur de sable.

Voici le bec d'aigle du Médoc qui précède de peu la pointe de Grave. Au-delà : l'océan. Une immensité inconnue à la dimension de l'univers. N'aie pas peur, Espérance, n'aie pas peur. Elle ferme les yeux, le jusant l'emporte. Elle murmure cette belle prière dont elle se souvient vaguement : « Belle madone, faites que dans cette vie qui s'en va, qui s'en va, rien ne soit jamais perdu. Faites que l'on retrouve intact, quelque part, ce que l'on a aimé. Faites, s'il vous plaît, que lorsque j'irai me fondre dans l'océan, je retrouve le contact du roc dont je suis née et la caresse du premier brin d'herbe de ma montagne sacrée... »

Elle entre dans la mer, ignorante des rochers aigus qui n'émergent qu'à marée basse, éblouie par l'antique phare de Cordouan qui fut longtemps considéré comme l'une des merveilles du monde. Blessée à mort, elle saigne dans les eaux grises et vertes de l'océan qui referme sur elle ses bras de pieuvre géante. C'est la fin ? demande-t-elle d'une voix que l'on entend à peine. Oui, c'est la fin, ma belle, lui répondent les vagues, mais il ne faut pas trembler, nous allons t'accompagner jusque là-bas. Elle écoute le murmure des eaux venues des grandes profondeurs de l'océan, un murmure qu'elle avait oublié mais qu'elle reconnaît soudain, et qui la rassure, l'ensorcelle et l'emporte :

Quelque chose de nulle part et de jamais
Qui dans le temps, qui dans l'espace
Flotte et s'approche, une présence sûre de
Quelque chose d'ailleurs et qui est toujours là,
Qu'il suffisait d'attendre et qu'il te faut aimer.
Écoute-toi : ton âme est dans l'âme du monde.

Écoute-la : l'âme du monde est dans ton âme.
La nuit, quand tu ne savais plus qui tu étais
Tu as su dans ta peur ce qui était. Qui est.

Elle a entendu. Elle a souri, elle est partie.

Adieux

C'EST si court, une vie, et si vite passé. Le puy de Sancy, c'était hier exactement. Moi qui suis de ses rives comme on est d'un pays, moi que les souvenirs submergent chaque jour de ma vie, comment ignorerais-je que « c'est le lait de l'enfance qu'on boit dans le suaire » ? Elle se rappelle les campanules et les gentianes, les torrents argentés, ses robes de jeune fille et les bals des nuits bleues. Elle se souvient du parfum des prairies et de tous ses amoureux. Elle voudrait bien encore brûler de mille feux comme elle brûlait au temps de ses passions soudaines à Argentat, à Beaulieu, à Carennac, à Domme. C'est fini, tout cela, hélas, c'est bien fini.

Je crois qu'elle n'en conçoit pas trop de chagrin. Elle a tout enduré : le béton, le froid, le mal qu'ils lui ont infligé, et pourtant elle a aimé les hommes malgré tout. Ses élans de colère n'ont pas empêché des amitiés profondes. Elle a ri dans les fêtes, les naissances, les rêves, et pleuré dans les trahisons et les deuils. Au fond, j'en suis certain, elle a aimé la vie. C'est un étrange silence qui maintenant s'installe – étrange et inquiétant.

Heureusement, ses enfants sont toujours là, dans sa mémoire, comme l'eau qui ne s'arrête jamais de couler. Elle a toujours su ce qu'on doit aux enfants, et elle les a accompagnés jusqu'à ce que leurs forces leur permettent de vivre leur vie. Elle leur a appris à respirer, à aimer, à respecter les autres et le monde qui les a accueillis. Elle leur doit un peu de ces rides profondes qui ont assombri ses dernières années, mais elle ne leur en veut pas. Elle n'en veut à personne, d'ailleurs. Quand on a découvert tant de choses, partagé tant de secrets, que l'on a dansé, que l'on a ri, que l'on a aimé, que l'on a eu le ciel pour époux, que pouvait-on espérer de plus ?

Quand j'apprenais à la connaître du haut de mes dix ans, je n'imaginais pas notre complicité future. J'ignorais alors qu'elle était capable comme nous, les hommes, de colères, de bonheurs mais aussi de souffrances. C'est en la découvrant vulnérable que j'ai compris qui elle était vraiment. Elle ne saura jamais combien elle a pu me rendre heureux tout au long de ces années où nous nous sommes côtoyés, dans la compagnie de Marie et Benjamin, les enfants des romans qu'elle m'a soufflés à l'oreille, tout près d'Élina et de Victorien, leurs parents. Maintenant qu'ils sont partis eux aussi, que la mort me les a pris, je pense à eux, ainsi qu'à elle, réunis loin de moi dans un ailleurs béni.

En entrant dans l'autre monde, je sais qu'elle a pensé à la mousse et aux fougères du haut-pays, aux forêts, aux oiseaux, aux fontaines, au soleil des midis. Elle a aussi songé aux aubes blanches de l'hiver, aux soirs dorés des automnes, aux moissons rouges des étés, aux prairies vertes des printemps. Elle n'a rien voulu abandonner des trésors de la vie : les rencontres, les nuits ensemencées d'étoiles, les matins roses de gel, la douceur des soirées, la tendresse, la peur, la confiance, le bonheur et les larmes... Est-ce qu'ils sont, comme elle, devenus éternels ? Ah ! Comme l'âme doit être légère à ceux qui sont sortis du temps !

Ici, chez nous, tout recommence déjà, comme avant, comme toujours. Elle qui vit désormais dans la paix des étoiles, je sais qu'elle pense à nous et qu'elle n'oublie rien des promesses échangées. Comme tous les vivants nous restons là, perdus, essayant de comprendre ce qui se cache derrière le miroir de nos mystérieuses existences. Précieuse messagère de l'au-delà, elle me raconte souvent comment elle vit là-bas, me confie que le vent la caresse et lui parle, qu'il neige quelquefois, que les sources coulent toujours dans le secret de ses amours, et surtout – surtout – qu'il faut écouter l'oiseau blanc qui se perche parfois sur la plus haute branche de notre mémoire, semble nous appeler, nous regarde, et s'en va.

Nous viendrons. Sa vie sera la nôtre, car notre « quille aussi éclatera et nous irons à la mer », comme l'écrivit si bien Rimbaud. Quoi d'étonnant à cela ? Nous le savons bien, nous, les hommes, que nous ressemblons aux rivières, car ni elles ni nous ne pouvons retourner en arrière et remonter le temps : c'est le même flux qui coule en nous depuis les origines et nous entraîne inexorablement vers le même océan.

DU MÊME AUTEUR

Aux Éditions Albin Michel

LES VIGNES DE SAINTE-COLOMBE :
1. Les Vignes de Sainte-Colombe (Grand Prix des lecteurs du Livre de Poche), 1996, 2021.
2. La Lumière des collines (Prix des Maisons de la Presse), 1997, 2022.

BONHEUR D'ENFANCE, 1996.

LA PROMESSE DES SOURCES, 1998, adapté à la télévision par Charles Némès sous le titre « La Clef des champs » en 1998.

BLEUS SONT LES ÉTÉS, 1998.

LES CHÊNES D'OR, 1999.

CE QUE VIVENT LES HOMMES :
1. Les Noëls blancs, 2000.
2. Les Printemps de ce monde, 2001.

UNE ANNÉE DE NEIGE, 2002.

CETTE VIE OU CELLE D'APRÈS, 2003.

LA GRANDE ÎLE, 2004.

LES VRAIS BONHEURS, 2005.

LES MESSIEURS DE GRANDVAL :
1. Les Messieurs de Grandval (Grand Prix de littérature populaire de la Société des gens de lettres), 2005.
2. Les Dames de la Ferrière, 2006.

UN MATIN SUR LA TERRE (Prix Claude-Farrère des écrivains combattants), 2007.

C'ÉTAIT NOS FAMILLES :
1. Ils rêvaient des dimanches, 2008.
2. Pourquoi le ciel est bleu, 2009.

UNE SI BELLE ÉCOLE (Prix Sivet de l'Académie française et prix Mémoires d'Oc), 2010.

AU CŒUR DES FORÊTS (Prix Maurice-Genevoix), 2011.

LES ENFANTS DES JUSTES (Prix Solidarité-Harmonies mutuelles), 2012, adapté à la télévision par Fabien Onteniente en 2022.

TOUT L'AMOUR DE NOS PÈRES, 2013.

UNE VIE DE LUMIÈRE ET DE VENT, 2014.

ENFANTS DE GARONNE :

1. Nos si beaux rêves de jeunesse, 2015.
2. Se souvenir des jours de fête, 2016.

DANS LA PAIX DES SAISONS, 2016.

LA VIE EN SON ROYAUME, 2017.

L'ÉTÉ DE NOS VINGT ANS, 2018.

MÊME LES ARBRES S'EN SOUVIENNENT, 2019.

SUR LA TERRE COMME AU CIEL, 2020.

LÀ OÙ VIVENT LES HOMMES, 2021.

L'ÉCOLE DES BEAUX JOURS, 2022.

UNE FAMILLE FRANÇAISE, 2023.

Aux Éditions Robert Laffont

LES CAILLOUX BLEUS, 1984.

LES MENTHES SAUVAGES (Prix Eugène-Le-Roy), 1985.

LES CHEMINS D'ÉTOILES, 1987.

LES AMANDIERS FLEURISSAIENT ROUGE, 1988.

LA RIVIÈRE ESPÉRANCE, adapté à la télévision par Josée Dayan en 1995 :

1. La Rivière Espérance (Prix La Vie-Terre de France), 1990.
2. Le Royaume du fleuve (Prix littéraire du Rotary International), 1991.
3. L'Âme de la vallée, 1993.

L'ENFANT DES TERRES BLONDES, 1994, adapté à la télévision par Édouard Niermans, Ours d'or au festival de Berlin en 1997.

Aux Éditions Seghers

ANTONIN, PAYSAN DU CAUSSE, 1986.
MARIE DES BREBIS, 1986.
ADELINE EN PÉRIGORD, 1992.

Albums

LE LOT QUE J'AIME, Éditions des Trois Épis, Brive, 1994.
DORDOGNE, VOIR COULER ENSEMBLE ET LES EAUX ET LES JOURS, Éditions Robert Laffont, 1995.
UNE SI BELLE ÉCOLE, Éditions Albin Michel, 2014.

Composition : IGS-CP
Impression : CPI Firmin-Didot en avril 2024
Éditions Albin Michel
22, rue Huyghens, 75014 Paris
www.albin-michel.fr

ISBN : 978-2-226-49340-8
N° d'édition : 25877/01 – N° d'impression : 179288
Dépôt légal : mai 2024
Imprimé en France